일상
생활자의
작가
되는 법

일상생활자의 작가 되는 법

지은이 • 구선아

2022년 9월 26일 초판 1쇄 발행

책임편집 • 김창한
기획편집 • 선완규 김창한
마케팅 • 신해원
디자인 • design KEY 강은영

펴낸곳 • 천년의상상
등록 • 2012년 2월 14일 제2020-000078호
전화 • 031-8004-0272
이메일 • imagine1000@naver.com
블로그 • blog.naver.com/imagine1000

ⓒ 구선아 2022

ISBN 979-11-90413-43-5   03800

• 이 책은 한국출판문화산업진흥원의 2022년 인문교육콘텐츠 개발 지원 사업을 통해 발간된 도서입니다.

일상
생활자의
작가
되는 법

1인 미디어가 된 작가 10명의 글쓰기

구선아 지음

천년의상상

들어가며

디지털 뉴노멀 시대, 새로운 작가들이 온다

쓰는 사람이 늘고 있다. 읽는 사람은 계속 줄어드는 시대에 쓰는 사람은 늘어난다니. 괴상하다. 하지만 우린 매일 무언가 쓰는 게 사실이다. 온라인 플랫폼 활용이 수월한 세대가 문화, 경제 활동의 주역이 되면서, 개인의 생각, 생활, 취미, 취향, 소비, 여행이나 직업 세계 등을 글이나 사진으로 표출하는 것이 빈번해졌다. 인스타그램, 블로그, 페이스북 등 여러 소셜네트워크서비스를 통해 일기, 에세이, 소설, 서평 등 어떤 장르의 글이든 더 많이 쏟아낸다. 더군다나 출판사, 포털사이트, 스타트업 할 것 없이 다양한 글쓰기 플랫폼을 선보이고, 독립서점부터 기업까지 독서와 글쓰기 커뮤니티를 활발히 열고 있다. 코로나 시대 이후 온라인에서는 독서 인증, 릴레이 글쓰기, 사전 연재 등 읽기와 쓰기가 놀이처럼 생산되고 소비되는 중이다. 작가도 독자도 적극적으로 디지털 콘텐츠를 소비하면서, 자신의 취향에 맞는 온라인 소통에 참여해 동시간성을 즐긴다.

—

누구나 작가가 될 수 있는 시대다. 새로운 작가의 탄생이 어디서 시작될지 알 수 없는 시대가 되었다. 이전에는 투고, 공모전, 신춘문예를 통해 출판계나 문단의 인정을 받아야 했다. 그래야만 비로소 글을 공개하는 잡지나 신문, 문예지 지면을 얻고, 책을 출간할 수 있는 작가가 될 수 있었다. 출판사나 매체들이 작가를 발굴하는 방식이나 영역도 그만큼 제한적이었다. 이런 과정을 통해 선택된 소수들은 수개월에서 수년간 글을 쓰고 엮어 책이 완성되면 '짠', 하고 세상 밖으로 나왔다.

그러나 지금은 작가가 되기 위한 방법과 매체를 스스로 선택한다. 글을 쓰고 공개하고 유통하는 글쓰기 플랫폼이 다양화되었기 때문이다. 블로그와 인스타그램 등 소셜네트워크서비스부터 콘텐츠를 유·무료로 퍼블리싱하는 플랫폼까지, 새로운 플랫폼의 등장과 확대는 개인의 글쓰기를 돕는 도구이자 공개하는 매체가 되었다. 그중 글쓰기 플랫폼 브런치는 2015년 브런치북 프로젝트 개최 이후 대표적인 작가 등용문이 되었다. 그 외에도 경제, 경영, 자기계발 등 여러 분야의 텍스트 콘텐츠를 생산하고 연재하는 퍼블리와 북저널리즘, 장르 소설 전문 플랫폼인 문피아, 조아라, 브릿G, 노벨피아도 온라인 연재와 종이책 출간, 릴레이 소설 쓰기 프로젝트까지 다양한 시도를 하고 있다. 웹툰부터 장르 소설, 각종 텍스트 콘텐츠를 선보이는 네이버와 카카오페이지도 활발하다.

독립서점 증가와 함께 독립출판물의 생산과 유통도 증가하고 있다. 이는 출판시스템의 변화와도 맞물리는 현상이다. 소량 디지털 인쇄가 가능해져 책 한 권도 쉽게 제작할 수 있게 되었다. 예전보다 제작 비용도 감소했고, 디자인과 인쇄 제작을 지원하는 간소한 플랫폼도 늘어났다. 비용뿐만 아니라 제작 시간도 줄고 전문지식이 없어도 개인출판이 가능해진 것이다. 또한, 제작비 마련과 선판매를 할 수 있는 텀블벅과 와디즈와 같은 크라우드 펀딩 플랫폼도 인기다. 현재 텀블벅의 출판 카테고리엔 7,500여 개(2022년 8월 기준)의 프로젝트가 올라와 있다. 크라우드 펀딩을 통해 공개한 책이 장기간 베스트셀러가 되거나, 1억 이상 펀딩 금액을 모은 책도 여럿이다.

최근에는 직접 독자를 구하고 글을 배달하는 이메일 뉴스레터도 어느 때보다 활발하다. 기성 작가부터 전문 직업인까지 내 글을 공개할 시기를 스스로 정하고, 책이 아닌 글이 기획되고 쓰여지는 과정을 공개한다. 완성된 결과물을 읽는 행위에서 벗어나 '과정을 콘텐츠로 즐기는' 새로운 시대의 새로운 작가와 새로운 독자가 늘고 있는 것이다. 스티비, 메일침프, 메일리와 같은 서비스들이 뉴스레터 발행과 구독자 관리를 돕는다.

자신의 콘텐츠를 음성이나 영상으로 제작한 후 출판하는 사례도 많아지고 있으며, 크몽이나 리디북스, 밀리의 서재 등 전자책 유통 형태도 다양해졌다. 이처럼 다각화된 플랫폼은 글쓰기를 북돋우고 진입 장벽을 낮추었다. 누구나 글쓰기를 시작하고 나만의 독자를 구하며 작가가 될 수 있도록 돕는 것이다. 이젠 독점적으로 정보와 지식, 오락거리를 공급했던 전통적 매체는 해체되었다. 작가와 독자 모두, 나를 위한 삶을 추구하며, 나에게 맞는 방식으로 콘텐츠를 생산하고 소비하면서, 자신의 취향과 경험을 탐닉하고 있다. 바야흐로 취향껏 보고, 듣고, 쓰고, 구독하며 생산하고 소비하는 시대다. 매년 출판계는 불황이라 말하고 사양산업이라고 하지만, 출판계는 망해가고 있지 않다. 변해가고 있다.

—

그래서일까. 작가가 되고 싶어 하는 사람도 많아졌다. 책방을 운영하면서, 글을 쓰면서, "나도 작가가 되고 싶어요!"라는 말을 수없이 들었다. 글쓰기 모임이나 책 관련 모임에서는 말할 것도 없고, 사적인 자리에서도 "작가입니다"라고 말하면 "어떻게 하면 작가가 되나요?"라고 입을 모아 묻는다. 그럴 때마다 "혹시 글을 쓰시나요?"라며 되묻곤 한다. 그중 반은 "바빠서요"라고 대답하고, 나머지 반은 "배운 적이 없어서요", 나머지 반은 "블로그나 브런치에 글을 쓰고 있어요"라고 말한다. 작가가 되려면 먼저 글을 써야 한다. 글쓰기는 특정 계층의 전유물이 아니다. 글쓰기는 누구나 할 수 있고 누구나 하는 일이다. 하지만 글쓰기를 매일 한다는 것만으로 작가는 아니다.

　그렇다면 작가란 무엇인가. 작가란 글을 쓰는 사람인가, 책을 낸 사람인가 아니면 스스로 작가라 느끼면 되는가, 일정 수 이상이 자신을 작가라 불러주어야 하는가. 한 여행 작가는 작가란, '글을 써서 돈을 벌고 원천세를 내는 사람'이라고도 했다. 한때 작가는 예술 작품을 쓴 주체로서 예술 세계를 '창조'해내는 사람이었다. 하지만 지금은 예술적 텍스트가 아니더라도 관계없다. 정보를 모으고 '재편집'하여 자신의 언어로 재구성해도 작가이고, 전문 인터뷰어나 구술 생애사를 쓰는 이도 작가다.

　내가 생각하는 작가는 이렇다. 첫째, 공개하는 글을 쓰며, 생활을 해나가는 사람이다. 여기서 중요한 건 꼭 종이책을 내는 사람이 아니라는 점이다. 책이라는 물성을 지닌 매체가 아니더라도 나 외에 일정 수 이상의 독자가 읽는 글이면 된다. 이를 가능하게 만든 것은 온라인 플랫폼과 전자책의 확대다. 온라인 플랫폼의 다양화는 개인출판의 증가와 변화를 꾀하였다. 출판을 잘 모르는 사람도 작가나 제작자가 되는 방법을 알려 주고 적극적으로 책을 낼 기회를 만들어 주었다. "등단이 아니라 (작가로) 등장"하는 시대가 된 것이다.

　둘째, 작가는 글쓰기에 욕망을 가진 사람이다. 글쓰기 자체에 대한 즐거움, 글을 읽어주는 이와의 연결, 글쓰기로 인한 부수적인 욕망

같은 것들 말이다. 이 욕망 때문에 글쓰기의 기쁨과 슬픔을 느낀다. 글쓰기는 오롯이 혼자 하는 행위다. 빈 화면에 커서가 홀로 끔벅이는 외로운 시간을 지나야 한다. 하지만 어느 순간 혼자 책상에 앉아 글을 쓰는 때에도 누군가 연결된 느낌이 든다. 작가가 쓰는 글은 작가 혼자 상상만으로 창작한 글이 아니다. 타인을 만나고, 뉴스와 책과 영화와 드라마를 보고, 어느 시간과 장소를 경험하면서 작가를 관통하여 쌓인 무엇이 마침내 글이 된다. 그리고 작가의 글은 결국 누군가에게 읽히기 위해 쓰인다. 나 역시 이 글을 쓰며 내 글을 읽을 여러분을 생각한다. 글쓰기는 부수적인 욕망도 충족시킨다. 유명 작가가 되고 돈을 버는 일, 나의 커리어에 도움이 되는 일 같은 것 말이다. 최근에는 책 한 권이 포트폴리오가 되어 새로운 기회를 생산한다. 가령 강연이나 강의, 기업과의 협업과 자문 같은 것들. 글쓰기가 나를 '1인 미디어'로서 움직이게 하는 것이다.

셋째, 글쓰기를 계속해 나가는 사람이다. 작가에게 글쓰기는 유일한 할 일이기도 하고, 할 일 중 하나이기도 하다. 하지만 작가 대부분은 매일 글을 쓴다. 글쓰기는 우아한 일이 아니다. 매우 부지런해야 하는 일이다. 자료조사를 하고 취재하고 글을 쓰고 퇴고하고 독자를 만난다. 이런 지난한 과정 자체에 재미를 느끼는 작가가 많다. 물론 여기서 재미는 유희나 쾌락을 의미하지 않는다. 각자가 추구하는 의미와

성과와 보람에서 오는 즐거움이다. 어느 작가는 글쓰기가 뭐가 즐겁냐며, 고통의 결과물이라 말할지 모른다. 분명 글쓰기에는 답답함과 불안, 초조함과 실패가 있다. 조회수나 판매 부수, 독자의 반응 등이 작가를 좌절하게도 한다. 이런 글쓰기의 기쁨과 슬픔 그리고 불안을 안고, 오래 글을 쓰려면 매일 이야기를 찾고, 매일 쓰고, 어떤 매체로든 자신의 글을 공개하는 현재진행형 글쓰기여야 한다.

—

이 책의 인터뷰를 진행하면서 작가도 인턴 기간이 필요하다는 생각이 떠나질 않았다. 모두 자신만의 방법과 시간 동안 인턴 기간을 거쳐 지금의 글 쓰는 사람이 되었다. 난 9년간 광고대행사를 다니면서는 주로 제안하는 글을 썼다. 스토리를 통해 공간을 팔고 장소를 팔고 도시를 팔았다. 셀 수 없는 밤을 지새우며 쓴 글로 돈을 벌었다. 그러나 밤을 지새우는 날이 많아질수록 클라이언트가 아닌 내가 쓰고 싶은 글에 대한 욕망은 커졌다. 욕망을 채우기 위해 틈틈이 여행, 책, 영화, 공간 등의 주제로 여기저기 글을 썼다. 지금 생각해보면 말도 안 되는 원고료를 받았고 가끔은 무료로 글을 싣기도 했다. 그땐 공개하는 글쓰기를 한다는 것만으로 충분했으니까.

이후 2016년 크라우드 펀딩을 통해 첫 책을 우연히 출간하고, 이 책을 쓰기까지 5년이 조금 넘게 걸렸다. 그간 2020년 글쓰기 플랫폼, 브런치에 연재하던 문장 일기가 편집자의 눈에 띄어 책으로 출간되기도 하였고, 여러 매체에 글을 쓰고 여러 권의 책을 쓰거나 엮었다. 하지만 '등단'이 아니라 '등장'했다는 이유로 '나도 작가다'라고 당당히 말하지 못했던 날이 꽤 오래갔다. 때때로 내 글이 보잘것없다고 느끼기도 했다. 내가 글쓰기에 대한 엄숙주의를 가졌고 내 글이 잘 팔리는 글이 아니었기 때문이다. 내가 나를 스스로 글 쓰는 사람이라 인정하기보다 타인에게 나를 작가로 증명하기 바빴기 때문이기도 하다. 하지만 이제 난 작가의 인턴 기간이 끝난 거 같다.

나는 작가다. 팔리는 글이 되었냐고? 아니. 여전히 글이란 내게 결핍에 대한 욕망의 결과물이다. 아직 어떤 글이 좋은 글인지, 어떤 글이 나를 나아가게 하는지는 알 수 없다. 그러나 이제 난 내가 쓰고 싶은 글을 쓴다. 내가 공개하고 싶을 때, 매체를 선택해 공개한다. 내가 첫 책을 쓴 2016년만 해도 시장이 작가를 발굴하거나 선택하던 때였다. 하지만 지금은 작가가 시장을 만들고 시장을 선택한다. 나 역시 그렇다. 2022년 3월, 〈책방 운영자의 사생활〉 뉴스레터를 기획했고 발행했다. 발행 한 달 만에 출간 제안을 받았고, 같은 이름으로 릴레이 강연 제안이 왔다. 7월에는, 두 번째 뉴스레터 〈책 읽다가 절교할 뻔〉을 기획하여 발행 중이다. 읽고 쓰는 것들에 관한 교환편지인데, 세 번째 편지가 발송되고 역시 출간 제안이 왔다.

누군가 나의 글을 읽고 관심을 주는 건, 내가 계속 쓸 힘과 써도 되는 이유를 갖게 한다. 영화 〈작은 아씨들〉(2019)의 "계속 써야 더 중요해지는 거야"라는 대사처럼 계속 써야 나의 글은, 우리의 글은, 우리의 삶은 더 중요해진다. 우리가 모두 괴테나 셰익스피어가 될 필요는 없지 않은가. 글쓰기는 삶과 연결되어 있고 생활을 충실하게 만든다. 잘 팔리는 것, 유명한 작가가 되는 글쓰기보다 중요한 건 내 삶을 내가 살아내는 일이지 않던가. 글쓰기는 나를 증명해주고, 나의 결핍을 채워주고, 나의 삶을 견뎌내게 하면서 동시에 행복을 가져다준다. 스티븐 킹도 그랬다. "글쓰기의 목적은 살아남고 이겨내고 일어서는 것이다. 행복해지는 것이다"라고. 책방 운영자로서 작가로서 그렇게 난 다변화하는 시대 안에서 자유로이 실수하며 나아가는 중이다. 행복해지기 위해.

—

이 책에서 인터뷰한 열 명의 작가들은 '다양한 플랫폼을 통해 등장'했거나 현재 이를 적극 '작가 활동의 터전'으로 삼고 있는 이들이다. 또한 장르와 매체를 넘나들며 다방면의 글쓰기를 하는 작가들이다. 시인, 소설가, 웹소설가, 에세이스트, 시나리오 작가, 만화가, 사실 이런 구분은 필요 없다. 글쓰기의 장르적 경계는 없어졌고 시인이 소설을 쓰고 소설가가 에세이를 쓰는 건 흔한 일이 되었으니까. 종이책, 전자책, 온라인 플랫폼, 이메일 뉴스레터, 매체나 방식도 관계없다. 내가 쓰고 싶은 걸 쓰고, 쓰고 싶은 곳에 쓴다. 누구나 작가가 되는 시대이지 않던가. 어떤 이야기도 책이 될 수 있는 시대다.

이 책은 보기에 따라서는 작가들마다의 글쓰기 노하우를 담은 글쓰기 지침서다. 하지만 다른 한편으로는 작가들이 쉬이 꺼내지 않았던 글쓰기를 향한 내밀한 마음을 담았다. 열 명의 작가, 열 개의 글 쓰는 삶을 통해 여러분의 글 쓰는 삶이 향해야 할 방향을, 때론 태도를, 그리고 실질적인 글쓰기 팁을 얻을 수 있을 것이다. 물론 글쓰기를 하지 않고도 살 수 있고 꼭 글쓰기를 하지 않아도 된다. 다만 희미해져 사라지는 과거의 나와, 예기치 못한 거대한 파도에 휩쓸려 버리는 오늘의 나와, 삶이 어떻게 전개될지 모를 내일의 나를, 글쓰기가 지켜줄 것이다. 이 책이 앞으로 글을 읽고 쓰는 삶을 살길 원하는 여러분에게 자극과 영감을 주길 바라는 마음이다. 누구의 노래처럼 작은 것들을 위한 시를 쓰고, 누구의 기도처럼 작은 것들에 깃든 신을 떠올리면서, 나도 여기서 읽고 쓰는 삶을 계속해 나가겠다.

2022년 9월
구선아

들어가며

디지털 뉴노멀 시대, 새로운 작가들이 온다 · 4

1장 개인출판콘텐츠(브런치·독립출판) · 16

에세이스트 고수리

작고 빛나는 순간을 사랑합니다 · 18

시인·에세이스트 태재

심신이 단단해야, 글도 단단합니다 · 46

2장 인터넷 카페와 웹소설 플랫폼 · 78

초단편 소설작가 김동식

가장 재밌는 게, 가장 보편적입니다 · 80

웹소설 작가 천지혜

멀리 갈수록, 이정표를 촘촘히 세웁니다 · 108

3장 전문직업과 글쓰기 · 134

작가·일러스트레이터 김예지

청소 일하고, 그림을 그립니다 · 136

작가·응급의학과 전문의 남궁인
글이 가진 선한 영향력을 믿습니다 · 164

4장 뉴스레터와 구독서비스 · 192

작가·약사·책방 운영자 박훌륭
나를 거절하지 않는 글을 씁니다 · 194

시인 문보영
일기에서 시작해 보았습니다 · 222

5장 팟캐스트와 인스타그램 · 252

콘텐츠 기획자·작가 황효진
여성의 눈으로 콘텐츠를 만듭니다 · 254

여행 작가·여행 크리에이터 청춘유리
행복도, 글쓰기도 선택입니다 · 284

인터뷰를 마치고 · 314

1장

개인출판콘텐츠

브런치·독립출판

작고 빛나는
순간을
사랑합니다

에 세 이 스 트 **고수리**

사람들은 왜 에세이를 사랑할까. 수년째 국내 출판계는 에세이가 인기다. 읽는 사람뿐 아니라 쓰는 사람까지 에세이로 몰린다. 에세이가 사랑받는 건, 쉽게 읽혀서이기도 하지만, 아마도 경험의 교집합에서 오는 공감 때문일 것이다.

에세이는 소소한 개인의 이야기가 많다. 어떤 이들은 에세이가 개인의 생활 경험을 쓴 글이라 가장 손쉬운 글쓰기라 말한다. 하지만 개인의 시간과 서사를 진솔하게 드러내는 일이 과연 쉬운 일일까. 소소하다고 시시한 것은 아니다. 때론 소소한 것이, 소외된 것이 큰 사건보다 오래 기억되고 삶을 살아나가게 하는 힘이 된다.

얼핏 보기에 모두 비슷한 하루 같지만, 들여다보면 모두의 하루는 다르고 개인의 매일도 다르다. 식상한 말이지만 우린 모두 자기 삶의 주인공이다. 어떤 삶이든 깊이 천천히 들여다보면 모두가 드라마 같은 삶이다. 액션, 멜로, 코미디, 휴먼 등 장르가 다를 뿐, 그 누구의 어떤 하루도 같지 않다. 우린 모두 처음으로 오늘을 살아내고 있다. 나는 '살아낸다'라는 말을 좋아한다. '산다', '살아간다'라는 말보다 수동적으로 보이지만, 인생이라는 큰 물줄기를 따라 기꺼이 살아내는 것이 진짜 적극적인 삶이라 생각한다. 이것이 내가 에세이를 읽고 쓰는 이유다.

고수리 작가는 이런 에세이를 사랑하는 작가다. 지극히 평범한 누군가가 살아내는 이야기를 쓴다. 작지만 빛나는 삶의 이야기를 말이다. 작가는 평생 동안 써온 이야기를 글쓰기 플랫폼, 브런치에 몽땅 공개하며 에세이스트의 삶을 시작했다. "우리 삶에도 드라마가 있다는 것을 배웠다"라고 말하는 작가는 점차 에세이의 매력에 흠뻑 빠졌다. 글과 삶이 맞닿은 책을 낼 때마다 작가의 밑천이 다 드러날까 두려워하기보다 글쓰기를 통해 더 잘 살아내고 싶은 힘을 길렀다.

그래서일까. 작가 고수리는 써야 할 글도, 쓰고 싶은 글도 많다. 에세이를 주로 쓰지만 청소년문학과 아동문학, 애니메이션 시나리오와 카피라이팅까지 다양한 글쓰기를 성실히 한다. 여러 장르에서 꾸준히 글을 쓰기 위해, 자신의 글에 매몰되지 않기 위해, 매일 아침마다 책을 읽고 문장을 수집하며 써야 하는 글이 아닌 쓰고 싶은 글을 써낸다.

그리고 작가로 사는 삶이 바빠진 이후에도 개인으로서 읽고 쓰며, 여전히 브런치를 통해 글을 공개한다. "내 글을 좋아하는 독자, 내 글을 믿고 읽어주는 독자들"을 만나게 해 준 브런치를 퍼스널 브랜딩 페이지로 활용하는 것이다. 더군다나 서로의 첫 독자가 되고 서로의 러닝메이트가 되어주는 동료 작가들도 이곳에서 만났다. 좋은 글을 만나면, 좋은 작가를 만나면, 먼저 손 내밀고 좋아한다고 말할 줄 아는 그에겐 친구와 동료 그 어디쯤에서 서로를 응원하고 함께 글 쓰는 삶을 살아내는 동료 작가들이 많다. '나는', '내가', '나의'로 시작되는 내 삶의 이야기를 쓴다는 건 조금 외로운 일이다. 혼자 나아가야 하는 글쓰기에 동료가 있다는 것이 얼마나 큰 힘이 되는지 가늠해보니 참 부럽다. 나 역시 읽고 쓰며 만난 좋은 글을 가진 이에게 먼저 "안녕하세요, 당신의 글은 참 멋져요"라고 말하고 싶어진다. 하지만 먼저 "똑똑,

저기요"라며 문을 두드릴 용기는 없다.

글쓰기가 두려운 이들에게 작가는 말한다. "글쓰기란 넘을 수 없는 벽에 문을 그린 후, 그 문을 여는 것이다"(크리스티앙 보뱅)라며, 여러 번 실수해도 괜찮다고, 먼저 그 문을 열어 보라고, 문을 들어서면 괜찮을 거라고. 자, 이제 함께 작고 빛나는 이야기를 써보자. 문을 열 용기, 딱 그만큼의 용기면 글쓰기는 가능해진다.

글 쓰는 사람은 경험을 꺼내 쓰니까
과거를 사는 것 같지만, 아니에요.

글 쓰는 사람은 현재를 산다고 생각해요.
매일 무언가를 발견하고 감탄하니까요.

작가님, 반갑습니다. 자기소개 부탁드려요.

—

안녕하세요. 에세이스트 고수리입니다. 저는 KBS〈인간극장〉에서 작가 일을 시작했고요. 방송작가로 휴먼다큐를 만들다가 글쓰기 플랫폼, 브런치에 제 이야기를 쓰기 시작했어요. 이후로 『우리는 달빛에도 걸을 수 있다』를 출간하고 에세이 작가가 되어 꾸준히 책을 쓰고 있습니다. 대중적으로 쓰는 글은 에세이지만 각종 콘텐츠 구성과 카피라이팅, 아동문학 등 다양한 글을 쓰는 프리워커예요. 누구나 자기만의 이야기를 발견하길 바라며 지자체와 기관, 세종사이버대학교에서 글쓰기를 가르칩니다.

첫 책 『우리는 달빛에도 걸을 수 있다』는 브런치에 올린 글을 모아 출간되었습니다. 글을 수정하고 추가하는 작업을 하셨을 텐데요. 브런치에 글을 쓸 때와 출간 할 때는 또 다르셨을 거 같아요.

—

제가 서른한 살에 첫 책이 나왔어요. 그 책의 초고는 서른 살까지 혼자 썼던 글을 모두 모은 거예요. 집에서 직장에서 틈틈이 써왔던 모든 글을 퇴고해서 '그녀의 요일들'이라는 제목으로 브런치에 올리기 시작한 게 서른 살, 2015년이었어요. 그해 7월에 첫 글을 올리고 30일간 매일 글을 올렸습니다. 그 글들이 브런치북 프로젝트 1회 금상을 수상하게 되었고, 이후 출간까지는 6개월 정도 걸렸어요. 추가 원고를 쓰고 퇴고와 교정을 거듭하면서, 나와 글 사이에 '독자'가 있다는 것을, 책 작업하면서 더욱 생생하게 실감하고 고민하게 되었어요. 이 책을 읽을 독자가 누구일까, 그 독자에게 나는 어떤 이야기를 하고픈 걸까. 돌아보면 에세이스트의 기본 태도를 그때 배운 거죠. 책이 나왔을 땐 얼떨떨하고 그저 신기했어요. 방송작가일 때는 다른 사람들 이야기를 취재하고 옮겨 쓰는 게 일이었거든요. 내가 내 이야기를 썼다는 것, 그 이야기가 책이라는 물성으로 만져진다는 게 신기했어요. 평생 써온 글을 책 한 권에 몽땅 담아버려서 홀가분하기도 했고요. 사실 그때는 제가 다음 책을 쓸 수 있으리란 기대가 아예 없었어요. 다음 책을 낼 계획이 있었다면, 첫 책에 몽땅 담지 말고 글감을 좀 아껴두었을 거예요. (웃음)

브런치북 수상 이후 에세이스트로 누구보다도 활발히 활동하고 있습니다. 어떻게 해야 꾸준히 글쓰기 활동을 할 수 있나요? 그리고 글쓰기를 본업으로 이어갈 수 있을까요?

—

공개적으로 글을 쓰세요. 글쓰기를 업으로 삼고 싶다면 사적인 글쓰기에서 공적인 글쓰기로 나아가야 해요. 저는 첫 책 출간 후에도 전업 작가가 되리라곤 생각하지 못했어요. 다만 이후로도 계속 브런치와 SNS에 공개적으로 글을 썼어요. 꾸준히 쓰니까 원고 청탁과 출간 제안이 왔어요. '언젠간 좋은 글을 쓸 거야. 멋진 책을 낼 거야.' 이런 생각만으론 아무것도 시작되지 않아요. 두렵고 부족하다, 생각되더라도 일단 내가 쓴 글을 꺼내 보여주어야 누군가에게 발견

됩니다. 일기와 에세이의 차이도 바로 그 지점이에요. 공개적으로 쓴다는 건 누군가 읽어줄 사람을 생각한다는 거잖아요. 독자의 유무가 글쓰기를 완전히 다르게 만듭니다. 나는 왜 글을 쓰는 걸까, 누구에게 무엇을 어떻게 이야기하고 싶은 걸까, 내가 하는 이야기에 오류는 없을까, 잘 전달하려면 구성을 어떻게 바꿔야 할까. 심지어는 맞춤법 하나도 세심히 살피게 돼요. 그럼 자연스레 글이 조금씩 나아집니다. 저는 에세이스트란 공개적으로 에세이를 쓰는 작가와 에세이 책을 출간한 작가, 그리고 글이 실리는 지면이 있는 작가라고 생각하는데요. 이 모두가 공개적인 글쓰기이자 공개적으로 써야만 얻을 수 있는 기회죠. 에세이스트가 되고 싶다면 누가 뭐라든 자기만의 콘텐츠를 꾸준히 만들고, 독자들에게 공개해야 합니다.

'공개적으로 글을 쓰라'는 말에 무척 공감합니다. 글을 쓴다는 건 누군가 읽는 행위가 동반되어야 마침표가 찍히는 일이라는 생각도 들고요. 작가님은 브런치 독자로서 구독하고 있는 글이 있으신 가요?

—

주로 브런치픽pick 콘텐츠들을 읽습니다. 제가 최근 4년 정도 해온 작업이 좋은 에세이를 골라 책으로 엮는 일이었어요. 그래서 좋은 에세이와 저자가 있는지, 브런치픽을 자주 확인합니다. 좋은 글은 티가 나요. 눈여겨본 저자들은 틀림없이 출간이나 수상을 하더라고요. 저처럼 새로운 저자, 좋은 글을 찾으려는 많은 편집자가 브런치를 주시하고 있어요.

　브런치에서 추천하는 브런치북은 소개와 목차를 확인합니다. 대체로 독자 타깃이 명확하고 차별화된 주제의 콘텐츠들이 많아요. 수십 편의 원고가 하나의 주제로 묶여야 책이 될 수 있는데요. 글 10편 이상이 묶인 브런치북은 그 자체만으로 훌륭한 출간 기획안이자 투고 제안서입니다. 또 종종 브런치팀에서 브런치북을 만드는 경우도 있습니다. 브런치 작가 신청이나 브런치북 프로젝트 응모를 꿈꾸는 분들이라면 꼭 찾아 읽어보시길 바라요. 그중에 출판 편집자들 인터뷰를 모은 브런치북도 있어요. 읽어보면 어떤 저자를 찾는지, 어떤 글이 책이 되는지, 어떤 글이 좋은 글인지, 알 수 있어요. 우리가 시험공부할 때 출제자의 의도를 파악하고 공부하면 조금 더 효율적으로 공부를 할 수 있잖아요. 마찬가지로 브런치 작가가 되고 싶다거나 혹은 책이 되는 글을 쓰고 싶거나 편집자의 눈에 띄고 싶다면 이런 글들을 읽어보세요. 큰 도움이 될 겁니다.

　최근 몇 년간 에세이가 계속 인기를 얻고 있고, 브런치와 같은 글쓰기 플랫폼도 성장세입니다. 사람들은 왜 유명하거나 인기 있는 작가의 책이 아닌 브런치에 올린 글을 읽을까요?
　－
　두 가지 이유가 있다고 생각해요. 하나는 브런치가 에세이의 속성을 띄기 때문인데요. 에세이는 사람 이야기잖아요. 다들 다른 사람은 어떻게 사는 걸까 궁금해하고요. 다양한 사람들의 삶과 일,

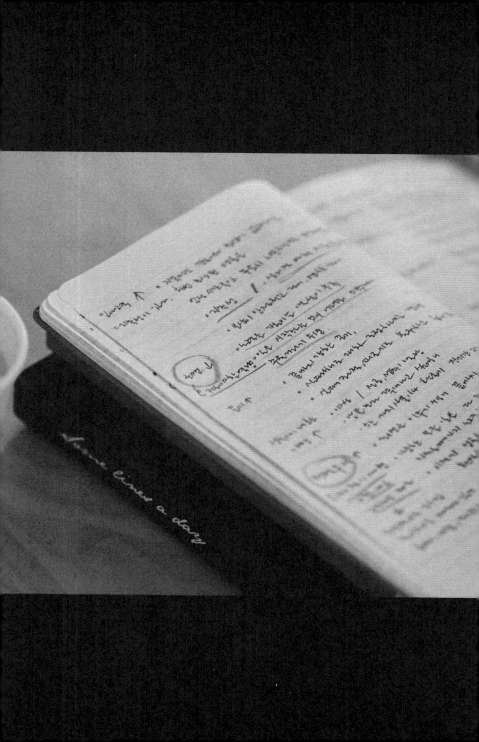

경험과 생각 같은 것들이 궁금해서 읽고, 비슷한 삶을 살아본 누군가의 이야기에 공감과 위로를 얻기 위해서, 또는 낯설고 새로운 어떤 삶의 이야기를 발견하기 위해서 에세이를 읽어요. 말하자면 어떤 사람을 만나보는 일과도 비슷하죠. 그런 글이 브런치에 많습니다.

또 하나는 디지털 콘텐츠이기 때문이라고 생각해요. 책이 읽히지 않는 시대가 되었다지만, 어느 때보다 다양한 사람들이 책을 쓰는 시대가 되었어요. 누구나 작가가 될 기회가 생긴 거죠. 그런 면에서 브런치는 접근성과 심미성, 가독성이 좋고, 기획과 제작과 공유가 편리한 디지털 플랫폼이에요. 좋은 글을 쓰기만 한다면 공개적으로 읽힐 기회가 주어지잖아요. 누구나 독자인 동시에 작가가 될 수 있죠. 브런치에서는 일정 편수의 글을 모으면 브런치북으로 제작할 수 있는데요. 이때 글에서 책으로 발전되는 거예요. 그래서 저는 브런치가 다양한 사람들이 쓴 책들이 오고 가는 '가상의 사람책 라이브러리' 같다는 생각이 들어요.

2015년부터 브런치에서 꾸준히 활동해 왔습니다. 지금도 브런치를 포트폴리오처럼 활용하고 계시고요. 꾸준히 내 글을 아카이빙하는 게, 글 쓰는 사람에게 필요하지만 쉽게 할 수 있는 일은 아닌 것 같아요.

—

제가 쓴 브런치 글에 언젠가부터 차츰 댓글이 달리고 독자들이 반응하기 시작했어요. 내 글을 좋아하는 독자, 내 글을 믿고 읽어줄 독자들이 생겨난 거죠. 저는 브런치에서 만난 구독자들이 매우 소중해요. 글을 쓸 때도 제 글의 주된 독자로 상정합니다. 2022년 8월 기준으로 제 브런치 구독자는 1.9만 명이고, 발행글은 370개, 누적 조회수는 2,720,775뷰인데요. 2021년 9월에는 한 달 동안 82,781명이 제 글을 읽었어요. 이 숫자가 저에겐 굉장히 의미 있어요. 종이책을 출간할 때는 대개 초판 2,000부를 찍습니다. 2,000부가 다 팔리고 중쇄를 찍는 것조차 어려운 게 출판계 현실이고요. 그런데 8만 명이나 내 글을 읽어주었다는 것, 고수리라는 작가를 알아주었다는 건, 종이책 판매만큼이나 가치 있는 일이라고 생각해요. 그래서 브런치에도 꾸준히 글을 올려요. 어딘가 기고한 글이나 갑자기 쓰게 된 글, 작가의 일 공지도 자주 올립니다. 브런치를 작가 포트폴리오와 채널로 활용하는 거죠.

저는 에세이 작가치고 여러 제안을 많이 받는 편인데요. 브런치 '작가에게 제안하기' 기능을 통해서 많이 받습니다. 출간 제안을 비롯해 강연, 기고, 방송 출연 요청 등등 다양해요. 브런치를 작가 포트폴리오로 잘 활용한다면, 작가 퍼스널 브랜딩과 커리어에 큰 도움이 됩니다. 제 브런치에는 2015년부터 올린 글들이 여전히 있어요. 초고 그대로 두고 되도록 수정하지 않았어요. 물론 다시 읽어보면 부끄럽죠. 그 사이 저도 제 글도 많이 변했고요. 그렇지만 제 글쓰기의 역사라고 생각해서 그대로 두었어요. 글은 꾸준히 쓰다 보면 조금씩 나아진다는 걸 정직하게 쌓인 글이 보여주고 있습니다.

작가로서의 생활도 궁금합니다. 쌍둥이 아이를 돌보고 강의와 강연까지 하면서 글 쓰는 시간을 확보하기가 쉽지 않을 것 같아요. 보통 언제 글을 쓰고, 얼마 동안 얼만큼의 글을 쓰나요? 그리고 자신만의 글쓰기 루틴이 있나요?

—

오래 쓰려면 반드시 루틴이 필요해요. 저는 첫 책을 내고 이듬해 아들 쌍둥이를 출산했는데요. 엄마가 된 것도 처음인데, 갓난아기를 둘이나 돌보려니 정말이지 글 쓸 시간이 너무 없었어요. 처음에는 아기들이 자면 밤새워서라도 글을 썼어요. 너무너무 간절했거든요. 그런데 결국 탈이 나더라고요. 다행히 아이들이 유치원에 들어가고부터는 작업 루틴을 만들 수 있었어요. 저는 아침을 일찍 시작해요. 하절기에는 6시, 동절기는 7시쯤 일어나 자유로운 독서와 글쓰기 리추얼ritual을 8시까지 해요. 하루 중 제게 가장 중요한 시간이에요. 오랫동안 아침 리추얼을 이어왔어요. 영감이 될 만한 책을 골라 아무 페이지나 펼쳐 읽다가, 마음을 움직이는 문장을 만나면 옮겨 적고, 곧바로 짧은 글을 쓰기도 합니다. 그리고 가족들 출근과 등원이 완료되면 가족과 생활 관련 일, SNS 업무들을 해요. 아침 겸 점심을 챙겨 먹고 11시쯤 집을 나섭니다. 일부러 2~30분쯤 걸어가야 하는 카페에 가서 평균 4~5시간 작업해요. 작업할 시간이 그리 많지는 않아요. 대학 수업과 글쓰기 강의가 있는 날에는 그 시간을 쪼개어 쓰고, 일할 시간이 부족할 때는 예술인자녀돌봄센터에 아이들을 맡기고 밤 9시까지 일하기도 하고요. 언제나 시간이 빠듯한 엄마 작가다 보니, 틈틈이 작업하고 움직이는 습관이 몸에 배어 있어요.

자신을 '프리워커'라고 소개하셨어요. 에세이 작가의 삶은 프리랜서, 프리워커의 삶이 많잖아요. 많은 사람을 만나지만 혼자 일하는 시간도 많고요. 작가님은 동료 작가들이 많다고 알고 있어요. 힘이 되는 동료들은 어떤 분들이고, 동료들이 글쓰기에도 영향을 주나요?

—

좋아하는 마음은 반드시 표현하려고 해요. 좋은 글을 만나면 단순히 '좋아요'를 누르는 걸 넘어서 어떻게든 말을 걸고 싶어요. "작가님 글 너무 좋아요. 언제 한번 만나고 싶어요." 이런 메시지나 메일을 보내기도 해요. 브런치 초창기부터 이렇게 좋아하는 마음을 보낸 작가들이 있었는데, 나중에는 모두 책을 출간한 작가가 되었어요. 참 신기하죠. 한편으론 좋은 글은 정말 티가 나는구나 싶어요. 가장 마음을 기대는 동료는 김달님 작가와 신유진 작가예요. 갑자기 전화 걸어 한 시간 훌쩍 넘게 통화하는 동료들이지요. 살아온 삶과 쓰는 결이 잘 맞기도 하고, 그냥 마음이 잘 통하는 사람들이에요. 두 사람은 각각 창원과 전주에 사는데요. 거리가 문제가 되진 않아요. 오히려 적당한 거리를 지키며 존중하는 마음이 있어서 속 깊은 대화를 나눌 수 있어요. 초고를 보여주며 서로 의견을 듣기도 하고, 같이 독서 모임도 해요. 저는 이런 우정이 참 고맙습니다. 동료 작가들이 있다는 건 아주 큰 힘이에요. 홀로 막막한 순간에도 '나는 이곳에서 쓰고, 너는 그곳에서 쓴다'라는 감각이 생겨요. 지금 우리가 쓰는 글, 앞으로 쓰고 싶은 글에 관해 나누다 보면, 종종 겪는 부당한 대우와 무례한 악플들, 글쓰기의 불안감도 툭툭 털고 나아갈 수 있어요. 서로가 진심 어린 독자이자 믿을 수 있는 조언자이자, 일과 삶을 허심탄회하게 나눌 수 있는 동료예요. 느슨하지만 단단한 연대를 느껴요.

부러운 지점이네요. 혼자여서 자유롭지만, 가끔 외롭다 느끼는 게 사실이니까요. 어떤 인터뷰에서 왜 글을 쓰냐는 질문에 '살고 싶어서'라고 대답하신 걸 봤습니다. 이후 또 다른 인터뷰에서 '가치 있게 살고 싶어서'라고도 했고요. 지금은 왜 글을 쓰나요?

–

그 대답들 모두 포함해서 '나답게 살고 싶어서' 글을 씁니다. 글과 삶은 연결되어 있어요. 내 삶을 돌아보고 마주해야만 무언가 쓸 수 있죠. 처음 글 쓰던 때에는 비장하리만큼 간절했어요. 그때는 삶도 마음도 가난해서 돈 들이지 않고 나를 위해 할 수 있는 일이 글쓰기뿐이었거든요. 그런데 신기하게도 쓰고 나면 나아졌어요. 견디고 살아갈 힘이 생겼고요. 처음엔 강렬하고 사무친 기억들, 커다란 삶의 변곡점들을 썼다면, 계속해서 쓰다 보니 달라져요. 나라는 세계에서 조금씩 나아가 다른 세계들을 쓰게 됩니다. 나 말고 너, 우리, 사람들, 살아 있는 것들, 살아가는 마음. 나에게서 바깥으로 점점 마음 쓰는 일이 커져요. 알고 싶은 것도, 공부하고 싶은 것도 많아껴요. 글 쓰는 사람은 경험을 꺼내 쓰니까 과거를 사는 것 같지만, 아니에요. 글 쓰는 사람은 현재를 산다고 생각해요. 매일 무언가를 발견하고 감탄하니까요. 매일 다시 태어나는 사람 같죠. 언제나 마음속엔 '그럼에도 불구하고'라는 의지의 말을 품고 있고요. 어떻게 살 것인가, 나답게 사는 건 무언가, 죽기 전에 온전히 나로 태어날 수 있을까. 그게 저에겐 글쓰기인 것 같아요.

자신의 이야기를 쓰는 것만큼 평범한 사람들의 삶에 감동하고 소소한 일상의 순간에 행복해한다고 하셨습니다. 왜 소소하고 평범한 이야기에 끌리시나요? 그리고 어떤 장면을 마주했을 때 글을 쓰게 되나요?

–

저는 작은 것들에 마음이 기울어요. 평범한 개인의 서사나 사진처럼 여운이 남는 장면을 좋아해요. 오랫동안 카메라 프레임으로 세상을 보던 사람이어서 그럴지도 모르겠어요. 방송작가 일을 하기 전에도 대학방송국 PD와 영상취재기자, 광고회사 PD를 거치며 내내 영상을 만들었어요. 초단위 프레임으로 장면과 장면을 이어 붙이며 이야기를 만들었죠. 여러 장르의 영상을 다뤄봤지만, 휴먼다큐 만들 때가 가장 행복했습니다. 〈인간극장〉, 〈한국인의 밥상〉, 〈한국기행〉은 지금도 좋아해요. 대단한 서사는 없어요. 평범한 사람들이 먹고사는 이야기인데, 저는 그 안에서 사람들이 움직이는 진짜 모습이 좋아요. 그냥 살아가는 대로 흘러가는 대로 평범한 일상들이 이어지다가 툭 던진 한마디, 말없이도 느껴지는 표정이나 손길, 작고 둥그런 뒷모습. 그런 것들을 마주할 때, 나를 붙잡은 순간이라는 걸 느껴요. 제 마음이 움직이던 그 순간, 그 장면이 바로 에세이 같다고 생각합니다. 제가 에세이를 좋아하는 이유이기도 하고요. 에세이는 삶이랑 가장 가까운 글이잖아요. 뭔가 거대한 서사나 기승전결, 엔딩이 없어도 어떤 한 장면만으로 마음이 움직이는 글. 실제로 저는 그런 순간이 사진처럼 선명해졌을 때 글을 쓰는 것 같아요. 우리는 엔딩 없는 삶을 살잖아요. 매일 같은 일상을 살아가며 우리는 무얼 발견할까, 어떤 걸 보고 듣고 느끼고 살아가는 걸까, 삶과 사람, 그런 것에 관심이 많습니다.

어떤 사람들은 '에세이가 경험한 일을 쓰기 때문에 글쓰기 중 가장 쉽다'라는 말도 합니다.

—

에세이가 쓰기 쉬운 글 같지만 저는 가장 쓰기 어려운 글 같기도 해요. 에세이는 한 사람이 살아온 삶의 실제 경험을 담은 글이에요. 실제로 글에 그 사람 자체를 드러내는 거잖아요. 에세이는 글 쓰는 사람의 진정성이란 말이에요. 그러면 그 진정성이 그대로 고스란히 드러나는 건데, 내 글을 어디까지 어떻게 어떤 방식으로 보여줄 것인가 그리고 독자들은 어디에서 어디까지 읽고 받아들일 것인가 생각해봐야 해요. 무형식의 형식을 가진 문학적 특성 때문에 에세이는 '그냥 자유롭게 쉽게 쓰면 된다'고 여기는데요. 어떤 틀이나 어떤 형식도 주지 않고 네 이야기를 써봐, 라고 하면 더 막막할 수 있어요. 내가 어떤 이야기를 할지 그리고 내가 어디까지 보여줄지, 어떻게 보여줄지 내가 다 정해야 하니까요. 내 스스로가 내 삶에 적극적으로 참여해야 에세이를 쓸 수 있다고 생각합니다.

최근에는 우울증, 자살 기도, 난치병, 가정폭력, 데이트폭력 등 개인의 고통을 글로 쓰는 사람이 많아졌습니다. 작가님 책에도 상처와 아픔을 겪은 얘기가 나오는데요. 자신의 이야기를 글로 쓸 때 두려웠거나 걱정되었던 것이 있나요?

—

글쓰기 수업에 오시는 분들한테 항상 강조하는 이야기가 있어요. 한 번쯤은 살면서 사무친 이야기를 써야 한다고요. 그게 저한테는 첫 번째 책이었어요. 첫 번째 책을 지금 읽으면 부끄럽고 대견해요. 내 글을 빨리 보여주고 싶어서 굉장히 조급하고 초조했다는 게 보여요. 나의 이야기를 드러내고 싶다는 마음 한편 또 숨기고 싶어 하는 마음도 보이고요. 제가 '사무친 이야기를 써라'라고 말씀드리는 이유는 누구에게나 솔직하게 쓰고픈 이야기 하나쯤 자기 안에 있기 때문입니다. 그런 사무친 이야기는 나를 오랫동안 사로잡고 있는 아주 힘든 상처와 고통의 이야기일 경우가 많아요. 힘들겠지만 그 이야기를 직면하고 써봐야 다른 이야기를 쓸 수 있어요. 그 이야기를 쓰지 않고 버티면 계속 그 이야기 곁에서 글이 겉돌 수 있어요. 하지만 이 글을 쓰기가 진짜 힘들어요. 그러니까 너무 조급하게 쓰지 않아도 돼요. 첫 글이 아니어도 첫 책이 아니어도 되고요, 에세이가 아니라 소설이나 시, 그림책이어도 되고요. 꼭 말씀드리고 싶은 건, 너무 솔직하게 다 공개할 필요는 없어요. 고통에 관한 이야기들이 그저 충격 고백에 그치고 사라져 버리지 않길 바라요. 특히 계속해서 작가로 글을 쓰고 싶은 사람이라면 이 점을 진지하게 고민했으면 좋겠어요. 그 이야기 혹은 첫 책이 그 사람 자체가 되어버릴 수 있거든요.

그렇다면 작가님은 개인의 아픔과 상처를 드러낸 첫 책을 어떻게 극복하셨나요?

—

첫 번째 책을 쓰고 걱정이 진짜 많았어요. 평생 써온 진솔한 이야기를 이 책에 모두 담았는데 이제 나에게 더 쓸 이야기가 남아 있을까? 다음 책을 낼 수 있을까? 막막하고 두려웠던 게 사실이에요. 작가로서 다음을 생각해본 적이 없었던 거죠. 그래도 일단 하고 싶은 이야기를 책으로 내니까 너무 홀가분했어요. 여기에 내 인생을 두고 간다, 다시 새로운 삶을 살아야지! 다시 태어난 사람처럼 자유로웠습니다. 그러고 나니 지금의 삶과 주변의 것들이 보였어요. 커다란 사건들에 가려 보이지 않았던 작은 것들이 이제야 보이고 쓸 이야기가 매일매일 발견되더라고요. 다큐 작가로 일했던 게 큰 도움이 되었던 것 같아요. 다큐는 한 사람의 일상을 오래 깊이 들여다보는 일이거든요. 어제와 다름없는 평범한 날 같지만, 나의 하루를 들여다보면 분명히 하루에 하나씩은 무언가 있단 말이죠. 이전에는 이

한 번쯤은 살면서
사무친 이야기를 써야 해요.
그래야 그 이야기에서 벗어나서
다른 이야기를 쓸 수 있어요.

쓰지 않고 버티면 계속 그 이야기 곁에서
글이 겉돌 수 있어요.

야기가 나를 찾아왔다면, 이제 내가 이야기를 찾고 모아야 해요. 찾고 모으려고 하니깐 신기하게 또 그것밖에 안 보여요. 그때 '작지만 반짝이는 이야기를 쓰겠다'고 생각했습니다. 첫 책을 내고 막막한 사람들에게 너무 걱정하지 말라고 말해주고 싶어요. 우리 모두에겐 아주 많은 이야기가 있다는 걸 믿어요.

작가님 글엔 의성어, 의태어가 자주 등장합니다. 특히 『고등어 : 엄마를 생각하면 마음이 바다처럼 짰다』(이하 『고등어』)가 그런 것 같아요. 예를 들면 마지막 글의 '어우렁더우렁 행복했으면 좋겠다고 매일 생각해'라는 문장에서 어우렁더우렁은 사전에 나오는 말이지만 잘 안 쓰는 말이잖아요.

—

어우렁더우렁은 『우리는 달빛에도 걸을 수 있다』의 「눈 내리는 밤」에도 나오고 『고등어』에도 나오거든요. 『고등어』의 마지막 어우렁더우렁 같은 경우에는 제가 되게 힘주어서 쓴 문장이 맞아요. 그래서 질문 주셨을 때 진짜 놀랐어요. 제가 그 말을 〈인간극장〉에서 일할 때 배웠어요. 그때 저는 취재 작가였는데, 메인 작가님이 원고를 쓰면 그걸 공부하듯이 읽었어요. 그런데 거기에 그 표현이 있는 거예요. 과거에 사람들이 살아온 이야기를 보여주는 장면이 있었는데, 거기에 "어우렁더우렁 살았다"라고 나오길래 '이게 뭐야? 되게 귀여운 말인데'라고 하면서 찾아봤더니, 여러 사람이 다정하게 살아가는 모양을 나타내는 의태어더라고요. 그래서 그때 메모해 두고, 제가

제일 좋아하는 글이자 브런치의 첫 번째 글인 「눈 내리는 밤」에 '어
우렁더우렁'이라는 말을 '나는 이런 글을 쓸 거야' 선언하듯이 썼고,
『고등어』에도 나의 숨은 비밀처럼 썼습니다. 제가 의성어, 의태어를
좀 많이 좋아하는 편인 것 같아요. 보통 작법서 보면 글 쓸 때 의성
어, 의태어 사용은 지양하라고 쓰여 있어요. 황현산 선생님도 그러셨
어요. '산들산들'로 퉁 치려고 하지 말고 작가만의 언어를 찾아서 써
야 한다고요. 그렇지만 저는 이것도 제 문체이지 않을까 생각해요.

저는 『고등어』가 참 좋았습니다. 읽으면서 몽글몽글해졌어요. 선
한 기운이 들기도 했고 의성어, 의태어의 말맛도 좋았고요. 가령
쪼글쪼글, 바글바글, 찰방찰방, 삐득삐득 같이 음식을 묘사하는
말맛도 재밌어요.
—

『고등어』는 조금 다른 형식으로 쓴 책이에요. 제가 할머니 이
야기를 써야 하는데, 할머니는 이미 돌아가셨고 할머니 생전의 기억
도 다 선명하지 않았어요. 그래서 엄마에게 묻고 이모들에게 물으면
서 그 기억을 재구성해야 했어요. 재구성해서 에세이라는 형식을 통
해 이야기를 만든 거죠. 엄마랑 인터뷰를 많이 했어요. 만나서도 하
고 전화로도 하고요. 다 녹음해서 녹취를 풀고 이야기로 만들었죠.
그래서 『고등어』에는 엄마가 하는 말들이 다 살아 있어요. 다큐에서
는 등장인물의 살아 있는 말맛을 살리기 위해 어순이 틀리더라도 최
대한 고유의 말투를 살려 정돈하는 게 중요한데요. 저도 그렇게 작

업했어요. 엄마의 기억을 인터뷰하고, 구술기록을 정리해서 재구성하고, 거기에 제 기억도 더해 에세이로 쓴 거죠. 그래서 『고등어』는 에세이지만 우리집 여자들의 구술 생애사기도 해요.

자신의 글쓰기 외에도 '창비 라이팅 클럽'이랑 '텍스처 앰배서더', '밀미 리추얼 메이커' 등 다양한 독서와 글쓰기 연계 콘텐츠에 참여하고 계신데요. 사실 읽는 일과 쓰는 일은 떼려야 뗄 수 없는 일이잖아요. 이런 활동이 글쓰기에 어떤 도움이 되나요?
—

당연한 말이지만, 작가에게 독서는 매우 중요해요. 계속해서 쓰기 위해서 영감이랑 글감을 줍는 행위기도 하고요. 책 한 권 분량의 글을 써보면, 내가 매번 같은 이야기, 같은 표현, 같은 어휘를 사용하는구나, 알게 돼요. 계속 쓰려면 자기 세계를 넓혀야만 하죠. 그럴 때 독서가 가장 좋은 불빛입니다. 에세이는 삶에서 소재와 진실을 찾는 1인칭 시점 문학이다 보니, 계속해서 자기 삶에서 뭔가를 발견하고 재정의해야 해요. '삶의 의미화 작업'인 거죠. 어떤 것을 경험했다면, 여기서 무엇을 어떻게 느꼈는지 나만의 언어로 정리하고 다시 정의해보는 건데요. 그러려면 내 삶과 끈질기게 연결되어 있어야 합니다.

그리고 이 모든 게 기록하지 않으면 전부 사라져 버리죠. '또렷한 기억보다 희미한 연필 자국이 낫다'는 말처럼, 에세이 작가는 부지런해야 해요. 사는 게 전부 글이 되거든요. 게다가 저는 엄마 작가다 보니까 시간 자체가 너무 없잖아요. 어떻게 효율적으로 시간을 활용하면서 읽고 쓸 것인가, 고민하면서 작업을 해나갑니다. 단순히 책만 읽는 것이 아니라, 문장 수집하고 문장 일기 쓰고, 하루하루 반짝이는 영감들을 수집하고, 그 과정을 또 다른 사람들과 함께 하다 보면요. 고립되지 않고, 다른 생각들과도 교류할 수 있어요. 그래서 더 선명하게 생각과 지식이 나에게 남고요. 읽고 쓰는 건 혼자만의 일이지만, 고립되거나 외골수가 되지 않고, 다르고 다양한 의견과 생각들을 고루 주고받으려고 의식적으로 노력합니다. 저는 정말 모르는 게 너무 많고, 그래서 많이 공부하고 싶어요.

에세이는 생활 속에서 무언가를 발견하는, '삶의 의미화 작업'이라는 말이 핵심을 찌르는 것 같습니다. 평범하게 흘러 가버릴 수 있는 어떤 순간을 발견하는 것은 어떻게 가능한가요?

—

평소에 사람들의 말이나 마음에 남은 장면들을 자주 메모해요. 신문에 연재하고 있는 〈관계의 재발견〉은 그런 메모를 활용해 씁니다. 신문에 게재하는 에세이는 1,300자 정도 되는 짧은 분량에, 남녀노소 누구나 쉽게 읽고 이해하고, 마음을 움직이는 글을 써야 하거든요. 그래서 가장 가까운 사람 이야기부터 가져와요. 가령 시간이 너무 없다고 쫓기듯 사는 저에게 동료가 "조금 일찍 만날까요? 시간을 저금하고 싶어서요"라는 메시지를 보냈어요. 단순히 '시간을 쓴다'는 게 아니라 '시간을 모은다'라는 마음가짐은 삶과 관계를 모두 충실하게 만드는구나 깨달았죠. 어떤 하루는 옛 친구의 부재중 전화를 확인했어요. 다시 전화 걸까 말까 고민하는데 엄마가 그래요. "다시 전화해줘라. 놓쳐버리면 평생 오지 않을 전화가 있단다." 그 말에 용기 내어 전화를 걸었고 관계를 붙잡을 수 있었어요. 또 한 번은 기차 유아 동반석에 아이들과 함께 탔다가, 다른 좌석의 세 살배기 아이 옹알이에 호통치는 노인을 다른 어른들이 염려하고 제지했던 일을 겪은 적도 있어요. 방정환 선생의 어린이 선언문 "어린이를 책망하실 때는 쉽게 성만 내지 마시고 자세자세 타일러 주시오" 부분을 인용해서 어린이를 대하는 어른들의 태도를 돌아보았죠.

모든 일상이 글쓰기의 반짝거리는 소재가 되려면, 평소 글쓰기 준비가 되어 있어야겠다는 생각이 드는데요. 마지막으로, 글쓰기를 막 시작하는 사람에게 지침이 될 만한 책을 추천하신다면요?

—

몇 권의 책을 추천하고 싶어요. 먼저 새로운 형식의 실험적인 글쓰기로 쓰인 『존 버거의 글로 쓴 사진』이에요. 제목 그대로 글로 사진을 쓰지요. 픽션일까 논픽션일까, 생각하는 마지막에 사진이 나와요. 자두나무 아래 선 두 사람의 이야기를 담은 첫 글부터 너무 좋았어요. 글쓰기에는 경계가 없다는 걸 보여주는 책이에요. 또 제가 정말 좋아하는 시인 메리 올리버 산문집 『긴 호흡』은 옆에 두고 종종 읽는 책이에요. 창작하는 삶에 관한 이야기가 담겨 있는데요. 단숨에 읽히진 않지만 여러 번 곱씹으면 공감과 의지가 되는 내용이 많아요. 그리고 『배우, 자유로운 인간을 위한 백세개의 모노로그』는 배우 지망생과 현역 배우들을 위한 연극 실기 지침서예요. 국내외 주요 연극 작품 가운데 남녀 배우들의 독백 103개가 담겨 있어요. 연극작품에서, 특히 독백에는 인간의 마음이 농축되어 있잖아요. 글쓰기 형식과 문장 구성, 대사뿐만 아니라 103명의 감정과 마음, 삶에 빠져볼 수 있어요. 그래도 단 한 권을 꼽으라면, 라이너 마리아 릴케의 『젊은 시인에게 보내는 편지』인데요. 카푸스라는 무명 시인이 '이런 글을 썼는데 잘 쓰고 있는지 모르겠다, 어떻게 계속 글을 쓸 수 있을까', 작가에게 조언을 구하는 편지를 써요. 릴케는 그 편지를 받고 너무나 다정하고 정성스럽게 아홉 통의 편지를 보내줘요. 편지는 글쓰기로부터 시작되지만 삶으로 종결되는데요. 글쓰기가 흔들릴 때 꺼내 읽으면 분명 위로가 될 거예요. "인생은 옳은 것입니다, 어떠한 경우에도"라는 라이너 마리아 릴케의 말을 모두에게 전해주고 싶습니다.

어떤 순간에는,
살아 있음 그 자체가
우리를 살게 하기로 했다.

고수리

심신이
단단해야,
글도
단단합니다

시 인 · 에 세 이 스 트 **태재**

글 쓰는 사람이라고 하면 헝클어진 머리에 뿔테 안경을 쓰고 골방에 틀어박혀 멍하니 모니터를 바라보며 손가락만 쉬지 않고 움직이는 사람을 흔히들 떠올린다. 아마 몇몇 영화나 드라마에서 그려진 장면 때문일 것이다.

실제로 글쓰기는 매우 활동적이고 부지런해야 한다. 매일 반복해서 글을 쓸 뿐만 아니라, 작가는 그 '글쓰기를 위해 필요한' 반복되는 일을 해내는 사람이다. 벼락을 맞은 것처럼 영감을 얻어 글쓰기를 시작할 수는 있지만 끝맺기는 어렵다. 논픽션이나 소설뿐만이 아니라 에세이도 마찬가지다. 어두컴컴한 기억을 더듬어 하얀 종이에 옮기는 일이 아니다. 수시로 아이템을 찾고, 자료 조사를 하고, 글의 구조를 짜고, 사람들을 만나면서, 지속적으로 글을 쓸 수 있는 연료와 동력을 마련한다.

사실 난 천성이 게으르고 산만한 사람이다. 특히 반복적인 일을 잘 못 한다. 학창 시절 미술을 포기한 것도, 악기 전공을 포기한 것도, 매일 반복되는 연습 시간을 지키지 못해서다. 오늘 내 기분이 이렇고 내일 무슨 일이 생길지 모르는데, 어떻게 매일 혹은 매주 같은 일을 해나갈까. 내가 게으른 사람인데도 불구하고 글쓰기를 해나갈 수 있는 건 다행히도 글쓰기에 있어서만큼은 부지런한 사람이어서다. 글쓰기를 위해 일상을 가볍게 정리하고 글쓰기를 위한 일에 집중한다. 심신 단련까진 아니더라도 심신 정돈을 위해 애쓴다. 시답지 않은 농담과 가십이 있던 술자리는 모두 없앴고, 꼭 만나야 할 사람이 아니라면 굳이 만나지 않는다. 매일 후련한 글을 쓰진 못하지만 거뜬하게 이 일을 해내고 싶으므로.

내가 만난 태재 작가는 그런 의미에서 참으로 부지런한 사람이다. 매주 매일 일과표에 따라 심신을 단련한다. 단련된 심신을 통해 간결한 단어를 찾고 공감할 이야기를 짓고 책을 만든다. 글과 책에도 단련된 심신이 드러난다. "나는 말투가 보이는 사람이 좋다. 가까운 사람의 말투는 따라 해보곤 하는데, 따라 할 수 있다는 것은 떠올릴 수 있다는 것이고 이것은 그 사람이 없는 자리에서도 그 사람을 기억해낼 수 있다는 것이다"(『책방이 싫어질 때』). 그의 글에서도 그의 말투가 보인다. 말투에선 그가 자신의 생활을 대하는 단련된 태도가 보인다. 그리고 그가 만든 책을 보면 단단한 느낌이 있다. 책의 물성도 그렇지만 단단한 글쓰기를 해냈다고 해야 할까. 그 단단함은 꾸준함의 결과다. 꾸준함이란 동일한 상태를 유지하는 일이 아니다. 변화에 순응하기도 하며 변화를 준비해 나가면서 나의 상태를 유지하는 일이다.

어떤 이들은 독립출판을 비주류라 칭하며 상업출판에서 출간하지 '못'했거나 활동하지 '못'하는 작가들이 만든 책이라 한다. 여기에는 간과한 사실이 있다. 독립출판을 하는 모든 사람이 유명 작가가 되기 위해, 돈을 벌기 위해, 결국 주류가 되기 위한 목표를 둔 건 아니다. 누군가 자신의 책을 보고 고개를 까딱까딱하며, 이런 생각도 있구나, 이런 시선도 있구나! 느끼고, 생활을 조명하고 삶에 힌트를 얻으면, 그것으로 충분하다. 태재 작가가 글을 쓰는 이유다.

이제 독립출판은 나를 콘텐츠로 만들고 나를 브랜딩하는 가장 좋은 방법이 되었다. 원한다면 글을 쓰고 책을 만들며 나에게 맞는 나를 찾고, 직업 창출을 하고 생활도 해나가는 독립적인 삶을 살 수 있다. 더군다나 독립출판으로 일약 스타작가가 되고 돈도 많이 벌고 해외에 판권도 파는 시대가 되었다. 하지만 모두가 유명해질 수도 그럴 필요도 없다. 온라인으로 오프라인으로, 디지털로 아날로그로, 매체와 방법, 내용은 무엇이든 상관없다. 태재 작가의 말처럼 글을 쓰면서 생활에 새로운 시도를 해나간다면 말이다. 글쓰기로 인해 가장 단련되는 것은 바로 글 쓰는 자신이므로.

문장은 허공에 있다가 쓰이는 게 아니라
제 몸에 들어갔다가 나갑니다.
제가 제 몸을 관리하고 주도권을 가지면
문장도 저의 관리를 받으며
나오는 것 같아요.

자기소개 부탁드릴게요.

—

안녕하세요. 저는 글 쓰고 책 만드는 작가 태재라고 합니다. 1인 출판사 롤업프레스를 운영하고 있습니다.

롤업프레스는 어떤 의미인가요?

—

롤업프레스는 옷을 롤업roll-up해서 입는 것처럼, 홀가분한 태도로 책을 쓰고 만들자는 의미에요. '딱 떨어지는 깔끔한 핏보다 쓱 ~ 접어 올린 시원한 생각들'이랄까요? 우리가 옷을 샀을 때 자기의 팔보다 기장이 길 수도 있잖아요. 그때 옷을 수선해서 입는 사람도 있지만, 그냥 팔을 접어서 입는 사람도 있어요. 반대로 핏이 딱 떨어지는데도 손을 많이 쓰는 일을 하거나 물을 덜 묻히려고 팔을 걷어 올리기도 하고요. 기존의 것을 수선하기보다 필요할 때 접어 올려서 입는 게 좋더라고요. 그래서 저도 자주 롤업해서 입어요. 팔다리가 짧아서가 아니고요. (웃음)

작가님처럼 상업출판을 통해서 활동할 수 있는데도 독립출판을 하는 작가들이 많습니다. 최근 유명 작가들도 독립출판사를 꾸려 자신의 책을 직접 만들고 유통하기도 하고요.

—

저는 정통성보다는 융통성이 강한 작가라고 생각해요. 문학을 전공하거나 기존 등단 시스템으로 등단한 게 아니고 직접 '등장'했으니까요. 2014년 대학교 4학년 때 처음 독립출판을 했고, 그때부터 2016년까지는 매년 제 시집을 만들었어요. 이후에 출판사에서 첫 에세이집을 출간했는데, 그 시기에 출판계에서 독립출판에 관심을 많이 두기 시작했거든요. 독립출판물이 출판사를 통해 리커버 되어서 큰 서점에 놓이기도 했고요. 출판사의 그런 제안들이 동료들에게 하나둘씩 왔고, 당시 저도 호기심이 있었어요. 독립서점이나 작은 독립출판마켓에서 내 책이 팔리는 일도 좋지만, 큰 서점에 내 책이 놓인 모습도 목격하고 싶었거든요.

마침 한 출판사에서 에세이집과 시집을 동시에 제안해주셨고 저도 출판사와 소통하며 책을 만들어보는 경험을 했습니다. 사실 그때는 독자층이 넓어질 거라고 기대했어요. 작은 서점에 있던 제 책이 큰 서점으로 옮겨갔다는 것은, 마니아에서 대중으로 옮겨간다고 생각했거든요. 단순했죠. 하지만 아쉽게도 결과가 좋지 않았어요. 판매량도요. 제가 독립출판으로 직접 판매하는 부수보다도 적었어요. 출판 계약은 보통 5년으로 하는데, 이제 그 5년이 다 되었네요. 출간 직후 때 말고는 제가 받는 인세가 정말 매우 적어요. 독립서점에서 정산해주시는 금액이 훨씬 많아요.

그리고 독자층과 인세보다 더 큰 이유는, 출판사를 통해 나온 책이 온전히 제 책이라고 하기 어려워서예요. 이 책은 내 책이 아니라 출판사의 책이라는 생각이 들더라고요. 나는 이 책에 글을 쓰는 사람, 즉 작가로 참여했을 뿐이고 편집자, 디자이너, 마케터 모두 함께 만든 책이잖아요. 물론 혼자서 쓰고 만들 때보다 각 분야 전문가와 의견을 나누고 조율하는 경험은 좋았어요. 다만 저는 그 경험을 통해 저를 더 잘 알게 되었어요. 저는 편집의 주도권이 저한테 있는 게 되게 중요한 사람이란 사실을요. 그래서 그 이후로는 계속 독립출판을 하고 있습니다.

정통성보다 융통성이 강한 작가라는 말이 인상적이네요. 2014년도에 첫 책을 시작으로 독립출판을 꾸준히 해오고 있습니다. 독립출판을 하면서 어려운 점은 없으세요?

—

제가 느끼는 어려움이 독립출판을 하기 때문인지, 책을 만들기 때문인지는 저도 확실치 않은데요. 지금은 안정이 되었지만, 처음에는 제작비 마련이 무척 어려웠어요. 독립출판을 하는 분 중에서 많은 분이 회사생활을 하거나 다른 생업을 가지신 분들이 많은데요. 그분들은 급여나 다른 수익으로 제작비를 마련하곤 하시지만, 저는 급여자로 보낸 기간이 짧은 편이라 제작비 마련이 참 어려웠어요. 출판사와 작업할 때는 글 쓴다고 계약금을 받고, 책 만들 때 제 돈 한 푼 들어가지는 않잖아요. 독립출판은 글도 내가 쓰고, 디자이너도 고용하고, 인쇄비도 내가 내고, 독자도 직접 만나야 하고요. 이 모든 과정을 혼자 다 해야 한다는 게 힘들죠. 하지만 그게 '아, 너무 힘들다. 힘들어서 못 하겠다'라는 의미는 아니에요. '내가 직접 내 힘을 들이고 있구나, 발휘하고 있다'는 느낌이 들어서 저는 좋아요.

말씀하신 대로 책을 만드는 과정은 여러 단계로 나뉩니다. 글을 쓰는 단계를 제외하면 가장 어려운 단계 혹은 제일 고민스러운 단계는 무엇인가요?

─

글을 쓰는 단계가 물론 가장 어렵고요. 어떤 책을 만들지 구상하고 기획하는 단계는 즐거워요. 아쉽게도 디자인 프로그램을 잘 다루지 못해서 제 머릿속에 있는 그림을 함께 구현해줄 디자이너를 찾는 일이 필요하고요. 저는 엉뚱하고 새로운 시도를 좋아하는데, 저랑 이런 결이 잘 맞아야겠죠. 아무리 좋은 사람이라도 눈을 마주치고 얘기해보지 않으면 좋은 사람임을 알 수 없는 것처럼, 우선 책 디자인이 눈에 띄고 독자의 선택을 받을 수 있는 게 중요한 것 같아요. 그리고 나라는 사람과 어울리는지, 나의 이전 책들과 결이 맞는지도 점점 생각하게 되고요. 새 책을 통해 새로운 독자가 유입되기도 하지만, 이제는 제가 책을 내면 믿고 읽어주시는 분들도 있잖아요. 그래서 독자들의 책장에 꽂혔을 때 자연스러운지도 고민하게 됩니다. 그리고 이 모든 과정에 정답이 없기 때문에, 제가 저다운 결과물을 만들 수 있을지, 저의 결정력, 판단력을 제대로 유지할 수 있을지를 항상 생각해요.

독립출판이 성장하면서 독립서점도 많아지고 있어요. 물론 폐업과 개업을 반복하지만, 그 숫자는 계속 늘고 있고요. 독립서점의 증가는 독립출판 작가에게 유통처가 느는 것이기도 하는데요. 출판물을 입고할 때 혹은 협업할 때 어떤 독립서점을 선호하나요?

–

현재 100개 조금 넘는 독립서점과 거래하고 있는데요. 신간이 나오면 이미 거래하고 있는 서점들 위주로 입고 요청을 드리고 유통합니다. 처음 서점에 입점 요청할 땐 서점의 개별 온라인 스토어가 있는지, SNS 활동을 꾸준히 하고 있는지 살펴요. 이건 판매량을 가늠하기 위해서라기보단 운영하시는 분의 근면 성실함을 가늠해보는 거예요. 그리고 북토크나 워크숍처럼 다양한 활동을 지속하는 독립서점을 선호해요. 이런 척도가 전부는 아니지만 얼마나 이 일을 좋아하는지, 책방 생활에 애정이 있는지를 알 수 있다고 생각합니다.

직접 책을 만들다 보면 무언가를 판단하고 결정할 일이 많은데요. 혼자 일한다는 건 선택과 책임도 홀로 짊어지는 거잖아요. 혹시 무언가를 선택하거나 결정해야 할 때, 의견을 묻거나 조언을 구하는 동료 작가가 있나요?

–

저는 작가들하고 막 어울리는 편은 아니고요. 자기 브랜드를 만들거나 작은 가게를 운영하는 사람들과 주로 어울려요. 물건을 만드는 사람보다 공간을 만드는 사람이 아무래도 좀 더 입체적이라고 해야 할까요. 2차원보다는 3차원적인 사고방식을 갖고 사는 사람들 같아요. 사실 독립출판의 경우 꾸준히 활동한다는 게 쉽지 않은 일이거든요. 계속 작업을 해야 서로 이야기를 나눌 수 있는데, 한 사람만 작업한다면 민망한 응원만 일방적으로 받게 되거든요. 그런데 가게나 브랜드는 경쟁도 치열하고 더 체계적으로 운영되잖아요. 그런 분들의 태도와 사고방식이 매력적으로 다가오고, 제가 작업할 때도 필요해 보여요. 그래서 저는 의견을 묻거나 조언을 구할 때는 작가들보다 대표들에게 여쭤요. 그리고 제가 에세이 수업을 진행하니까 제가 고민하는 지점들을 수강생들에게 툭툭 던져요. 가령, "이 책 가격이 얼마 정도면 살 것 같아요?"라든지, "이 문단이 스무스smooth하게 읽히나요?", "저 말고 다른 사람도 쓸 수 있을까요?"라는 식으로 툭툭 물어봐요. 같은 질문을 다른 수업에서 또 하고요. 그러면 현장에서 즉각적인 반응을 얻을 수 있죠.

글을 쓰고 책을 만들고 책방 스텝으로도 일하고 있습니다. 에세이 모임과 독립출판 소개 팟캐스트도 운영하고요. 하루 일과와 일주일 생활이 어떤지 궁금합니다.

—

화요일 수요일 목요일 오후에 책방에 출근해요. 책방 사장님과 함께 운영하는 팟캐스트는 한 달에 두 번 정도 진행하는데, 제가 책방에 나오는 날에 하고요. 그리고 화요일 목요일은 출근하기 전 오전에 수영장에 가고, 수요일 일요일 저녁에는 테니스를 칩니다. 월

요일 금요일은 제 글을 쓰거나 다른 사람의 글을 읽고요. 일주일에
두 번, 주말 하루와 평일 하루에는 에세이 수업을 진행해요. 이런 시
간표를 기준으로 중간중간 외주 업무를 하거나 개인 약속이 있든가
하는 정도에요.

최근 글 쓰는 사람들이 달리기나 요가 등 운동을 생활화하는 일이
많아지고 있어요. 작가님 역시 『스무스』라는 수영 에세이도 출간
했습니다. 수영 외 테니스도 열심히 하시고 구기 종목 운동도 종
종 하시고요. 운동하는 것이 글 쓰는 삶과 연관이 있나요?
—

굉장히 밀접하다고 느껴요. 글을 쓰면서 점점 더 그렇게 느끼
고요. 문장은 허공에 있다가 쓰이는 게 아니라 제 몸에 들어갔다가
나간다고 생각해요. 그래서 제 몸이 무거울 때 나오는 글자랑 몸이
산뜻할 때 나오는 문장이 다를 수밖에 없죠. 시기적으로 본다면 지
금보다 젊었을 때, 그러니까 들끓는 몸에서 나오던 문장과 조금은
세상이 이해되는 요즘의 문장은 또 다르고요. 제가 제 몸을 관리하
고 주도권을 가지면 문장도 저의 관리를 받으며 나오는 것 같아요.
그런 구조를 알기 때문에 무엇보다 운동을 꾸준히 하고요. 물
론 제가 글을 안 쓰더라도 꾸준한 운동은 언제든 좋은 것이잖아요.
다행히 어릴 때부터 운동을 좋아하는 편이었어요. 땀 흘리고 난 뒤
의 개운함을 아는 몸을 가지고 있는 거죠. 풋살이나 축구를 오래 했
는데요. 오래 해서 편하기는 하지만 저에게 긴장감은 점점 덜 주는

것 같아요. 수영과 테니스는 2년 정도 되었는데 아직도 어려워요. 그럼에도 활력을 얻는 이유는 젠더 감수성에 관심이 생기면서부터인 듯해요. 운동할 때 침묵을 유지하지 않잖아요. 오히려 평소에 대화할 때보다 더 큰 소리로 말하고 더 에너지를 뿜어내죠. 남자들만 모여서 하는 운동과 여성들도 함께 하는 운동은 분위기가 다르더라고요. 특정 주제로 대화하지 않더라도 무의식적으로 나누는 대화와 편향성도요. 같은 사람이라도 혼성인 경우 경쟁에 임하는 태도나, 결과를 마주하는 면모도 달라지는 것 같아요. 남자들끼리만 있을 때랑 여자들끼리만 있을 때 발휘되지 않는 모습들이랄까요. 너무 당연한 이야기일지 모르겠지만, 그런 다른 모습들을 저의 생활에 입력하고 제가 나름의 균형을 잡아간다는 게 중요해요.

글과 책을 중심으로 다양한 일을 하십니다. 사람도 많이 만나고요. 어떤 영화감독은 영화를 준비할 때 다른 영화는 보지 않는다고 하고, 어떤 작가는 글을 쓸 때 책을 읽지 않는다고 하는데요. 글과 책 속에 살며 글을 쓰는 일이 자신의 글쓰기에 어떤 영향을 끼치나요?

—

저는 하루에 크게 두 사람을 만나는데요. 한 명은 읽기 위해서 책방에 오는 사람, 또 한 명은 쓰기 위해서 수업에 오는 사람이죠. 이 두 사람의 표정과 행동이 달라요, 같은 사람이라도 책방에서 만났을 때와 수업에서 만났을 때가 또 다르고요. 저 또한 독자면서 작가이기 때문에, 이 두 모습을 동시에 보고 비교할 수 있다는 게 큰 자산인 것 같아요.

그리고 책방 일을 하면서는 입고되는 책들을 보면서 요즘에는 이런 이야기들이 많구나, 세상에 이런 허기짐도 있구나, 어려운 용기를 내셨구나, 하는 느낌들을 받을 수 있어서 유용해요. 실제로 제가 느낀 경험들을 『책방이 싫어질 때』라는 에세이로 만들기도 했고요. 제가 책방 운영자가 아니라 스텝인 덕분에 솔직하고 대담하게 쓸 수 있었던 책이에요. 또 수업에서는 처음 글을 쓰기 시작한 분들, 쓰는 생활을 지속하는 분들을 보면서, 한 사람이 점점 더 강해지는 모습을 보는 게 좋아요. 팟캐스트를 통해서는 창작이나 공간 운영을 지속하는 분들이 가진 고민들을 듣고 나누면서 겸손해질 수 있어서 좋고요.

퇴사 이후 일상의 삶을 시로 주로 썼고, 네 권의 시집 이후 에세이 『빈곤했던 여름이 지나고』를 썼습니다. 이후 『스무스』, 『책방이 싫어질 때』 등 계속 에세이를 쓰셨고요. 시에서 에세이로 글쓰기 형태를 바꾼 이유가 있을까요?

—

저는 학생 때 카피라이터라는 직업을 원해서 광고 문구나 시구를 많이 읽고 썼어요. 그래서 저의 글 근육은 단문으로 길러진 것 같아요. 그리고 어릴 때는 제가 시를 쓸 줄 안다고, 시인이 되어도 좋은 사람이라고 착각했고요. 중학교 때 처음 혼자 시를 썼고 이후에도 줄곧 쓰곤 했는데, 그때는 세상을 단언하고 확신했던 것 같아요. 어리잖아요. 세상은 이런 거야, 나는 좋은 놈이고 너네는 나쁜 놈이야, 하고 구분 지었죠. 그래서 그때 제가 쓰는 문장은 편하게 이어지는 맥락이 덜 해요. 망치로 땅을 쳐서 나오는 불꽃 같았달까요. 그게 참 아프지만, 화려해서 좋았던 것 같아요. 가령 바닷가에 가면 폭죽 터뜨리잖아요. 밤하늘에 터지는 불꽃이 이쁘지만 금방 사라지는데, 그런 불꽃을 좋아했던 거죠.

그런데 에세이를 쓸 때는 시를 쓸 때와는 다른 느낌이에요. 시를 쓸 땐 문장이 제 몸에서 불꽃처럼 나오거든요. 통째로 '슉슉' 나와버려요. 반면 에세이는 불꽃보다는 형광등 같아요. 불꽃보다 화려하진 않지만 천천히 관찰할 수 있거든요. 그리고 불꽃놀이는 매일 할 수 없으니까요. 폭죽 파는 사람도 어쩌다 만날 수 있고요. 하루하루를 살아가는 생활자 입장에서 저를 더 또렷하게 만드는 글은 에세이라고 할 수 있어요. 가끔 답답할 때는 문득 밤바다에 가서 불꽃놀이도 하고요. 그래서 지금은 시를 쓰는 나와 에세이를 쓰는 나로 균형이 맞아가고 있다고 생각합니다.

지금도 종종 시를 쓰시나요?

—

네. 출간을 목표로 하지 않더라도 계속 써왔어요. 2022년 하반기에는 오랜만에 시집을 한 권 내보려고 합니다. 어릴 때는 불꽃이 자주 튀었는데 어느 순간 더디네요. 그래도 몇 년 사이 튀었던 불꽃들이 좀 쌓였어요.

처음 쓰신 글은 무엇이었나요. 시였나요?

—

정말 처음 쓴 글이라고 한다면, 아마 초등학교 4학년 때 쓴 불조심 표어가 아닐까 싶어요. 그림을 그리거나 표어를 써야 했는데, 그림보다는 여덟 글자 표어 쓰는 게 쉽잖아요. 그때 상을 받았던 기억이 나요. 처음 쓴 짧은 글이 불조심 표어였다면 처음 쓴 긴 글은 6학년 때 쓴 반성문이라고 할 수 있겠네요. 사실 제가 말썽꾸러기였거든요. 다른 친구들은 6교시가 끝나면 집에 가곤 했는데, 저는 선생님과 마주 앉아서 반성문을 썼어요. 선생님 퇴근 시간까지요. 초반에는 자꾸 반려 당했지만, 자꾸 잘못하고 자꾸 반성하면서는 한 번에 통과되었던 것 같아요. 그러면서 글솜씨가 늘었다고 해야 할까요. 그때부터 이미 독자가 있는 글쓰기를 했던 거죠.(웃음)

중학생 때는 국어 선생님을 무척 좋아하게 되었어요. 그러면서 시에 관심을 두게 되었던 것 같아요. 국어시간에 읽은 시를 보면서 막 따라 쓰기도 했고요. '울지마라, 외로우니까 사람이다.' 정호승 시인의 「수선화에게」도 따라 썼던 기억이 납니다. 중학교 내내 썼던 시들을 노트에 일일이 적어서 졸업식 날 국어 선생님께 드렸어요. 어떻게 보면 그 노트가 저의 첫 독립출판물이겠네요. 선생님께서 아직도 갖고 있다고 하시더라고요. 글을 쓰고 칭찬받고, 글을 쓰고 마음을 달랬던 기분들이 지금의 쓰는 저를 만들었다고 생각해요. 4학년 때 선생님, 6학년 때 선생님, 중학교 때 국어 선생님께는 아직도 가끔 연락을 드려요.

최근 신간을 마감하셨다고 했는데요. 에세이 수업과 관련이 있다고 알고 있어요. 신간은 어떤 책인가요? 저희 이야기가 공개되었을 땐 이미 출간된 이후겠네요.
—

신간 제목은 『SAY SAY ESSAY』입니다. 제가 에세이 수업을 진행한 지 5년 정도 됐거든요. 한 지역의 수업이 31기 정도고 전체 합치면 100기수가 넘었어요.(2022년 5월 기준) 누적 수강생은 800명 정도예요. 이 책은 제가 수업을 진행하면서 받았던 질문들에 대답하고 되묻는 책이라고 할 수 있어요. 수업에서 수강생분들이 쓰신 글을 전부 폴더화 해놓는데, 그 수가 2만 편이 넘더라고요. 그리고 글을 쓰면서 부딪히는 지점들, 글 쓰다가 모르겠다고 느껴지는 기분, 이게 맞는 건지 짜증도 나고, 이건 어떻게 써야 할지 궁금해하는 질문들도 제가 다 모아놨거든요. 사람마다 쓰는 이야기는 모두 다르지만, 쓴다는 일을 시작하는 사람들이 지나가게 되는 지점은 비슷하거든요. 많은 분이 '이럴 때는 어떻게 해야 하냐', '이럴 때 어떻게 헤쳐 나가냐'라는 질문을 저한테 주세요. 저는 답을 알고 있을 거라고 생각하나 봐요. 물론 저는 저의 답이 있지만, 그 답도 계속 바뀌거든요. 그래서 이 책은 그런 반복되는 질문들을 260개 모아서 만든 질문집이에요. 이만큼의 질문만 가지고 있어도, 글을 대하는 눈빛이 더 촘촘해질 거라고 생각해요.

에세이 수업이 독립출판물의 새로운 영감이자 콘텐츠가 되어 결
과물로 나오게 되었군요. 수강생들이 가장 많이 했던 질문은 무엇
이었나요? 그리고 인상적이었던 질문들은요?

—

가장 많았던 질문은 "제 이야기를 쓰다 보면 주변인, 즉 타인
의 이야기가 들어갈 수밖에 없는데, 이럴 때는 어떻게 해야 하나요?
그 사람한테 동의를 구해야 할까요? 어느 정도까지 써도 될까요?"와
같은 프라이버시에 관한 질문들이었어요. 『SAY SAY ESSAY』는 이
런 질문들을 그저 모아놓은 책은 아니고요. 이런 질문에 제가 되묻
는 물음표와 전환점을 모아놓은 책이에요. 가령 "글 쓸 때 너무 오래
걸려요. 어떻게 할까요?"라는 질문에 제가 되물은 물음표와 전환점
은 "글 쓸 때 걸리는 시간을 알고 있으세요? 글마다 다르지만 평균
을 낼 수는 없을까요? 쓰기를 시작할 때 맨 윗줄에 시간을 적습니다.
쓰기를 마친 다음, 또 시간을 적습니다"가 있어요. 그리고 "단어마다
자신의 보폭이 있지 않을까요? '느릿느릿'이라는 단어를 빠르게 써도
될까요?"라는 물음표도 있어요. 그리고 "지금보다 긴 글을 쓰고 싶
은데 어떻게 해야 하나요?"라는 분량에 관한 질문도 많았고요.

자연스럽게 글쓰기 이야기로 이어지는데요. 저도 그 질문에 대한 작가님 답변이 궁금하네요. 작가님은 어떻게 글의 분량을 늘리나요?

—

에세이 수업을 할 때 '두 페이지'라는 분량을 드리는데요. 그러면 두 페이지를 채워야 할 것 같은 부담감이 들기 마련이에요. 그런데 사실 이건 분량이 두 페이지 이상으로 넘어가면 안 된다는 범위거든요. 그 범위 안에서는 한 페이지만 써도 되고 한 페이지를 다 채우지 않아도 됩니다. 분량은 도달점이 아니니까요. 이 사실을 첫 시간에 미리 말씀드리지는 않아요. 일단 부담을 느끼면서 작업을 해본 다음, 제가 긴장을 풀어드리는 방식을 취하고 있어요. 그리고 글의 분량이 긴 게 중요한 게 아니라, 한 문장, 한 대목, 하나의 이야기가 와닿는 게 중요하다고 생각해요. 그래서 저는 "우리가 어떤 글을 읽었을 때, 이 글이 더 길었으면 좋겠다고 느끼나요? 아니면 이 사람의 다른 글도 더 읽고 싶다고 느끼나요?" 하고 되물어요. 그리고 저도 의식적으로 무리하게 글의 분량을 늘리거나 하지 않아요. 짧게 썼어도 개운하다면 마침표를 찍습니다.

앞서 수강생들도 많이 했던 질문인데요. 에세이란 장르를 쓰다 보면, 내 이야기와 함께 내 주변 타인의 이야기를 쓰고 싶거나 쓰게 됩니다. 타인의 이야기를 어떻게 쓰고 공개하나요?

—

우선 글로 쓸 수 있는 타인을 크게 나누자면, 내가 좋아하는 사람에 관한 이야기와 내가 싫어하는 사람에 관한 이야기가 있을 텐데요. 싫어하는 사람 이야기라도 우리 사이에 어떤 일화가 생겼다면 일단 써보려고 해요. 다른 말로 에피소드라고 하는데, 에세이를 쓸 때 에피소드만큼 귀한 게 없거든요. 그렇지만 쓰고 보니 너무 뻔한 글이 되었거나 매력적이지 않다면 공개하지 않아요. 저는 글 안에서 시선이 전환되는 지점을 만들고 싶거든요. 이렇게도 생각해보고 저렇게도 생각해보면서 고개를 까딱까딱하는 지점이 있는 글이 좋아요. 제가 좋아하는 사람에 관해서 쓰는 글이라도 시선의 전환 없이 일정하면 혼자 간직하고 있는 편이에요. 사실 안 좋아하는 사람의 단점은 저의 단점과도 많이 겹치더라고요. 제가 그 단점을 인정할 마음이 준비되면 이야기를 쓰고 공개해 보는 편이고요. 아니라면 실컷 쓴 다음에 쓴 글을 지워요. 지우면 저 사람 이야기는 '내가 지웠다', '삭제했다'라는 감각이 남거든요. 제가 글로 쓰지 않았다면 불쾌나 짜증으로만 제 몸 안에 남아 있었을 거예요. 그 기분을 글로 꺼내 쓰고 그 글을 삭제하면서 정리하는 거죠. 입장 정리랄까요. 그걸로 충분해요.

운전하다가 떠오르는 생각은 음성으로 메모한다고 했습니다. 글을 써야지 하거나 이건 메모해 두어야겠다는 순간들이나 장면들이 있으실 텐데요. 어떨 때 그런 순간이나 장면을 마주하는지요? 그리고 어떤 방식으로 메모를 하나요?

–

저는 생활의 어떤 문제에 봉착해야 글이 나온다고 생각하는데요. 문제점 앞에서 질문이 생겼을 때, 바로 답하기보다 그 문제를 펼쳐 놓고 그냥 평소 생활을 유지해요. 평소처럼 밥 먹고 운동하고요. 그렇게 머리에 빈자리를 만들어 줘요. 생각할 필요 없는 동작을 반복하다 보면 불쑥 생각이 들어오거든요. 저는 양치질을 하거나 설거지를 하거나 샤워를 하거나 수영할 때 생각이 끼어 들어와요. 이야기하고 보니 물과 관계가 많네요. 설거지하거나 운전할 때 생각이 떠오르면 핸드폰 음성 메모를 활용하고요. 수영할 때 떠오른 생각은 머릿속에 짤막한 키워드로 기억해두었다가 탈의실로 돌아와 핸드폰에 메모하고요. 그게 나중에 쓸모가 있을지 없을지는 모르지만, 일단은 모두 다 적어요. 그렇게 모은 메모를 목록화해서 글을 쓸 때 꺼내 봅니다. 이게 저에게는 글감이에요. 글감은 땔감이랑 비슷한데요. 불을 처음 지피는 건 불쏘시개지만 불이 붙은 후 화력을 유지하는 건 땔감이잖아요. 이 글감들이 제 글에 불이 붙었을 때 글을 더 쓸 수 있게 하는 땔감이 되는 거예요.

정말 공감되는 말입니다. 하지만 땔감을 준비해 두었어도 글이 잘

안 써지기도 하고 막히기도 하잖아요. 글이 잘 안 써질 땐 어떻게 하나요? 쓰기 싫을 땐요?

—

아예 시작이 안 될 때가 있고 하다가 막힐 때가 있어요. 내가 오늘 30분 글을 쓸 거야, 라고 했을 때 1분부터 30분까지 글만 쓰지 않잖아요. 저는 보통 글을 쓸 때 시간을 좀 넉넉하게 마련하는 편이고, 쓰기까지의 과정을 연결 동작으로 가져가요. 1단계는 양치질을 하고 2단계로 음악을 틀고 3단계로 설거지를 하고 4단계가 책상앞에 앉는 거죠. 이제 진짜 글을 써야 하는 순서인데, 4단계 중 이미 3단계까지 했으니까 75%는 한 거잖아요. 덜 불안할 수 있어요. 이제 쓰기 시작하면 80%는 금방이니까요. 글을 쓰기 전까지 무의식적으로 할 수 있는 일을 하며 몸과 머리를 비우면서 예열해요. 그래도 잘 안 써질 때는 낮잠을 잔다든가 산책을 한다든가 식재료를 다듬어요. 그냥 지금 글이 막혔구나, 인정하면서도 허투루 시간을 보내는 게 아니라 글보다는 생활 리듬에 도움되는 일을 하려고 합니다.

'에세이 스탠드'와 '에세이 드라이브'라는 에세이 글쓰기 모임을 100기수 넘게 운영하고 계십니다. 두 모임은 어떤 방식과 과정으로 운영되는지요?

—

2018년도에 시작한 에세이 스탠드는 오프라인 글쓰기 수업이고, 에세이 드라이브는 오프라인 수업을 들은 이후에 참여할 수 있

좋은 에세이란
얼굴을 자꾸 움직이게 하는
글이 아닐까 싶어요.

제가 혼자서는 짓기 어려운 표정을
만들어주는 글을 좋아합니다.

는 온라인 글쓰기 모임이에요. 에세이 스탠드는 3주 동안 두 편의 글을 쓰고, 에세이 드라이브는 4주 동안 매주 한 편씩 총 네 편의 글을 씁니다. 수업에서는 글을 쓸 때 필요한 작업 환경에 관한 부분, 글을 다듬을 때 유용한 질문들을 공유해드려요. 각자 써온 글을 나눠 읽고 인터뷰도 하고요. 수업 후에 혼자서 글쓰기를 이어가는 분도 계시고 잠시 멈추시는 분도 계시고 에세이 드라이브로 넘어가는 분도 계세요. 에세이 드라이브는 온라인으로만 4주 동안 진행하는데요. 글 근육을 기르고 싶은 분들이 필요하실 때 활용해주고 계세요.

모든 글은 저와 참가자들이 받아서 서로 읽고 피드백을 나눠요. 마감 있는 글쓰기를 지속하면 자신의 글쓰기 체력과 리듬을 알 수 있어요. 예를 들어 월말에는 글을 쓰긴 썼지만, 바쁜 업무로 초·중순에 썼던 글보다는 좀 긴장감이 떨어진다고 판단할 수 있어요. 그러면 자기한테 맞는 효율을 찾고 발휘할 수 있죠. 같은 글감을 드려도 10명이면 10편의 이야기가 모두 다르고, 60명이면 60편의 이야기가 다 달라요. 경이롭고 겸손하게 되는 부분이죠. 에세이 드라이브만 해도 31기가 오픈했으니, 한 기수에 4개의 글감이 주어지니까 124개의 글감이 있어요. 사실 이건 저한테도 매주 마감이에요. 글감을 그냥 툭 던지는 게 아니라 또 저 나름의 짧은 에세이 형태로 드리거든요. 저도 처음에 준비할 땐 8~9시간 걸렸어요. 지금은 한 2~3시간 정도면 해요. 이제는 글감을 계속 채워야 한다는 압박감도 좋아요. 저한테도 글을 계속 쓰게 하는 동력이 되거든요.

글쓰기 연습을 할 때, 적절한 글감들을 마련하는 게 중요해 보입니다. 수업에서는 주로 어떤 글감들을 수강생들에게 주시는지요? 글감을 선택하시는 기준이 있으실까요? 짧은 에세이 형식이 어떤 건지도 궁금합니다.

—

에세이 스탠드에서는 보름 동안 두 개의 글감을 드리는데요, 첫 번째 글감은 '내 귀에 들어온 말', 두 번째 글감은 '카페' 혹은 '국물'로 드리고 있어요. 첫 번째 글감은 우리가 평소에 흘려듣는 말이나 담아두는 말들에도 이야기와 의미가 있으니 이제 귀를 열어보자는 취지에서 드리고 있어요. 글을 쓰기 위해서 첫 주는 귀를 열고 지내야 하죠. 저도 지금도 제 귀에 들어오는 말들 중에서 신선한 단어나 말투를 가진 문장을 다 메모해 두고 있어요. 첫 번째 글감이 무형의 것이라면, 두 번째 글감인 카페나 국물은 유형의 것이에요. 우리 생활에서 빈번한 소재들이라 누구나 하나쯤은 에피소드가 있을 법한 글감이죠. 공간이나 사물을 글감으로 시작하면 생생한 문장을 건지기 더 쉽거든요. 그런 문장이 덜 휘발되고요. 가령 '불만'이라는 무형의 단어보다 '부장님은 3일째 찌갯집을 데려갔다'라는 문장이 더 불만을 가진 문장이잖아요. 짧은 에세이 형식은 한 주 동안 제 생활에 일어났던 에피소드 중에서 '의외여서 재미있던 이야기', '여전해서 쓸쓸했던 이야기'를 나눠드려요. 이야기로 나온 문장 중에서 한 단어를 뽑아서 글감으로 드립니다. 그 글감에서 몇십 명의 모두 다른 이야기가 또 출발하죠.

에세이 수업 수강생 중에서 독립출판을 하신 분들이 계시나요?

—

꽤 많아요. 제가 일하는 책방에 입고된 책만 해도 벌써 스무 권이 넘어요. 내 글을 화면으로 보는 것과 인쇄된 책으로 보는 건 완전히 다른 감각이에요. 저는 글을 근육으로 비유하곤 하는데요. 독립출판을 하는 일은 바디 프로필을 찍는 일처럼 출간 날짜를 정하고 바짝 해야 하거든요. 상당한 관리가 필요하죠. 도중에 포기하기도 쉽고요. 그래서 저는 글쓰기 선생님이 아니라 트레이너로 봐주시면 좋겠다고 말씀드려요. 안전한 자세와 매력적인 포즈를 잡아드리죠. 증량은 각자가 해야겠지만요.

독립출판을 하려는 분들에게 꼭 전하고 싶은 말이 있다면요?

—

"꼭 글이 아니어도 괜찮아요. 편집권을 가져보세요"라는 말을 전하곤 합니다. 그리고 첫 책을 아껴두시라는 말도요.

에세이는 프랑스어로 '시도하다'라는 의미를 가졌다고 하는데요. 저는 에세이가 '삶에서 시도하는 모든 것'이라는 생각도 들더라고요. 작가님은 에세이를 쓰시면서 수많은 사람의 에세이를 읽고 다듬으셨어요. 에세이를 뭐라고 생각하나요? 좋은 에세이는 무엇일까요?

—

에세이 스탠드 타이틀이 '내 생활을 조명하는 글쓰기'인데요. 생활이라는 단어는 인생 혹은 삶 같은 무거운 단어보다는 홀가분한 단어인 것 같아요. 인생의 큰 사건이나 삶의 굴곡처럼 큼지막하게 여기는 게 아니라 하루하루 생활자로서 시도하는 것들이죠. 그에게 이 말을 해 볼까, 오늘은 무엇을 먹을까, 어디에 가 볼까, 누구를 만날까, 처럼요. 유연하게 시도하고 그 시도들을 글자로 기록하는 정도라고 생각해도 좋아요. 누군가의 에세이를 읽는 이유도 정답을 찾고 싶어서가 아니라고 생각해요. 이 사람은 이렇게 생각하는구나, 나도 이렇게 생각해볼 수 있겠네? 정도의 힌트에 가까워요. 읽다가 그런 힌트를 발견하면 무표정했던 얼굴에 표정이 생기죠. 그래서 좋은 에세이란 얼굴을 자꾸 움직이게 하는 글이 아닐까 싶어요. 텍스트를 읽고 어떤 표정을 짓기는 쉽지 않거든요. 게임을 하거나 운동을 하거나 드라마를 볼 때처럼 울거나 웃거나 미간을 찡긋하거나 입술을 깨물기가 어렵죠. 제가 혼자서는 짓기 어려운 표정을 만들어주는 글을 좋아합니다. 영화도 음악도 공연도 그림도요. 친구도 그렇죠.

좋아하는 작가나 글이 있으신가요?

—

저는 소설가들의 에세이를 좋아해요. 최민석 소설가의 에세이를 무척 좋아하고요. 에세이스트 중에는 김혼비 작가도 좋아해요. 그분들의 하루하루도 보통날들이지만 그 속에서 꾸준히 상상과 시도를 하면서 생활하는 이야기가 좋아요. 사실 에세이 소재가 무척 특별하지는 않잖아요. 특수한 직업을 가졌거나 특이한 생활방식을 가지지 않았다면요. 누구나 겪을 만한 사건이고 가 볼 수 있는 곳이고 먹어 볼 수 있는 음식이에요. 그런데 그 경험 속에서 야트막한 무엇을 느끼고 잡아서 글로 써내는 거죠. 최근에 읽었던 에세이 중 제일 좋았던 건 『마라톤에서 지는 법』이라는 제목의 책인데요. 제목만으로도 생각의 전환을 만들어 줬어요. 물론 읽으면서 제 표정도 변화시키는 글이었고요.

책 외에 음악이나 영화 등 다른 콘텐츠 중 즐기시는 게 있나요?
—

저는 영화를 좋아합니다. OTT 플랫폼을 통해서 영화를 보는 것 말고 영화관에서 보는 영화요. 제가 영화관을 왜 좋아하는지 골똘히 생각해본 적이 있는데요. 영화관에는 입구가 있고 계단이 있잖아요. 내 몸을 직접 움직이면서 영화 속으로 들어가는 느낌이 좋아요. 그런데 OTT는 손가락 하나로 클릭하면 되잖아요. 관람 중에는 다른 알림이 오거나 여러 개입이 생기고요. 그리고 영화관의 큰 스크린으로 장면을 보면 나랑 비슷한 몸을 가진 사람도 아주 자세히 보게 되거나 아주 작게 볼 수도 있죠. 장면에 맞게 구성된 음악도 극대화된 음향으로 발산되고요. 그런 감각의 최대화를 누릴 수 있어서 영화관에서 보는 영화를 좋아하는 것 같아요. 그래서 좋아하는 영화들 중에서 재개봉하는 영화가 있으면 꼭 보러 갑니다.

마지막 질문입니다. 작가님은 앞으로 어떤 글을 쓰고 어떤 책을 만들고 싶으신가요?

─

롤업프레스라는 이름처럼 생활 속에서 시원한 생각을 할 수 있는 책을 만들고 싶어요. 우선 제가 하루하루를 시원하게 지내야겠죠. 필요할 때 소매를 걷어 올리고 또 써보겠습니다.

유능 이전에 가능이다. 〈스무스〉
팬저드림.

2장

인터넷 카페와
웹소설 플랫폼

가장 재밌는 게,
가장 보편적입니다

초단편 소설작가 **김동식**

"행복하지도 불행하지도 않은 삶 속에서" 글을 쓰기 시작했다는 김동식 작가. 작가는 고된 노동의 시간 속에서 이야기를 짓고 썼다. 이야기를 지은 목적은 글쓰기 자체보다는 사람들과 함께 놀기 위해서였다. 놀이의 도구가 글이었고, 놀이의 목적은 재미였으며, 가장 재미있는 이야기를 짓는 자가 놀이의 승자였다. 자신의 글에 대한 반응을 보는 게 삶의 기쁨이었다. 하루에 한 편, 혹은 삼 일에 한 편씩 써냈다. 노동 후 집으로 돌아와 밤늦게까지 글을 쓰다 잠들었다. 어느덧 초단편 소설을 200편 넘게 썼고, 그중 66편을 골라 세 권의 소설집을 동시 출간했다.

'초단편 소설작가'라는 새로운 타이틀을 만들어낸 그는 자신이 지은 이야기를 통해 독서에서 멀어진 학생과 성인들에게 책 읽기의 즐거움을 선사하고 있다. 그의 첫 소설집이 출간되고 얼마 지나지 않았을 때였다. 지하철에서 내가 직접 겪은 일이다. 요즘 지하철에서 소설 읽는 사람을 찾아보기 힘들다. 그런데 내가 탄 지하철 한 칸에 김동식 소설집을 읽는 남자가 두 명이나 있었다. 쉼 없이 읽고 싶은 이야기였는지, 지하철이 정차하고 목적지에 도착해서도 책을 놓지 못하고 좀비처럼 걸어가는 모습을 목격했다.

나 역시 그의 첫 소설집 『회색 인간』을 읽고 그의 이야기에 매료되었다. 단편소설은 좋아하지만 무서운 이야기를 즐기지 않는 내게 짧은 분량 안에서 간결한 문장으로 제법 묵직한 메시지를 던져주는 이야기를 읽는 게 즐거웠다. 우리 앞의 현실이지만 정면으로 응시하기 어려웠던 인간과 사회와 자본과 욕망과 선악을 생각하게 했다. 그리고 익숙하면서도 낯선 소재와 캐릭터가 등장해 예상치 않게 전개되는 이야기도 산뜻했다. 톨스토이가 그랬던가. 모든 위대한 문학은 여행을 떠난 인간의 이야기 또는 어떤 마을에 들어온 이방인의 이야기라고. 김동식의 이야기는 그 둘을 모두 가졌다.

그의 이야기를 읽다 보면, 세계를 얼마나 다양하게 서사화할 수 있는가, 그래, 책 읽기란 이런 것이지, 진지하고 무겁고 졸리고 지루하기만 한 게 책 읽기가 아니지, 책은 재밌어야지, 라는 생각이 든다. 더군다나 그의 글을 읽다 보면 나도 이야기를 쓰고 싶어진다. 그의 글에 매혹당해, 내가 쓴 습작 소설이 정말 있다. 매일 얼굴을 고르며 사는 두 명의 여자 이야기, 「당신의 얼굴을 고르세요」와 가상 인간의 가상 세계 탈출기를 쓴 「가상 인간 리엘」이다. 이 이야기가 세상에 언젠가 공개될지, 영원히 공개되지 않을지는 모르겠다. 하지만 이 이야기의 시작에 그의 소설이 조금은 영향을 끼쳤음은 분명하다.

그는 어쩌면 외롭고 쓸쓸할지도 모르는 글쓰기 시간을 재밌는 놀이처럼 즐긴다. 즐겁게 상상하고 즐겁게 이야기를 짓는다. 소설적 서사를 위해 자신만의 규칙과 제한을 만들며 캐릭터를 만들고 사건과 이야기를 만든다. 그리고 이야기가 세상에 나왔을 때도 사람들의 반응을 즐겁게 받아들인다. 누구나 어떤 이야기라도 편하게 건넬 수 있는 작가가 되려고 노력한다. 독자의 부정적 반응까지 인정하는 태도도 가졌다. 까칠하게 반응하지 않고 상처받지 않고 그냥 인정하고 받아들일 건 받아들인다. 그러다 보면 '문장의 교정'이 아니라 '생각의 교정'을 거친다는 그의 말이 오래도록 남는다.

처음 이야기를 온라인 카페에 올릴 때만큼의 반응은 이제 찾아볼 수 없지만 그걸 채워주는 게 강연에서 만나는 독자들이란다. 그래서 변함없이 계속 꾸준히 쓸 수 있다고 한다. 만약에 강연을 안 하게 된다면, 그들의 눈빛과 손길과 쫑긋거리는 모습을 볼 수 없다면, 글 쓰는 힘이 나지 않을지도 모르겠다는 작가는 바쁜 일정에도 강연을 마다하지 않는다. 친한 친구도 없고 새로운 친구도 사귀지 않는다지만 작가에게 타인은 지옥이 아니다. 두려움의 대상도 아니다. 타인은 그에게 숨은 에너지를 꺼내 주고 응집된 상상력을 폭파해주는 구원자일지도 모른다.

제가 제일 중요하게 여기는 게 대중성이에요.
그리고 제가 생각하는 대중성은
상업적이란 게 아니라 보편적인 공감입니다.
그래야 많은 분이 재밌어하고 만족할 수 있거든요.

안녕하세요, 작가님. 자기소개 부탁드립니다.

—

『회색 인간』을 시작으로 '김동식 소설집' 열 권을 낸 김동식 작가입니다.

서울 성수동의 한 공장에서 10년 넘게 일하며 쓴 글을 2016년부터 인터넷 사이트에 올리면서 독자들을 만들어갔습니다. 공장에서의 일이 매우 고되었을 텐데요. 출간 전까지 200편 넘는 이야기를 썼다고 들었습니다. 어떻게 시간을 만들어 글을 썼나요? 그리고 왜 소설이란 장르의 글을 쓰셨는지요?

—

매일매일 글을 썼습니다. 보통 퇴근 후 7시쯤에 집에 도착하면 밤 12시, 1시까지는 글을 쓰다 잠들었습니다. 저의 글쓰기는 목적이 글 자체가 아니었어요. 저는 글에 관심이 있었다기보다는 인터넷 게시판에서 사람들이 댓글을 달며 노는 판에 합류하고 싶었어요. 그 게시판은 에세이나 이런 걸 쓰는 곳이 아니라 무서운 이야기를 창작하는 곳이었습니다. 저도 자연스럽게 이야기를 만들었죠. 사실 제가 나중에 보니까 에세이를 별로 안 좋아하더라고요. 쓰기가 어려워요. 그리고 소설에 훨씬 재미를 느낍니다.

처음 쓴 소설은 어떤 이야기였나요?

—

출간된 책에는 안 들어가 있지만 「이미지 메이킹」이란 소설인
데요. 상·하 두 편으로 나뉘어 있어요. 당시에 '바이럴'이라는 단어
가 알려지기 시작했을 때예요. 주인공은 커뮤니티 사이트에 오래된
아이디를 여러 개 갖고 있고, 자신의 정체가 드러나지 않게 바이럴
광고를 할 수 있는 능력자로 설정했습니다. 20만 원, 30만 원 정도
되는 적은 금액의 광고를 의뢰받고 그걸로 생활하는 주인공인데요.
어느 날 1억짜리 광고가 들어옵니다. 한 여자를 정말 죽어도 싼 여
자로 만들어 달라는 의뢰였어요. 바람 핀 여자인데 의뢰인이 죽였대
요. 이미 죽었는데 죽어도 싼 여자로 만들어서 두 번 죽이고 싶다는
의뢰였죠. 주인공은 고민하다 의뢰를 받아들이고, 인터넷에서 이 여
자를 죽어도 싼 여자로 만들어요. 그런데 나중에 알고 보니 아직 여
자를 죽이지 않았고, 죽어도 싼 여자가 된 다음에 의뢰인이 이 여자
를 죽여요. 자신이 이 여자를 죽여도 되는 변명거리를 미리 만들어
놓은 거죠. 그때도 그렇고 지금도 인터넷에서는 일방적인 한쪽 주장
만으로 한 사람을 욕하고 사회적으로 매장을 시키잖아요. 그런 생각
끝에 써본 첫 소설이었고, 처음 인터넷에 올린 이야기입니다.

인터넷 카페에 올린 글이 엮여 김동식 소설집 『회색 인간』과 함께 『세상에서 가장 약한 요괴』, 『13일의 김남우』가 동시 출간되었습니다. 김민섭 작가가 기획한 거로 알고 있어요. 인터넷에 올린 소설이 종이책으로 출간되면서 변화한 것이 있을까요?

–

김민섭 작가님은 저의 글을 초창기부터 봐주신 독자셨습니다. 저의 글을 잘 알고 정말 잘 기획해주셨어요. 출간 계약 전까지 약 200편의 소설을 썼고 출간까지 3개월 정도 시간이 있었는데요. 그렇게 모인 소설이 300편이 조금 안 되었던 것 같습니다. 저와 김민섭 작가님과 출판사 편집자님이 함께 가장 재밌는 이야기를 골라서 책으로 엮었어요. 인터넷에 쓴 형식을 그대로 옮겨도 좋다고 하셔서 간단히 교정만 보고 그대로 출간했습니다. 이후 출간한 소설집은 초고를 쓴 후 점점 수정을 많이 거쳤어요. 그래서인지 많은 분이 초반 소설집이 더 재밌다고 이야기해주십니다. 아무래도 저도 모르게 약간 자기 검열을 하고 있기도 한 것 같아요. 인터넷에 연재할 때는 독자를 막연히 또래 정도로 생각했는데, 생각보다 어린 학생들이 제 소설을 많이 보더라고요. 학생들에게 영향을 끼칠 수 있다는 생각에 뒤쪽 소설집으로 갈수록 불편한 이야기는 줄어듭니다. 그러다 가끔 일부러 의식적으로 초창기 느낌으로 쓰고 인터넷 플랫폼 통해 공개하면 반응은 좋습니다. 하지만 종이책에는 실리지 않는 경우도 있습니다.

첫 소설 「이미지 메이킹」도 상편을 먼저 올리고 독자 요청에 따라 하편을 올렸습니다. 다른 인터뷰에서 "칭찬해 주고 격려해 주는 커뮤니티만의 문화가 있잖아요. 제가 여기까지 온 건 그 문화 덕분인 것 같아요"라고 말하며 다작하는 힘이 독자들의 댓글과 반응이라고 해주셨어요. 독자들의 피드백을 작업에 반영하기도 한다고 하셨고요.

—

독자들의 이야기를 많이 수용하는 편입니다. 저는 제 색깔이 거의 없다고 생각해요. 저는 '그냥 재밌게 쓰자!'라고 생각합니다. 이야기를 재밌게 쓰는 게 제 글쓰기의 목표죠. 제가 제일 중요하게 여기는 게 대중성이에요. 그리고 제가 생각하는 대중성은 상업적이란 게 아니라 보편적인 공감입니다. 그래야 많은 분이 재밌어하고 만족할 수 있거든요. 그런데 가끔 저의 생각이 보편적이지 않은데 나는 모를 때가 있어요. 예를 들면 저는 극단적인 상황에 떨어지면 누구나 어쩔 수 없이 식인할 수밖에 없을 거라고 생각해요. 자신이 죽지 않으려면 식인이라도 해야 하지 않을까 생각했는데, 댓글을 보면 차라리 죽고 말지, 식인은 못 한다는 분들이 압도적으로 많은 거예요. 이런 걸 보면서 내 생각이 보편적인 기준이 아닐 수도 있다는 걸 알게 되면서, 다음 이야기부터는 독자들의 의견이 반영된 식인 이야기를 씁니다. 독자들의 반응은 '문장의 교정'이 아니라 '생각의 교정'을 만들어요.

문장의 교정이 아니라 '생각의 교정'이라는 말이 와닿네요. 작가님께선 소설을 쓰고 싶으신 분들은 브런치나 브릿G나 문피아 등 여러 온라인 플랫폼에 글을 공개하라고 하셨어요. 자신이 쓴 이야기를 온라인 플랫폼을 통해서 공개할 때 장단점 그리고 주의할 점이 있을까요?

—

장점은 내 글에 관해 솔직한 피드백을 받을 수 있다는 점이에요. 특히 프로 작가가 아닐 때 더 많은 댓글과 의견을 받게 되죠. 단점은 가끔 그 댓글과 의견에 상처받을 수 있어요. 하지만 그냥 쉽게 인정하고 넘어가도 괜찮아요. 꼭 이야기해드리고 싶은 건, 온라인에 글을 올릴 때 글쓴이의 태도가 진짜 중요합니다. 부정적인 의견이나 댓글 혹은 약간 시비가 들어오더라도 안 싸우셨으면 좋겠어요. 노골적인 시비일지라도 저는 그냥 안 싸우는 게 이기는 거로 생각하거든요. 내가 선한 사람일지라도 싸울 땐 나의 날카로운 면이 드러나잖아요. 이게 사실은 나와 싸우고 있는 당사자뿐만 아니라 내 반응을 보는 다른 사람에게도 나의 이미지를 각인시킬 수 있어요. 그럼 그분들은 좋은 마음으로 내게 의견을 보태고 싶어도 하지 않을 거예요. 이 작가가 내 말을 오해하면 어쩌지, 공격으로 받아들이면 어쩌지, 이런 생각을 할 수 있거든요. 그냥 저는 아주 부정적인 댓글이 달리면, '이분, 오늘 안 좋은 일 있었나 보다' 생각하고 진심으로 안 받아들이려고 합니다.

지금도 카카오페이지에 유료 연재를 하고 계신데요. 이전에 인터넷 카페에 글을 공개할 때와 어떤 차이점이 있나요?

—

책 출간 이후에는 카카오페이지에 연재하고 있어요. 일주일에 두 편 정도입니다. 제가 쓴 글을 출판사로 보내면, 출판사에서 카카오페이지에 공개하는 형식이에요. 한 번 피드백을 거친 글을 공개하는 거죠. 혼자 글을 써서 올릴 때보다 정돈된 글입니다. 여기에도 독자들의 댓글이 달립니다. 하지만 인터넷 카페와 비교하면 100배 정도로 감소했어요. 아무래도 유료로 일정 금액을 지불하고 보는 플랫폼이라 저를 프로 작가로 인식하기 때문인 것 같아요. 이후엔 연재한 소설 중 몇 편을 고르고 미공개 신작을 함께 엮어 한 권의 소설집으로 출간합니다. 이제까지 김동식 소설집은 이런 방식으로 출간되었습니다.

누구보다도 바쁜 작가 활동을 하고 계십니다. 이전 회사생활을 할 때와 지금 전업 작가일 때, 달라진 점은 무엇인가요? 인간관계도 달라졌을 테고, 수익도 달라졌을 것 같습니다.

—

생활이 크게 달라진 건 없어요. 지금도 저는 일정이 없는 날은 집에만 있어요. 집에서 글도 쓰고 아니면 뭔가 이것저것 봅니다. 저는 카페나 다른 곳에 가지 않고 대부분 집에서 글을 쓰고요. 일정이 많은 날엔 이동 중에도 조금씩 글을 씁니다. 사실 이전보다 글쓰기

가장 재밌는 게, 가장 보편적입니다

시간이 확 늘어난 건 아니에요. 예전엔 육체노동을 하고 집에 돌아와 잠들 때까지 글만 썼거든요. 지금은 글쓰기 외에 강연도 하고 이렇게 인터뷰도 하고 다른 일들이 꽤 생겼습니다. 그리고 작가가 되었어도 공적인 자리가 아닌 이상 사적으로는 사람들을 따로 잘 안 만나요. 제가 일찍 학업을 그만뒀는데 그러다 보니 학업을 계속 이어나가는 친구들하고 자연스레 멀어졌고, 여러 지역을 떠돌면서 일을 하다 보니 몇몇 어릴 적 친구를 제외하고는 이렇다 할 친구도 없습니다. 새로운 친구를 사귀지 않은지도 오래되었고요. 그래서 혼자 있는 게 편합니다. 가끔 출판사 분들과 김민섭 작가님과 만나는 정도입니다. 같이 앤솔러지 하셨던 분들과는 단톡방이 있는데, 저는 아주 조용한 상태로만 있습니다. 그런데 수익적인 측면은 정말 많이 달라졌습니다. 그전에도 충분히 먹고 살 수 있는 정도였지만, 지금은 마음대로 먹고살아도 될 정도로 굉장히 좋아졌죠. 작가가 되기 전까지 평생 벌었던 돈보다 4~5년 동안 작가로 번 돈이 한 3배는 되지 않을까 싶습니다.

2021년 코로나 시대에도 불구하고 200회 정도 강연을 했다는 기사를 봤습니다. 200회면 일주일에 3~4번 강연을 하신 건데요. 왜 작가님의 강연을 사람들이 원하는 걸까요? 가장 기억에 남는 강연이나 강연장에서 만난 사람이 있나요?
—

중·고등학교 강연이 많습니다. 선생님들이 초청을 많이 해주시는데요. 그 이유를 들어보면 "책을 안 보던 애들도 작가님 책은 봐요"라고 하더라고요. 저는 전통 방식으로 작가 데뷔를 하지 않았기 때문에 작가라는 정체성이 짙지 않았어요. 그냥 인터넷에서 글 쓰다가 글 쓰는 사람이 된 거죠. 책이 출간되었어도 재미있는 이야기 쓰는 사람 정도였어요. 내가 출판계에서 뭔가 역할을 한다는 감각이 거의 없었죠. 그런데 학교에 강연가면 선생님들이 "작가님은 학생들한테 큰일 하고 있어요"라고 말씀하시는 거예요. '내가 무슨 큰일을 해?' 의아하게 생각했는데, 책에 편견이 있는 아이들한테 '책은 재미있는 것이다'라는 마중물 역할을 한다고 말씀해주시더라고요. 그 이야기를 듣고 이제는 "나도 작가다"라고 소개해도 되겠구나, 생각했습니다. 되게 기분도 좋았고요. 그곳에서 만난 학생들은 대부분 기억에 남는데요. 일단 다들 귀엽습니다. 교복 벗어서 사인해 달라고 하는 학생들도 많습니다. 팔뚝에도 등에도 이마에도 온갖 신체 부위에 다 사인을 해본 것 같아요. 그리고 직접 편지를 써서 주는 학생들도 있고요.

그중 가장 기억에 남는 일은 중학교 강연하러 가서 만난 학생인데요. 한 선생님께서 자신이 담당하는 반에 정말 수업 시간에 엎드려 잠만 자고 아무것도 안 하는 아이가 있대요. 맨날 잠만 자고 아무것도 안 하니까, 어느 날 선생님이 그 학생에게 "야, 너 잘 거면 이거나 봐" 하고 제 책 한 권을 주셨대요. 그런데 그날 선생님이 교무실에서 하루 일정을 정리하시는데, 교무실에 올 일이 전혀 없는 그 아이가 찾아와서 막 쭈뼛쭈뼛하다가 "선생님, 이거 다음 편 있어요?"라고 물었다고 하더라고요. 선생님이 책 한 권이 아이를 조금은 변화시킬 수도 있구나, 하며 너무 감동적이었다고 말씀해주셨어요. 그 얘기를 듣고 저도 약간 눈시울이 붉어지더라고요. 그 학생은 정말 잊을 수가 없습니다.

책과 글쓰기에 관하여 조금 더 이야기해보겠습니다. 『텅 빈 거품』, 『모두가 사라질 때』, 『일상 감시 구역』, 『몬스터: 한밤의 목소리』 등 앤솔러지도 열 권 넘게 참여하셨습니다. 참여하는 기준이 있을까요?

—

앤솔러지 참여 제안을 할 때 대부분 주제를 전달해줍니다. 그러면 저는 바로 생각합니다. 이 주제로 내가 재밌는 이야기를 쓸 수 있을까? 하루 이틀 고민하고, 이거 써지겠다, 하면 참여합니다. 심지어는 그냥 한 편을 다 써서 참여 회신 메일과 소설을 함께 보낸 적도 있습니다. 하지만 최근에는 써볼만한 이야기가 떠올라도 거절하고 있습니다. 진짜 완벽하게 재밌는 이야기가 떠오른다면 몰라도 그냥 거절합니다. 왜냐면 앤솔러지는 게임으로 치면 목숨이 한 번밖에 없는 거잖아요. 제 개인 책은 24편이 다 재미있지 않아도 몇 편이 재밌으면 '이 작가, 재밌는 글을 쓰는 사람이네'가 되는데, 앤솔러지는 기회가 한 번밖에 없어요. 만약 그 한 편이 어느 독자에게 재미가 없다면 저는 실망스러운 작가, 재미없는 작가가 되는 게, 어느 날 갑자기 무서워져서 거절하고 있습니다. 이 역시 독자분이 올리신 솔직한 서평을 보고 깨달았어요.

주술, 마법, 외계인, 요괴, 악마, 좀비, 타임머신, 제3세계 등 소재
가 독특합니다. 소재는 주로 어디에서 찾으시나요? 그리고 발견
한 소재로 이야기를 어떻게 이끌어 가는지요?

—

제가 쓰는 이야기 소재는 제가 어렸을 때부터 봐왔던 것들이기
때문에 그다지 특별하다는 생각을 안 하고 있었는데요. 그래서 특이
한 소재를 사용한다는 말을 들었을 때 오히려 약간 좀 놀랐어요. 저
희 세대만 해도 타임머신이나 좀비 같은 소재는 너무 익숙한 것들이
거든요. 독특하다고 느껴지는 건 아마 그간 주류 출판계에 잘 등장
하지 않았기 때문인 것 같아요. 하지만 요즘은 소설의 소재가 다양
하잖아요. 저는 이야기 소재를 찾을 때, 소재를 발견해야지! 하고 집
중하지 않더라도 인터넷을 서핑하다가 아니면 유튜브나 TV 프로그
램을 보다가 OTT 플랫폼을 보다가 뭔가 흥미로운 것이 보이면, 그
럼 그때 저는 약간 일시정지 상태가 되어서 뒤로 물러나 상상해 보
는 거죠.

예를 들어 좀비물을 보다가 좀비를 어떻게 하면 더 특이하게
할 수 있을까 상상합니다. 좀비는 목표물이 없을 땐 아무 생각 없이
그냥 걷기만 하잖아요. 가만히 걷고만 있는 게 약간 낭비 같아 보였
어요. 그러면 좀비가 걸을 때 전기를 만들면 어떨까 생각해서 좀비
력 발전소 이야기를 만들어요. 이런 식으로 일상 생활을 하다가 소

재를 발견하고 상상해요. 이것들을 실제 한다면 어떤 일이 벌어질까? 이 상황을 어떻게 써먹을 수 있을까? 어떤 이야기가 만들어질까? 그걸 계속 생각하는 거죠. 상상은 정말 누구나 하고 즐겁게 하실 수 있잖아요. 정말 단순하게는 출근하지 않아도 월급 나오면 좋겠다, 집에서 식탁 위에 그릇만 놔두면 저절로 음식 나왔으면 좋겠다, 내가 진짜 로또에 당첨되면 좋겠다, 이런 상상은 누구나 할 수 있어요. 하지만 저는 여기에 규칙을 하나씩 추가해 봅니다. 로또에 당첨되려면 내가 가진 무언가를 바쳐야 한다거나. 그렇게 소재를 발견하고 나만의 상상의 규칙이나 제한 같은 걸 붙이면서 이야기를 만들어가요. 이게 제가 상상을 이야기로 만들 때 가장 많이 사용하는 방식입니다.

"평범한 장면, 상황, 구조 등을 제가 체득하고 있는 여러 방식을 적용해 흥미롭게 바꿔보는 것"이 소재를 찾는 활동이라고 했습니다. 소재를 찾거나 자료 조사 때 인터넷 서치 외에 드라마나 OTT 플랫폼 등 많은 것을 보신다고 하셨는데요. 어떤 콘텐츠를 좋아하세요?

—

저는 예능 프로그램을 정말 좋아해요. 시트콤도 좋아하고요. 어려서부터 지금까지 예능 프로그램은 거의 챙겨봅니다. 〈런닝맨〉, 〈대탈출〉도 좋아하고, 제가 특히 좋아하는 장르는 〈지니어스 게임〉이나 〈크라임씬〉 같은 지능 예능 프로그램이에요. 너무 재밌어요. 그래서 몇 번씩 반복해서 보기도 해요. 시트콤은 〈빅뱅 이론〉, 〈커뮤니티〉, 〈모던 패밀리〉 등을 좋아합니다. 한국은 시트콤이 거의 사라졌어요. 지상파는 모두 사라졌고 OTT에서나 가끔 시도되는 정도죠. 이런 프로그램이나 콘텐츠를 보다가 소재나 이야기가 떠오르기도 해요. 장르나 매체는 상관없습니다. 사실 SF 장르를 본다고 SF 이야기를 쓸 수 있는 건 아니거든요. 어떤 장면 하나, 어떤 대사 하나에 생각이 머물다가 '딱' 떠오르는 거죠. 제가 혼자 있는 시간에 뭔가 본다는 행위 자체가 제 글쓰기에 자산이 되는 것 같습니다.

작가님의 소설에는 인간의 탐욕과 이기심 등 굵직한 메시지가 많습니다. 첫 책 『회색인간』을 처음 읽고 놀랐는데요. 이야기를 쓰기 전에 주제를 정하고 글의 얼개를 미리 짜고 글을 쓰는지, 글을 쓰면서 얼개를 짜나가는지요?

—

쓰면서 메시지나 주제의식까지 생각하는 건 아닌데, 발상하다 보면 자연스럽게 그 흐름으로 이어집니다. 제가 직접 경험한 게 아니더라도 간접적으로 사회 문제나 여러 가지를 느끼게 되니까요. 글로 쓰는 작업은 머릿속으로 이야기를 다 짜놓은 다음에 써요. 소재를 찾으면 이야기나 주제를 머릿속에서 붙여보죠. 그리고 콘티를 짭니다. 의식의 흐름대로 노트북에 머릿속 이야기를 다 꺼내놔요. 맞춤법이나 순서도 일단 무시하고요. 쓰다가 갑자기 떠오르는 대사가 있으면 대사도 중간중간 써 놓고요.

짧더라도 한 편의 완성된 소설을 쓰는 건 매우 어려운 일이죠. 글을 쓰다가 중간에 막히거나 '어, 이게 아닌데' 하는 생각이 들면 어떻게 하시나요? 그리고 이야기 수정은 어떤 방식으로 하나요?

—

쓰다 만 이야기도 많습니다. 대부분 쓰다 보니까 재미가 없어서죠. 쓰다가 이거 밋밋하다, 재미없다, 싶으면 쓰다가 중간에 멈춥니다. 그리고 아주 가끔은 나중에 다시 이야기를 살리기도 하고요. 프롤로그에 쓰기도 하고 이야기 두 개가 붙어서 새로운 이야기로 살아나기도 합니다. 그리고 완성된 이야기는 한 번에서 두 번 정도 수정을 해요. 세 번은 고쳐야지, 생각하고 하룻밤 지나고 보고 일주일 뒤에 보고, 그렇게 해보자 시도해 봤는데 잘 안되더라고요. 세 번 수정했다고 글이 또 나아지는 것 같지도 않고요. 어떨 때는 첫 느낌이 가장 좋아요. 가끔은 처음 썼을 때는 소름 돋는 감각이 남아 있는데, 제가 수정하면서 다시 봤을 때는 그 감각이 안 느껴져서 헷갈리기도 합니다. 내가 이걸 두 번 봐서 안 느껴지는 건가, 아니면 수정해서 안 느껴지는 건가? 이게 헷갈리니까 차라리 그럴 거면 최소한만 수정하자고 생각해서 완성한 이야기는 한 번에서 두 번만 수정하고요. 수정할 때는 이야기나 연출은 건드리지 않고 가독성만 손봅니다.

작가님은 어떤 이야기가 좋은 이야기라고 생각하나요?

—

재밌는 이야기가 가장 좋은 이야기라고 생각합니다. 이건 개인적인 기준이고, 제 대답이 정답이 아니라는 걸 알아요. 하지만 재미라는 게 또 개인마다 의미가 다르잖아요. 생각할 거리가 있는 걸 좋아하시는 분도 계시고, 막 소름 돋는 그런 기분을 좋아하시는 분도 계시고요. 저는 제 예상을 벗어나는 이야기가 재밌습니다. 사실 요즘 영화나 드라마나 책을 봐도 웬만하면 결말이 다 예상이 되잖아요. 저도 이제 대개는 클리셰나 장치가 다 보여요. 심지어 지금 주인공을 적대하는 나쁜 놈인데, 분명히 얘는 결말쯤에 주인공을 한 번은 도와주고 죽는다는 것도 예상이 돼요. 그런데 이런 나의 예상을 벗어났을 때 정말 재밌어요. 그 예상을 벗어나게 만드는 창작자들이 분명 있거든요. 내가 상상한 것을 벗어나는 전개나 결말을 가진 이야기를 만나면 정말 큰 재미를 느낍니다.

작가님의 이야기에도 클리셰가 등장하기도 하고 반전도 많습니다. 어떻게 이야기의 반전을 만드나요? 사실 반전도 창작하는 사람은 예상했기 때문에 쓸 수 있는 거잖아요.

–

초단편 소설 쓰기는 누구나 할 수 있다고 생각하는데요. 공부라고 할 것도 없어요. 하지만 유일하게 공부가 필요한 분야가 반전인 것 같아요. 사실 반전은 좀 공부가 필요해요. 저도 글을 쓰기 시작했을 때 결말을 내는 게 너무 어려웠어요. 그래서 뭘 했냐면 다른 사람들은 어떤 반전들을 냈을까를 공부했습니다. 먼저 반전 영화를 검색해서 모두 다 봤어요. 〈아이덴티티〉(2003, 제임스 맨 골드)나 〈큐

냉장고 문을 여는
일상 속 평범한 행동을 한번 상상해 봅시다.

냉장고 문을 열면,
다른 세계로 가는 문이 열린다든가,
남의 집 냉장고 내용물을 빼먹을 수 있다거나.

브〉(1997, 빈센조 나탈리), 〈세븐〉(1995, 데이빗 핀처) 같은 영화들요. 그리고 인터넷에 올라온 반전 소설도 다 읽고, 어떤 식으로 반전이 만들어지는가 살펴봤습니다. 그걸 꼼꼼하게 보다 보면 패턴이 느껴지는데요. 반전은 결국 몇 가지 패턴이고 연출만 조금씩 다르게 할 뿐입니다. 사실상 '세상에는 새로운 이야기는 없다'라는 말이 맞는지도 모르겠습니다.

앞서 반전에 관해 공부하면서 몇 가지 패턴을 발견하셨다고 했습니다. 작가님이 발견하신 반전의 패턴들은 어떤 것들이 있나요? 그 반전들을 연출하시는 방법도 궁금하고요.

—

많습니다. 가령 출생의 비밀이나 남녀 성별의 반전, 서술의 트릭, 죽음의 속임수와 부활 같은 것들이죠. 그리고 현실처럼 전개되었으나 사실은 가상 현실이거나 어떤 사건의 진범이 예상했던 인물이 아니라 뜻밖의 인물이기도 하고요. 시간 트릭과 이중인격 등등이 있습니다. 바로 생각나는 것만 해도 이렇게 많네요. 그런데 사실 제가 아는 이 패턴들은 다른 독자나 시청자도 모두 눈치채실 거예요. 그래서 좋은 연출이 되려면, 앞서 예로 든 1차적인 반전으로 끝내는 척하다가 작가의 상상력을 더해 다르게 끝내는 게 가장 좋습니다.

자신이 쓴 이야기 중 가장 좋아하는 이야기는 무엇인가요?

—

소설집 중 첫 권인 『회색인간』을 제일 좋아해요. 굉장히 날 것이고 문장도 인터넷 형식이에요. 그런데 재밌어요. 어디서 제 책을 추천해달라고 하면 저는 『회색인간』을 추천합니다. 그중 표제작인 「회색인간」 이야기를 제일 좋아하고요. 지하 세계에 납치당한 인간들의 이야기인데요. 곡괭이 한 자루로 반복되는 강제 노동에 인간성을 잃어버린 사람들이 노래, 음악, 소설에 변화하는 이야기예요. 제가 일했던 공장도 창문 하나 없는 지하였어요. 거기서 저는 제자신을 기계의 부품이라고 생각했죠. 사람이 아니라 그냥 기계 부품. 매일 같은 행동을 반복하니까요. 제가 경험한 게 녹아든 이야기예요. 그리고 4번째 소설집 『양심 고백』 마지막에 실려 있는 「자살하러 가는 길에」도 좋아해요. 아내와 딸을 죽인 음주 운전자의 낮은 형벌에 좌절해서 자살하기로 한 남자의 이야기인데요. 다른 이야기처럼 비극적으로 끝나지 않아요. 용서가 주는 위로가 있잖아요. 희망적인 이야기입니다.

소설집 외에 작법서를 최근에 출간하셨습니다.

—

제가 항상 어떤 강연을 가든, 누구를 만나든 받는 질문이 "소설, 어떻게 쓰세요?"입니다. 그 질문에 여러 번 답변하다 보니 저 스스로 글쓰기에 체계가 잡히더라고요. 저는 의식하지 않고 본능적으로 썼다고 생각했는데, 이걸 정리하는 순간 내가 이렇게 쓰고 있었구나! 알게 되었어요. 마침 글쓰기 클래스를 해달라는 요청도 있었고 출판사의 제안도 있었고요.

소설을 쓸 때 어떤 글쓰기 단계를 가장 중요시하시나요? 작법서에선 밝히지 않은 자신만의 초단편 소설 쓰기 노하우가 있다면요?

—

제가 쓴 작법서 안에서는 '착상하기' 부분을 잘 보시면 좋아요. 소설 쓰기에서 착상하는 일이 제일 재밌어요. 뒷 내용은 내가 책임지지 않을 거니까, 막 생각을 던지는 것이 중요합니다. 초등학생도 중학생도 할 수 있어요. 즐거워야 글쓰기를 시작할 수 있으니까요. 시작해야 또 완성할 수 있고요. 그리고 최근에 제가 강연하면서 느낀 건데요. 집단지성의 힘은 엄청납니다. 초단편 소설 쓰기를 체험하셨으면 좋겠다는 생각으로, 세 단계로 나누어 즉흥적으로 함께 이야기를 만들어 봤어요. 예를 들면 냉장고 문을 여는 일상 속의 평범한 행동을 한번 상상해 봅시다. 냉장고 문을 열면 다른 세계로 가는 문이 열린다든가 아니면 냉장고 문을 열 때마다 남의 집 냉장고 내용물이 나와서 빼먹을 수 있다거나 이런 식으로요. 이렇게 이야기의 시작을 착상한 후 이야기를 전개하고 결말을 지어요. 모두 어떤 단계든 한 번씩 참여해서 누구 한 명의 소설이 아니라 집단이 창작한 소설을 만들어보는 거죠. 이렇게 하면 30분에 한 편씩 이야기가 나와요. 그것도 재미있어요. 제가 쓴 것과 수준도 비슷해요. 글을 쓰다가 전개를 어떻게 할까 생각이 막히면, 그냥 가족이나 친구한테 "여기서 어떻게 하면 좋을 것 같아?" 하고 질문해 보는 것도 좋은 방법입니다. 그럼, 수준의 차이를 떠나서 새로운 발상을 가져와 줄 아이디어를 얻을 수 있거든요. 제가 책에는 쓰지 않았지만, 이 집단지성을 활용하면 소설 쓰기를 재미있게 시작해 보실 수 있을 것 같아요.

정말 많은 이야기를 쉴 새 없이 만드셨어요. 앞으로 중장편 소설이나 다른 장르를 집필할 계획이 있으신가요? 그리고 지금 창작중인 새로운 이야기가 있는지도 궁금합니다.

—

사실 첫 번째 책 출간 이후 장편에 대한 압박은 계속 있었습니다. 평론가나 출판계 분들이 "이제 장편 써야죠"라는 얘기를 많이 하셨어요. 저는 일단 쓸 줄 아는 것을 쓰고 있습니다. 장편으로 쓰면 좋겠다고 할 만한 소재와 스토리는 있지만 제 능력이 부족한 탓인지 아직 쓰진 못했습니다. 다만 약간 다른 시도를 하고 있습니다. 열 번째 소설집 작가의 말을 보면 "10권을 마지막으로 '김동식 소설집'은 끝입니다"라고 쓰여 있어요. 이제까지의 소설집은 각각의 이야기였지만 지금은 한 세계관과 한 명의 인물이 등장하는 에피소드형 연작소설을 쓰고 있습니다. 곧 출간돼요. 이 연작소설은 출간되면 오디오 드라마로도 만들어질 것 같아요. 우리의 이 대화가 공개될 때쯤엔 이미 책도 오디오 드라마도 공개된 후일 거예요. 그리고 또

한 가지는 아직 초기 단계지만 제가 쓴 따뜻한 이야기를 좋아해 주는 독자들이 많습니다. 그래서 눈물나도록 울컥할 만한 따뜻한 이야기만 엮은 책도 준비하려고 합니다.

초단편 소설은 어떤 분들이 도전하면 좋을까요? 그리고 초단편 소설이나 소설을 쓰고 싶은 독자들에게 하고 싶은 말이 있다면요.?
—

초단편 소설은 누구라도 쓸 수 있어요. 실제로 제 강연에서 초등학생 5학년, 6학년 학생도 썼어요. 제가 2교시를 연속으로 강연을 했는데요. 너무 놀라웠던 게 초등학생들이 쉬는 시간에 화장실을 안 가고 글을 쓰더라고요. 그 정도로 누구나 할 수 있어요. 쉽게 말하면 만만해요. 장르적으로 소설을 한 번쯤 써보고 싶었던 분 중 막상 중장편 소설을 쓰기가 부담스러우면은 초단편을 먼저 써봐도 좋아요. 마중물 역할인 거죠. 그리고 처음 소설을 쓸 때 잘 쓰려고 안 하셨으면 좋겠어요. 잘 쓰려고 하면 힘들잖아요. 또 자유롭게 안 써지고 검열도 하게 되고, 일처럼 느껴지고 목표처럼 느껴지고요. 글이라는 게 목표가 되면 안 되고 즐길 거리가 돼야 시작할 수 있어요. 인터넷에서도 작가 지망생들을 많이 만나는데요. 그분들은 목표가 너무 크고 분명해요. '이 글로 뭔가를 해야 한다, 돼야 겠다.' 그렇게 이 글이 내게 뭔가를 해줄 거라는 생각보다는 '나는 이 글로 즐긴다'는 마음으로 하셔야 해요. 힘 빼고요. 그래야 재밌게 시작하고 또 오래 쓸 수 있어요.

자유롭게 상상하고
재밌게 쓰고

멀리 갈수록,
이정표를
촘촘히 세웁니다

ɔ

웹 소 설 작 가 **천지혜**

웹소설 시장이 웹툰과 함께 심상치 않은 기세로 성장하고 있다. 창작자 입장에서 종이책이나 순수문학에 비해 상대적으로 진입 장벽이 높지 않다. 더군다나 웹툰, 드라마, 영화 그리고 게임 등 2차 판권 판매까지 할 수 있어, 원작 하나만 잘 만들면 고수익이 가능하다. 1년 수익이 10억이 넘는 인기 웹소설 작가도 이제 낯설지 않다. OTT로 심화된 글로벌 콘텐츠 경쟁이 성장세를 부추기는 추세다. 국내 플랫폼 기업들이 해외 콘텐츠 플랫폼을 인수하려는 경쟁을 벌이면서, 더더욱 웹툰과 웹소설이 IP(지식재산권, Intellectual Property)로서 콘텐츠의 원천이 되고 있다.

나에게 웹소설은 낯설면서도 친근한 장르다. 학창 시절 친구들과 팬픽을 쓰고 그랬다. 두툼한 스프링 노트 몇 권을 거뜬히 채웠다. 한 친구는 아직도 그때 내가 그린 헬리콥터와 내가 쓴 대사가 우습다고 얘기한다. 그리고 난 인터넷이 일상화되기 전 PC통신을 시작한 세대다. 매일 밤 천리안, 나우누리 등의 게시판에서 소설이나 신변잡기식 글을 읽었다. 몇몇 인기 글은 조회수가 몇십만을 넘었고 종이책으로 출간된 후에도 베스트셀러가 되었다. 그중 『퇴마록』과 『드래곤 라자』가 대표적이었고, 나는 『그놈은 멋있었다』, 『늑대의 유혹』 등 귀여니의 소설을 즐겨보았다. 하지만 정작 PC통신 소설이 웹소설로 진화하고 폭발적으로 성장하면서부터 나는 독자로서 소비자로서 즐기지 못했다. 얼리어답터나 트렌드 세터와는 거리가 멀어서인지, 종이책을 가까이하며 살아서인지 모르겠다.

이런 나도 요즘은 종종 웹소설과 웹툰을 보기 위해 100원, 200원을 결제한다. 호기심에 무료로 공개하는 프롤로그와 1화, 2화를 본 후 무료공개를 기다리지 못하고 결제 버튼을 누른다. 하지만 마지막 화까지 도착하지 못하고 도중 하차하는 일이 많다. 특히 웹소설은 4,500자마다 이어지는 흥미진진한 엔딩과 중고등학교 때 그리던 팬픽이나 소설에 등장할 법한 주인공들이 넘쳐나지만 비슷한 클리셰와 비슷한 스토리 흐름에 이내 지루해졌다.

　　그러다 처음으로 완결까지 본 웹소설이 천지혜 작가의 『금혼령, 조선혼인금지령』이었다. 이조차 웹툰 OST를 먼저 접했고 웹툰을 몇 편 보다가, 드라마 판권까지 계약했다는 소식을 듣고, 원작 소설이 궁금해져 읽게 되었다. 책 좀 읽는 사람들은 웹소설을 읽지 않는다. 자신과는 잘 안 맞는다고 말하지만 어쩌면 지식의 허영과 허세가 있는지도 모른다. 나조차 마찬가지다. 하지만 삶에 관한 성찰과 사회에 던지는 옳고 그름과 기능적이고도 전문적인 지식 혹은 아름다운 문장만이 글을 읽는 쓸모일까. 게임처럼 놀이처럼 글을 읽는 쓸모도 필요하다.

　　내가 만난 천지혜 작가는 누구보다 열심히 즐겁게 글 쓰는 사람이었다. 만나고 온 날 온종일 나의 글 쓰는 삶을 반성하게 했고, 작가가 되는 법은 스스로 배워야 한다는 걸 새삼 알게 했다. 그날부터 난 바쁘다며 게을리했던 문장 수집을 다시 시작했고, 글쓰기를 위한 과정 일기를 쓰기 위해 노트를 펼쳤다.

많은 사람이 글 쓰는 삶을 꿈꾸고 작가의 삶을 원한다. 그것도 소위 잘 나가는 작가가 되고 싶어 한다. 그러나 작가의 수습 기간은 거치고 싶어 하지 않는다. 연습 시간조차 갖지 않는다. 물론 모든 조건이 완벽하게 갖춰지기를 기다리면서 시작할 수 있는 일은 없다지만, 시작하자마자 완벽하게 해내길 바라는 것은 불가능하다. 버지니아 울프는 첫 소설을 쓰기 시작한 후 완성까지 7년이 걸렸고, 어니스트 헤밍웨이는 『무기여 잘 있거라』의 결말을 47개나 다르게 쓴 후 결정했다. 48년 동안 단 하루도 빠짐없이 출근한 아버지의 직업윤리를 물려받았다는 이언 매큐언은 매일 아침 9시 30분에 글을 쓰러 출근한다. 사실 나에게도 이런 이야기는 영웅 서사처럼 들렸다. 내가 할 수 없는 일이라고, 나와 다른 세계라고. 하지만 천지혜 작가는 자신의 웹소설 드라마화를 위해 7년간 쓰고 또 쓰고 또 고쳐 썼다. 잠깐 화려하게 성공한 작가보다는 죽을 때까지 계속 쓰는 작가로 남기 위해 오늘도 쓴다. 이제 글 쓰는 삶은 영웅 서사가 아님을 안다. 어쩌면 지극히 고단하고 외로운 노동의 서사다. 끈기와 체력과 열정이 모두 필요한 노동 말이다.

사람들이 100원을 쉽게 쓸 것 같지만
절대 쉽게 결제하지 않아요.
짧지만 한 편마다
다음 편이 궁금해지는
서사가 필요합니다.

본인 소개 부탁드립니다.

—

안녕하세요. 저는 웹소설 작가 천지혜입니다. 2013년 『블러
셔와 컨실러』라는 작품으로 네이버 웹소설에서 데뷔하였고요. 이후
『금혼령, 조선혼인금지령』, 『밀당의 요정』, 『나의 수컷 강아지』 등 여
러 작품을 연재했습니다. 그리고 드라마 제작본부 기획 PD와 드라
마 제작사 키이스트에서 소속 작가로 일하기도 했고요. 지금은 〈여
신강림〉, 〈김비서가 왜 그럴까〉, 〈남자친구〉 등의 드라마를 제작한
본팩토리의 소속 작가이고, 세종사이버대 문예창작과 외래 교수로
학생들에게 웹소설 창작을 가르치고 있습니다.

퇴사 후 제주에서 세 편 정도 습작하셨고, 그중 하나인 『블러셔와
컨실러』로 2013년 데뷔하셨습니다. 글쓰기나 웹소설 작법을 배
우거나 공부하지 않고 쓰셨다고 하셨어요. 어떤 방법으로 습작을
했고 소설을 공개했나요?

—

마케터라는 직업에 지쳐 퇴사하고 휴식 차, 제주에 약 2년간
있었어요. 서울에 잠깐씩 오고 가긴 했었지만요. 좋아하는 것을 하
면서 시간을 보내니 책을 많이 읽게 되었어요. 책을 많이 읽다 보니
까, 나도 글을 써보고 싶다는 생각이 들더라고요. 읽다 보면 쓰고 싶
어지잖아요. 하지만 처음부터 웹소설을 쓴 건 아니었어요. 그땐 웹소
설이 무언지, 정확하게 개념 정리도 안 되어 있을 때고 배울 수 있는

곳도 없고 정보도 없었어요. 그냥 제가 쓰고 싶은 이야기를 세 작품 정도 썼어요. 그러던 중 네이버 웹소설이 생겼다는 온라인 광고를 봤어요. 이후 한 작품을 네이버 웹소설 챌린지에 매일 꼬박꼬박 올렸어요. 당시에는 신인이 글을 올릴 수 있는 플랫폼이 많지 않았습니다. 그 작품이 정식 연재로 승격하면서 네이버 웹소설로 데뷔하게 된 거죠. 사실 그 당시에는 반드시 종이책으로 출간해야 작가라는 생각이 있었어요. 그래서 원고를 출력해서 많이 보고 종이책에 알맞은 분량이 되기 위해서 노력했죠. 지금은 제가 쓴 글이 반드시 책으로 출간되어야 한다는 생각이 아예 없지만요. 습작하면서 드라마, 소설 공모전 모두 여러 번 도전했어요. 그런데 웹소설 플랫폼에서 제일 먼저 제 작품이 노출되고 독자가 생기면서 웹소설을 본격적으로 쓰게 되었습니다.

지금으로부터 10년 전이네요. 그동안 웹소설 시장이 정말 많이 변했습니다. 웹툰, 웹소설, 장르소설을 연재하는 플랫폼도 많아졌고요. 다양한 온라인 플랫폼들이 독자-콘텐츠-창작자를 더 잘 연결하기 위해 꼭 필요한 변화가 있을까요?

–

웹소설은 다른 웹소설과 경쟁하지 않아요. 일반 종이책도 마찬가지지만 유튜브, 넷플릭스, 웹툰 등 다양한 콘텐츠와 경쟁합니다. 최근에는 웹툰의 OST 앨범이 큰 인기인데요. 아쉽게도 이미 완결된 웹툰과 웹소설은 OST와 함께 콘텐츠를 소비할 수 없어요. 아직 기술적인 방법이 개발되지 않아서죠. 이젠 웹소설도 단순히 글로만 소비하는 게 아니라 음악, 영상 등과 결합하여 다양하고 입체적으로 소비하게 해야 합니다. OST뿐 아니라 장면마다 배경 음악이 들어 갈 수도 있고요. 영상 트레일러가 있어도 좋고요. 이젠 다양한 멀티 미디어 요소를 결합시켜야 해요. 그럼 창작자도 새로운 걸 시도하고 독자도 새로운 걸 즐길 수 있잖아요. 웹소설도 새로운 독자 유입이 가능해질 거고요.

이제 막 웹소설 창작을 시작하는 작가들이 웹소설 연재를 위해 플 랫폼을 선택한다면 어떤 점을 유의해야 할까요?

—

사실 창작자가 온라인 플랫폼을 선택하는 것은 아니에요. 온라 인 플랫폼이 창작자를 선택합니다. 작가 입장에선 다른 플랫폼보다 많은 독자를 가진 플랫폼이 우선이 됩니다. 또 플랫폼에서 내 작품 을 어떻게 노출해 주고 어떤 프로모션을 붙여주냐에 따라서 작품의 명운이 달라집니다. 연재를 시작한다면 창작자는 일단 독자 수가 많 고, 조금 더 좋은 프로모션을 제시하는 플랫폼을 눈여겨보시길 바라 요. 여러 플랫폼에 연재도 가능하니까요.

첫 작품 이후로 여러 작품을 성공시키셨는데요. 그중 제일은 아무 래도 웹툰에 이어 드라마화된 『금혼령』이겠죠. 처음 어떻게 기획 하고 작품을 쓰게 되셨나요?

새로운 작품 기획을 위해 자료 조사를 굉장히 많이 하는 편인데요. 자료 조사 중 '금혼령'이라는 키워드가 딱 걸리더라고요. 조선시대에는 왕족의 배우자를 찾는 간택제도가 있었잖아요. 처음엔 간택할 때 금혼령이 내려지는 게 당연했겠다는 생각이 들었지만, 계속 자료를 보니 금혼령이 내려졌을 때 백성의 느낌은 어땠을까? 하는 생각이 들더라고요. 혼인을 앞두고 있는데 금혼령이 내린다면? 청천벽력 같은 일이잖아요. 그리고 금혼령 기간이 길어지면 재밌는 에피소드가 많이 생기겠다는 시대적 상상에서 시작한 작품이에요. 금혼령 기간에는 더 혼인하고 싶어 하지 않을까? 이런 마음을 이용한 사기꾼도 있지 않을까? 그리고 몰래 혼인을 시켜주는 사람도 등장하고요. 그렇게 기획한 게 2014년도에요. 다음 해 9월부터 웹소설을 연재했고요. 2016년 종이책으로 출간되었고, 2019년 6월에 웹툰이 시작되어 103회로 완결되었어요. 2021년 8월 첫 웹툰 OST가 공개되었고, 이제 2022년 11월에 드라마가 방영됩니다. 먼 길이었어요.

최근 웹소설을 원작으로 한 웹툰이나 드라마와 영화가 많아지고 있어요. 웹소설과 웹툰이 원천 콘텐츠가 되고 있는데요. 『금혼령』의 드라마 제작은 어떻게 결정되었나요?

『금혼령』은 웹소설 쓸 때부터 드라마를 생각하고 쓴 작품이었어요. 드라마 판권 영업도 제가 직접 드라마 제작사와 미팅을 하면서 했고요. 처음 제작사와 미팅 후 대본을 원작자가 쓰는 게 좋겠다는 의견에 드라마 작가 계약까지 함께 했지만, 그 제작사에 여러 사정과 변화가 생기면서 진행이 잘 안 됐어요. 그 과정에서 정말 드라마 대본을 1,500번은 수정했어요. 이 이야기가 갈 수 있는 모든 길을 가 본 거죠. 정치 사극으로 만들었다가 로맨틱 코미디로 만들었다가 어떤 캐릭터를 더 했다가 또 캐릭터를 뺐다가 결말을 바꿨다가. 중간에는 아예 다른 콘셉트의 작품 기획까지 했었고요. 그러다 판권 계약이 끝나는 시점이 되어 지금의 제작사와 계약을 했습니다. 그때가 웹툰이 나왔을 때인데요. 제작사가 웹툰의 인기와 흥행, 10대 층의 반응과 많은 댓글에 높은 점수를 주어서 드라마화가 결정되었습니다. 정말 수많은 수정을 거쳐서 다시 원작이랑 가까운 것이 최종 원고가 됐어요. 그렇게 지금까지 또다시 3년이 걸렸네요.

정말 마음고생도 많이 하셨겠지만, 긴 시간 이 작품을 놓지 않았기 때문에 가능했던 일 같아요. 이처럼 하나의 콘텐츠만 잘 만들어도 여러 콘텐츠로 확장되는 시대가 되었습니다. 웹소설 작가의 수익도 궁금하고, 판권 수익도 궁금합니다.

—

계속 달라질 것 같은데요. 현재 판권료는 웹툰이 된 건 4천만 원에서 1억 원까지 되고요. 시즌 2까지 결정된다면 금액은 더 높아지겠죠. 아무래도 웹툰이 된 원작이 판권 금액이 더 높아요. 이미 인지도도 있고 팬도 있고요. 제일 중요한 건 흥행성이 어느 정도 검증되었다는 거니까요.

이번에 드라마 작가로 참여하여 직접 집필하셨는데요. 그 외 작가님의 원작 웹소설이 웹툰이나 드라마화될 때 원작자로서 어느 정도 참여하시나요?

—

작품에 따라, 각색 작가에 따라 모두 달라요. 대부분은 웹툰의 경우 처음에 캐릭터와 방향을 살펴보고요. 중간에 한 번 더 체크하는 정도에요. 간혹 원작에서 너무 벗어날 때는 원작을 따라주십사, 요청하기도 해요. 어떤 작품의 경우는 제가 스토리 작업에 전체 참여하기도 하고, 각색 초기 단계만 참여했다가 중간에 빠지기도 합니다.

작가님의 작품 중 특히 『금혼령』이 많은 독자의 사랑을 받았습니다. 웹소설, 웹툰 모두 스테디셀러로 아주 오래 높은 순위에 있었고요. 작가님이 생각하는 인기 요인은 뭔가요?

—

기획부터 탄탄하게 준비했기 때문인 것 같아요. 그리고 이미 완결한 웹소설을 웹툰화 했기 때문에 웹툰에 적합하게 서사를 탄탄하게 구축할 수 있었어요. 종이책으로 두껍게 세 권이나 되는 분량을 웹툰에 맞게 잘 수정해준 각색 작가님의 실력 덕분인데요. 실제 웹툰 댓글에서도 서사가 흔들리지 않고 좋았다는 평이 많았어요. 그

러면서도 웹툰에 맞게 코믹 포인트를 잘 살려주셨어요. 물론 뛰어난 작화 실력으로 그림을 그려준 웹툰 작가님들 때문이기도 하고요.

서사가 단단해야 다른 형식으로 전환해도 자연스럽고 흥미롭게 스토리가 전개되는 것 같습니다. 그럼 이제 웹소설 글쓰기에 관해 이야기 나눠 볼게요. 웹소설과 일반소설은 어떤 차이가 있나요?

—

웹소설과 순수문학 소설은 많은 차이가 있어요. 웹소설은 '몸'의 플롯을, 순수문학 소설은 '마음'의 플롯을 따라간다고 생각해요. 웹소설은 시나리오, 드라마 대본과 같은 비주얼 스토리텔링이기 때문에 이야기가 몸이 움직이는 장면을 중심으로 서사가 구성됩니다. 반면 장르소설을 제외한 대부분 소설은 주로 마음의 플롯을 따라가요. 웹소설은 주인공의 '대단한' 성공이나 성취, 성장 과정을 그리지 않아요. 어떤 과정을 거쳐서 주인공이 '약간의' 심경 변화, 감정 변화, 상황 변화를 일으켜냈다면, 서사의 완성으로 봐요. 웹소설은 4,500자마다 엔딩이 있어요. 일반소설의 경우는 장마다 엔딩의 강박을 가질 필요가 없죠. 웹소설은 재미있어야 다시 다음 편을 이어가니까요. 사람들이 100원을 쉽게 쓸 것 같지만 절대 쉽게 결제하지 않아요. 짧지만 한 편마다 다음 편이 궁금해지는 서사가 필요합니다.

웹소설은 다음 편이 궁금해지는 엔딩이 중요하다고 하셨는데요. 독자들이 다음 편을 궁금하게 하는 엔딩은 어떤 건가요? 작가님 나름의 노하우나 웹소설에서 통용되는 패턴이 있나요?

—

이야기가 가장 재미있어지는 곳에서 엔딩을 내야 한다는 의미 인데요. 다음 편을 결제하지 않고는 못 버티게 하는 궁금증을 일으 켜야 합니다. 그러기 위해서는 엔딩에서 주인공의 감정선이 높아지 거나, 아주 중요한 선택의 순간이 오거나, 절체절명의 위기가 와야 하죠. 작법서에서는 '클리프 행어cliffhanger'라고 하는데요. 주인공을 절벽에 매달아 놓고 엔딩을 내라는 뜻입니다.

한 작품을 쓸 때 어떤 과정으로 창작하는지 궁금합니다.

—

소설 아이템을 보통 몇 년간 노트북 안에 미공개된 상태로 둡 니다. 그리고 제가 쓸 수 있는 상황이 될 때까지 기다립니다. 그 사 이사이 언제든 소설 쓰기에 들어가도 괜찮을 만큼 기획을 탄탄하게 해놓아요. 완벽하게 결말을 정하지 않아도 대략적인 흐름은 모두 잡 아놓고요. 자료수집은 기획 단계에서 합니다. 관련된 책을 모두 구 매하고, 관련 기사는 모두 스크랩해요. 책과 기사에서 필요한 부분 에 형광펜으로 밑줄을 쳐놓거나 클리핑해놓습니다. 언제든 쉽게 찾 을 수 있게요. 아이템이 확정되면, 이 아이템을 효과적으로 드러내 는 데 필요한 캐릭터 설정도 기획 단계에서 해요. 어떤 가상 캐스팅이 가장 어울릴까, 연예인 사진으로 PPT 파일을 만들고, 인물 관계도도 그려 놓고요. 다양한 이미지로 PPT를 만들다 보면 인물이 좀 더 생생해지고 입체적으로 느껴져요. 그 이미지를 바탕으로 캐릭터와 스토리를 확장해 나갑니다. 저는 캐릭터별로 기획안을 한글 파일 10장 정도씩 작성해요. 캐릭터 기획안만 최소 4~50장이 넘는 거죠. 캐릭터를 단단하게 해두면 이야기를 풀어나갈 때 확실히 도움이 됩니다. 그리고 그 후에 이야기 전체 플롯을 짜요. 플롯 속에 각 캐릭터가 어떻게 녹아 들어갈지 설계하고, 다시 캐릭터 플롯을 짭니다. 그럼 각 캐릭터에 이야기 속 플롯이 스며들기 시작해요. 이제 이 모든 것을 하나로 엮으면서 서사 전체의 플롯을 짭니다. 여기까지 마치면 이야기 전체의 트리트먼트가 되는 거죠. 이렇게 이야기의 구조적 설계를 모두 마치고 나서 이야기의 복선, 상징, 떡밥, 떡밥 회수를 어떻게 할지, 상세 작업에 들어가고 본격적으로 이야기를 씁니다.

캐릭터 기획안에는 어떤 항목과 내용이 들어가나요?

—

실제 작품에 드러나지 않더라도 캐릭터마다 창작에 필요한 뒷배경과 서사를 만드는데요. 캐릭터가 어떻게 태어나고 어떻게 자랐는지, 어떠한 과정을 거쳐서 캐릭터가 이러한 성격을 갖게 되었는지도 중요하고요. 이 인물이 나의 플롯에서 어떠한 역할을 할 것인지를 미리 다 기획을 합니다. 그리고 캐릭터가 살면서 추구하는 목표, 어떤 욕망을 가졌는지는 필수입니다. 목표를 향하는 것이 곧 서사가 되고, 원하는 욕망이 좌절되는 것이 서사를 더욱 탄탄하게 만들거든요. 그 외에도 외적인 특징과 사소한 버릇, 말투도 미리 기획하고 글을 쓰려고 해요.

기획안을 매우 촘촘히 준비하시고 창작하시는 것으로 보입니다. 한 작품을 기획할 때 어느 정도 시간이 걸리나요? 그리고 기획할 때 가장 중점을 두는 건 뭔가요?

—

빨리 기획안이 나올 때는 한 달 정도지만, 쓰고 있는 작품 뒤에 또 써야 할 작품이 쌓이기 때문에 짧게는 2년 길게는 7년까지도 걸려요. 그러나 기획안도 중요하지만, 더 원천적으로 중요한 것은 '로그라인'이에요. 로그라인은 이 이야기를 단 한 줄로 요약한 것을 말하는데요. 로그라인이 평범하면 사람들은 읽지 않아요. 이젠 글 말고 대체재가 너무 많잖아요. 물론 웹소설은 클리셰가 워낙 많은 시장이긴 해요. 비슷한 이야기가 많죠. 하지만 그럼에도 불구하고 로그라인이 특별해야 해요. 그래서 저는 기획할 때 로그라인을 가장 중요하게 생각합니다.

맞아요. OTT나 웹소설, 웹툰 플랫폼에서도 로그라인을 보고 클릭하는 경우가 가장 많습니다. 저 역시 마찬가지고요. 그렇다면 매력적인 로그라인을 만들려면 어떻게 해야 할까요?

—

로그라인 찾기를 생활화해야 해요. 저는 뉴스를 보다가 생활을 하다가 모든 사건, 모든 일을 로그라인으로 만들어봐요. 생태계가 망가지는 광경을 보고도 혹시 이게 아이템이라면?, 비트코인 폭락 뉴스를 보고도 혹시 이게 아이템이라면? 상상하면서요. 그리고 레퍼런스 스터디를 많이 하면 도움이 됩니다. 제가 웹소설 쓰기를 가르치는 학생들에게는 작품을 10개 골라서 로그라인을 써보라고 하기도 하고, 어떤 제목이 흥하는지 조사도 시켜요. 웹소설에 어울리는 제목도 중요하거든요. 그리고 저는 정말 좋은 웹소설의 경우 종이책으로 사서 봅니다. 종이책은 전체 이야기 구조나 캐릭터를 파악할 때 좋아요. 찾기도 쉽고 찾으면서 구조도를 그리기도 용이해요.

인기 있는 웹소설은 종이책으로도 출간됩니다. 종이책을 출간하면 새로운 독자가 웹소설로 유입되나요?

—

새로운 독자 유입은 어려운 것 같아요. 팬 서비스 의미가 크죠. 수십 편의 웹소설도 종이책은 단권이나 두 권, 세 권으로 출간할 수 있잖아요. 한 번 결제해서 보는 편리함이 있죠. 하지만 웹소설 독자는 한 편 보고 결제하고 또 한 편 보고 결제하는 방식을 좋아하더라고요. 사실 보다가 재미없으면 중도 하차해도 되니까요. 그런데 종이책은 구매 후 읽지 않아도 되긴 하지만 콘텐츠 소비 방식이 다르잖아요. 그래서 웹소설을 종이책으로 구매하는 건 자신이 좋아하는 이야기를 소장한다는 의미가 큽니다.

저는 모든 걸 다 기획하고
모든 걸 다 준비하고 써요.
기획안 200장, 캐릭터 분석 200장,
80개 정도의 엔딩을 정말 세세하게 준비해요.

아주 촘촘하게 이정표를 찍어놓으면
어찌어찌 길이 나옵니다.

웹소설이 웹툰으로, 웹툰에서 다시 드라마로 빠르게 변형되고 있습니다. 특히 웹소설이 다른 장르로의 변환이 많은 이유는 무엇인가요?

—

웹소설은 서사가 길고 엔딩 구조가 촘촘히 짜여 있기 때문이라고 생각해요. 웹소설이라는 특징상 매번 4,500자에서 6,000자 안에서 엔딩이 나와야 하니까요. 그리고 엔딩에서 제일 중요한 건 앞서 말한 것처럼 다음 화를 결제하게 하는 후킹 포인트입니다. 긴장감을 높이는 방법, 재미가 고조되는 방법을 연구해서 쓸 수밖에 없어요. 웹툰 역시 웹소설과 구조는 같고 비주얼 작업으로의 변환이기 때문에 잘 맞고요. 드라마화할 경우 흐름은 조금 다르지만, 웹소설의 엔딩을 잘 써먹을 수 있어요. 12부, 14부, 16부 이상의 엔딩을 낼 수 있는 포인트가 이미 갖춰져 있으니까요. 웹소설은 이미지가 아닌 텍스트로 전개되기 때문에 웹툰 원작보다 서사가 탄탄한 작품이 많아요. 이것이 웹소설을 웹툰화 한 노블 코믹스가 잘 되는 이유인 거 같아요.

웹소설을 쓸 때와 드라마 대본을 쓸 때, 매우 다를 것 같아요.

—

앞의 질문에서도 언급했지만 『금혼령』 같은 경우는 제가 처음부터 드라마를 많이 염두에 두고 썼어요. 웹소설 연재 때도 이걸 드라마로 봤으면 좋겠다, 드라마적인 에피소드 구성이다, 라는 댓글도 많았고요. 웹툰에서도 드라마로 만들어 달라는 수요가 높았어요. 그럴 정도로 이 소설은 많은 부분 드라마 형식에 맞춰서 썼어요. 그래서 드라마 쪽으로 가기에 훨씬 편한 구성이었죠. 또 원작자가 직접 드라마 대본을 쓰다 보니까 굉장히 쉬웠어요. 하지만 그 외에 다른 웹소설이 드라마가 되기 위해서는 캐릭터 구성부터 인물 관계도, 매회 엔딩 구성과 혹은 에피소드를 드러내고 빼는 것, 이야기를 전개하는 방식까지 굉장히 많이 달라질 수 있습니다.

웹소설에서는 재밌는 에피소드였으나, 드라마에선 국민 정서에 맞지 않는다거나 불편함이 조금이라도 느껴진다면 민감하게 고쳐야 해요. 예를 들면 저희 캐릭터 중에 '개이'가 있어요. 할아버지인데 누구에나 '열린 귀'란 뜻으로 '개이開耳'라고 이름을 지었어요. 웹소설이나 웹툰에선 매우 인기가 많은 캐릭터였어요. 그런데 웹툰과 웹소설은 개이라는 이름을 글로 보잖아요. 그런데 드라마는 소리로 들으니까 혹시나 불편함을 느끼는 분이 있지 않을까, 하는 의견이 있더라고요. 그래서 이름을 '꽹이'로 바꿨어요. 사실 아직까진 이렇게 고친 게 잘한 건지 못 한 건지 판단하기는 어려워요. 드라마가 원작의 재미 포인트를 깎는 걸 수도 있고요. 이처럼 웹소설을 드라마화할 땐 정말 많은 각색 과정을 거쳐야 합니다. 그리고 드라마는 더 큰 책임감을 가지고 쓰게 되더라고요. 내 글이긴 하지만 여기엔 감독, 배우, 스텝들까지, 많은 사람이 함께 하잖아요. 그게 무척 다르더라고요.

웹소설 기획과 글쓰기 방법에 관해 이야기를 나누고 있는데요. 온라인 플랫폼과 사이버대학에서도 웹소설 쓰기를 강의하십니다. 강의 때 학생들에게 가장 강조하는 것은 무엇인가요?

—

레퍼런스 스터디를 가장 강조하고요. 그다음에 전체적인 구조와 설계도를 탄탄하게 짜야 한다고 말해요. 이야기 전체 설계도를 그리라고 하면 처음에는 막막하고 어려워합니다. 하지만 짜놓지 않으면 쓰면서 더욱 힘들어져요. 저도 신인 때 경험했어요. 당장 마감이 다가오는데 글이 안 써지는 거예요. 처음엔 계획 없이 그냥 재미있어서 막 쓰죠. 뒷이야기에 대한 큰 구상이 없어도 초반은 쓸 수 있어요. 그러다 글쓰기가 막히면 다른 글쓰기는 좀 묵혀두고 쓰면서 영감을 찾아도 되지만 웹소설은 연재 형식이기 때문에 정해진 시간에 써야 해요. 『블러셔와 컨실러』는 36화로 다소 짧았지만 『밀당의 요정』은 총 102화였고, 『금혼령』은 외전까지 합하면 총 135화, 『나의 수컷 강아지』는 총 93화예요. 정말 긴 연재 시간이죠. 그런 어려운 상황을 맞닥뜨려 본 후, 저는 모든 걸 다 기획하고 모든 걸 다 준비하고 써요. 기획안 200장, 캐릭터 분석 200장, 80개 정도의 엔딩을 정말 세세하게 준비해요. 물론 이렇게 준비해도 막힐 때도 있어요. 하지만 준비한 흐름대로 따라가면 어찌어찌 길이 나오더라고요. 이미 이정표가 세워져 있으니까요. 그러니 구조와 설계도를 아주 촘촘히 이정표처럼 찍어놓아야 해요.

기획이 잘 안 풀린다거나 아주 촘촘히 이정표를 찍고 시작했어도 글이 잘 안 써지거나 쓰기 싫을 땐 어떻게 하세요? 연재인 경우 마감이 있어서 더 조급한 마음도 들 것 같아요.

–

창작의 고통은 다른 창작으로 풀어야 한다는 말이 있어요. 저는 글을 쓰다 막히면 글쓰기에 도움 되는 일을 찾기보다 재충전하는 의미로 재봉틀로 옷을 만들어요. 오늘 입고 온 이 옷이 제가 처음으로 만든 옷이에요. 저희 엄마가 의상 디자이너셨거든요. 엄마가 은퇴하고 나서 엄마한테서 재봉틀을 배웠어요. 이후로 제가 원하는 원단을 골라서 제 사이즈와 체형에 맞춰서 종종 옷을 만들어요. 마음에 드는 원단을 고를 수 있다는 게 저는 너무 좋더라고요. 예전엔 옷 만드는 건 전문가만의 영역이라고 생각했어요. 그런데 어느 정도 해보니까 입고 다닐 정도의 옷을 만들겠더라고요. 얼마 전엔 제 아이 백일 옷도 만들었어요.(웃음)

그리고 많은 창작자가 그렇듯이 다른 콘텐츠를 많이 봐요. 트렌드도 알고 공부도 할 겸요. 넷플릭스, 유튜브 프리미엄, 웨이브, 디즈니 플러스 등 모두 구독하면서 영상 콘텐츠도 많이 보고요. 재밌는 영상이 있으면 웹툰 콘티처럼 그 대사는 어떻고, 웃는 사람은 어떻게 웃고, 이런 식으로 5화 정도는 그 흐름을 정리하고요. 예능도 너무 재밌는 회차가 있으면 대사를 모두 정리해요. 텍스트로 읽으면 대사를 한 인물의 캐릭터나 표정, 호흡이나 비유, 현장 분위기 등은 느껴지지 않으니까 재미가 덜하지만요. 글로 웃기는 게 그렇게 힘들어요. 왜냐면 글은 두 번 보고 세 번 보면 웃기지 않거든요. 하지만 그냥 보면 웃고 잊어버린단 말이에요. 그래서 영화나 드라마, 예능도 구조도 그리고 대사도 필사하곤 합니다. 요즘엔 유튜브에 이미 편집된 것들도 많아요. 어떤 드라마 엔딩 모음, 어느 영화 명대사 모음 같은 거요. 그런 것도 종종 보기도 하고요.

웹소설 외에 종이책 출간 작업, 작법서, 드라마 대본까지 여러 글쓰기 작업을 함께 하고 계세요. 한 작업이 끝나고 또 한 작업을 하는 게 아니라 동시적으로 진행하시고요. 거기다 육아까지 어떻게 시간을 분배하고 작업량이나 마감을 관리하는지요?

─

아이 낳기 전과 후가 다른데요. 아이 낳기 전에는 새벽 시간을 많이 활용했어요. 새벽에 일어나서 해가 뜨기 전에 다 써낸다 생각하고 작업하는 날이 많았죠. 반면 지금은 아이가 깨고 나서는 아이와 놀아줘야 하니까, 집에서 쓸 때도 있지만 밖에서 집중해서 쓰는 경우가 많아요. 오전에 조용한 카페가 있고 또 오후에 문을 여는 카페가 있단 말이죠. 오전에 일찍 여는 카페에서 글을 쓰다가 점심시간이 되면서 시끄러워지면, 오후에 문을 여는 조용한 카페로 옮겨가 글을 써요. 오후 5시, 6시쯤 퇴근합니다. 이젠 글 쓰는 공간과 시간을 분리해서 관리하고 있어요.

마지막으로 콘텐츠 창작 시 장르나 미디어의 전환까지 생각하고 기획하신다고 하셨어요. 준비하고 있는 기획이나 원작의 전환 계획이 있으신가요?

—

저는 항상 영상화를 염두에 두고 글을 써요. 영상화에 맞는 엔딩 포인트 혹은 분량까지 고려하면서요. 웹소설과 또 다른 미디어, 이렇게 두 가지 미디어에 적합한 스토리가 나오기 위해서, 어떠한 설정, 어떠한 인물 관계, 어떠한 서사가 필요한지 치열하게 고민합니다. '소설을 읽으면서 드라마가 그려진다, 드라마로도 봤으면 좋겠다'라는 평을 들으면 제 작업이 성공한 것 같아 뿌듯하고요. 앞으로 기획되는 작품은 순서가 거꾸로 된 것들이 많아요. 이전엔 웹소설에서 웹툰, 드라마 순으로 나아갔다면 앞으로는 반대가 되요. 웹툰으로 두 작품을 준비 중입니다. 한 편은 웹소설을 원작으로 해서 웹툰을 준비하고 있고요. 다른 한 편은 새로 쓴 작품이에요. 두 편다 작화가 진행 중이에요. 그리고 드라마를 한 편 더 준비하고 있습니다. 드라마와 웹툰, 웹소설을 동시에 준비하게 될 것 같아요. 〈홍천기〉, 〈그해 우리는〉도 드라마와 웹툰을 비슷한 시점에 공개해서 다 잘되었어요. 서로 홍보도 되고 팬덤도 커지고요. 원작 하나가 잘 만들어지면 다양한 형태로 콘텐츠가 되는 시대에요. 저는 쓰고 싶은 이야기가 많아요. 앞으로 계속 재밌는 이야기를 쓰고 싶습니다.

Astonish me!

"날 놀라게 해봐"

- CHUNZIHYE -

3장

전문직업과 글쓰기

청소 일하고,
그림을 그립니다

작 가 · 일 러 스 트 레 이 터 **김예지**

우리는 살며 살아가며 매일 수많은 선택을 한다. 그 수많은 선택 중 대부분은 어떤 걸 선택해도 내일이 바뀌지 않는다. 하지만 어떤 선택들은 당장 오늘이 그리고 먼 내일이 바뀌며 인생이 달라진다. 특히나 한국 사회에선 생애주기에 따라 굵고 큰 글씨로 선택지가 주어진다. 대학교, 직업, 직장, 결혼 등. 그 선택지에서 대부분의 사람은 출제자의 의도에 따라 답을 고른다. 모두가 비슷하게 꾸었던 꿈은 출제자, 즉 자본주의 사회 구조가 만들었다.

자본주의가 약속했던 꿈들이 사라지고 있다. 현재 한국은 저성장 시대를 맞아 경제성장이 수년째 둔화중이다. 기업의 신규 투자는 급감했으며, 기업 간 안정성과 임금 격차가 더욱 커졌다. 현재 청년들은 이전 세대와는 달리 물질적 풍요는 어려서부터 쉽게 누리며 살았지만, 좋은 사회 참여 기회나 좋은 직장, 좋은 주거환경을 얻기는 힘들어졌다. 디지털 경제사회가 되면서 일자리 개념도 바뀌었다. 이러한 변화로 2015년 'N포 세대'라는 말이 등장한 후 지금도 여전히 흔히 사용될 정도로 사회 진입 경쟁은 더욱 커졌다.

평생직장은 사라졌고 평생 직업 역시 사라지고 있다. 많은 사람이 여러 개의 직업을 거치거나 한 번에 여러 개의 직업을 갖는다. 직업을 갖는 이유는 단연 먹고 살기 위해서지만, 때론 자기계발을 위해 자아실현을 위해서 직업을 갖는다. 그리고 그 이유가 무엇이든 내 모습 중 하나가 직업으로 나타난다. 아직도 많은 사람이 자신을 소개할 때 직업부터 말한다. 하지만 직업이 그 사람의 생활을 추측

할 수 있어도, 사람을 예측하거나 재단할 수는 없다.

김예지 작가는 자신을 '청소 일을 하고, 그림을 그리는 사람'이라고 소개한다. 청소부와 작가가 아니라 '청소 일을 한다'와 '그림을 그린다'는 동사형으로 자기 자신을 표현한다. 한때 삶을 그만 놓아버리고 싶을 만큼 바닥으로 떨어졌던 작가는 죽는 것보다 사는 게 쉽겠다며 잘 살아 보기로 하고 자신의 이야기를 나누기 위해 그림을 그리고 글을 쓴다. 생의 끝을 고민하며 다시 생의 시작을 청소 일과 그림으로 지속해 나가는 중이다.

창작 일로 충분히 생활이 유지되면 청소 일을 그만둔다고 말하지만, 김예지 작가는 '그림과 글쓰기'라는 창작 영역마저도 생활의 전부도 삶의 목표도 인생의 꿈도 아니라고 말한다. 창작은 유일한 나의 일이 아니라 내 일 중 하나일 뿐이다. 하긴 '나로 사는 것'보다 중요한 게 있을까. 처음엔 청소 일을 한다는 걸 부끄럽게 생각했다고 한다. 타인의 시선 때문이었으리라. 지금은 아무렇지 않게 청소 일을 한다고 말한다. 스스로 타인의 시선에서 해방되었기 때문이다. 그리고 더 당당히 나, 내 일, 내 직업, 내 꿈을 말하려면 경제적인 독립이 뒷받침되어야 한다. 작가는 청소 일은 내가 나를 책임질 수 있게 하는 일이며 내가 어른으로 살 수 있게 한 일이라고 말한다.

최근 직업 생활이 책으로 많이 출간되고 있다. 의사, 변호사, 검사, 판사와 같이 전문 직업인 외에 청소노동자를 비롯해 간호사, 버스기사, 건설 일용직, 사회복지사 등 다양한 직업 현장에서 글이 쏟아지는 건 내가 사는 세상에 관한 관심이 늘어났다는 방증일까. 모두가 멋지고 행복하고 잘 먹고 잘사는 소셜미디어 세상 속이 아닌 진짜 세상 사람들이 사는 이야기가 궁금해서일까. 작가는 자신의 삶이 누군가에게 참고할 만한 예시가 되면 좋겠다고 말한다. 나 역시 다양한 사는 이야기를 통해 나의 답을 찾는 중이다. 아직 완벽하지 않은 삶이기에 아니 완벽한 삶이란 없다는 걸 알기에 매일 답을 찾고 선택하고. 선택의 결과에 때론 후회하고 가끔은 운이 좋았다고 말하면서. 어떤 삶도 답이 아니므로 어떤 삶을 살아도 괜찮지 않을까 생각하면서.

창작하는 나와 청소하는 나의 구분도 명확해요.
창작하는 날은 좀 더 나를 표현하고
자아를 실현하는 내가 있다면,
청소 일을 하는 날은 어른으로서 내가 나를
책임져야 하는 모습이 있는 거죠.

안녕하세요. 오랜만에 뵙습니다. 자기소개 부탁드립니다.

—

저는 청소 일을 하고, 그림을 그리는 작가 김예지입니다. '코피루왁'이라고도 불립니다.

'코피루왁'이라는 활동명을 쓰고 있는데요. 어떤 의미이고, 어떻게 정하셨나요?

—

혹시 〈카모메 식당〉(2006, 오기가미 나오코)이라는 일본 영화 아시나요? 개봉한 지 꽤 되었지만, 많이들 좋아하는 영화죠. 저도 무척 좋아하는 영화인데요. 여주인공 사치에(고바야시 사토미)가 헬싱키에 작은 일식당을 차려요. 그 식당에서 여러 사연 있는 사람들을 만나며 벌어지는 이야기인데요. 그 가게 전 주인이 아끼는 커피머신을 가게에 두고 온 거예요. 사치에가 커피머신이 마음에 들었는지 식당에 예쁘게 진열해놓아요. 그런데 어느 날 식당에 도둑이 듭니다. 커피머신을 훔쳐 가려고요. 알고 보니 가게 전 주인이었어요. 전 주인이 내가 커피를 맛있게 내리는 비법을 알려줄 테니 커피머신을 달라고 해요. 그리고는 드립 커피를 내리다가 손가락을 중간에 꽂고 "코피루왁"이라고 주문을 외워요. 사치에도 주문이 마음에 들었는지 커피를 내릴 때마다 "코피루왁"이라고 주문을 외우죠. 저는 그 장면들이 너무 좋더라고요. 주문이 너무 귀엽고 독특했어요. 무언가 진심과 염원이 들어가면서 커피에 의미가 생기잖아요. 그때 제가 미대생이었어요. 만약에 내가 작가가 된다면 활동명을 코피루왁으로 해야지 생각했어요. 그리고 결국 이렇게 활동명으로 쓰고 있습니다.

첫 책 『저 청소 일을 하는데요?』에 일과 시간표를 공개하셨습니다. 최근에는 일과 시간표가 좀 바뀌셨을 텐데요. 한 주를 그리고 그중 일하는 날과 일하지 않는 하루는 어떻게 보내나요?
—

그땐 화요일 목요일 토요일에 일했어요. 지금보다 더 늦게 일이 끝났고요. 지금은 월요일 수요일 금요일, 일하고 있어요. 일하는 날에는 새벽 5시 반에서 6시 사이에 기상해서 엄마랑 만나서 일을 가요. 일을 끝내고 엄마 집에서 밥 먹고 집에 오면 오후 3시쯤 됩니다. 첫 책을 쓸 땐 엄마와 같이 살았지만, 지금은 독립해서 저 혼자 살고 있거든요. 이후엔 대부분 휴식을 취하거나 운동을 하고 여가생활을 해요. 아주 급한 마감이 있지 않은 한 창작 작업은 하지 않으려고 하고요. 청소 일을 하지 않는 날에는 글이나 그림 작업을 하고 누군가와 만나기도 하고 인터뷰나 강의, 강연 등 외부 활동을 해요. 굉장히 유동적이에요. 마감일이 다가올 땐 아침에 일어나서 운동하고 밥 먹고 공유 오피스에 가서 온종일 작업하고요. 이렇게 저의 일주일은 청소 일과 창작 작업으로 분리되어 있습니다.

일주일을 시간 배분해서, '일하는 나'와 '창작하는 나'로 나누지만, 노동과 창작을 병행한다는 건 쉽지 않을 것 같아요. 각각의 일을

하다가 문득 다른 일이 떠오르기도 하고요. 청소 일을 함께하면서 그림을 그리고 글을 쓰는 창작의 힘은 무엇인가요?

—

제가 만약 목표가 부동산 부자가 될 거야, 나는 사업을 크게 하는 사업가가 될 거야, 였으면 청소 일을 더 열심히 해서 돈을 많이 벌었을 거예요. 돈을 벌어서 부동산을 사거나 청소 일이든 다른 일이든 사업을 키웠겠죠. 그런데 전 그런 사람은 아니었던 거에요. 저는 무언가를 계속 꺼내놓는 걸 좋아하는 사람이에요. 어떻게 보면 배출 욕구, 표현 욕구가 강한 사람인 거죠. 그래서 청소 일은 돈을 벌게 하고 먹고살게 해 주는 데 부족함은 없지만 제 인정욕구를 채워주지는 못해요. 책에도 썼지만 "내 안의 인정욕구와 자존감은 목적에서 나온다는 걸 알았고, 나의 성취로만 얻을 수 있는 감정들"이란 것도 알게 되었어요. 돈으로 살 수 없는 것들이죠. 그래서 몸이 좀 피곤해도 지금까지 그림 그리고 글을 써오고 있다고 생각해요. 물론 앞으로도 해나가고 싶은 일이고요.

가장 많이 하는 작가 활동과 작업은 무엇인가요?

—

제 창작 작업과 외주 작업 그리고 강연으로 나뉘어요. 개인 창작 작업은 요즘엔 주로 저의 세 번째 책을 쓰는 일인데요. 원래 2021년 8월에 마감이었는데 지금 1년 정도 늦어졌어요. 『저 청소 일을 하는데요?』와 『다행히도 죽지 않았습니다』에 모두 엄마 이야기가 나오는데요. 그래서인지 엄마가 어떤 사람인지 궁금해하시는 분들이 많더라고요. 또 제가 친구들이나 아니면 누군가를 만나서 엄마 이야기를 하면, 엄마와 특별한 사이라는 이야기를 많이 들었어요. 아직 제목은 정하지 못했고 그림 작업을 하고 있어요. 그리고 외주 작업은 책 내지 삽화도 종종 하지만 책 표지를 많이 해요. 외주 일은 단기간으로 이뤄지는 경우가 대부분이고요. 또 하나는 강연인데요. 전혀 생각하지 못했던 영역인데, 강연을 많이 하게 되었어요. 아무래도 첫 책이 직업과 진로에 관한 이야기이기도 하잖아요. 학교에서 학생 대상으로도 하고 성인 대상 강연도 하고요. 제가 어디 가서 이렇게 말을 하면서 살 거라고 예전에는 한 번도 상상해 보지 못했어요. 그런데 책이 매개가 되어서 누군가에게 내 이야기를 한다는 게 새로워요. 참 가끔은 소소하게 그림 수업도 합니다. 아이패드로 그림 그리기나 책 쓰기 같은 거요.

지금은 청소 일을 노동으로 받아들이게 됐지만, 처음에는 직업이 곧 나라는 생각을 많이 했고, 조금씩 스스로 직업과 나를 분리하는 노력을 많이 했다는 인터뷰를 봤습니다. 어떻게 분리하였는지, 분리하려고 어떤 노력을 하셨는지요?

—

직업이 내가 될 때가 매우 많잖아요. 처음엔 남들이 보는 내 모습에 대해 많이 신경 썼던 것 같아요. 생각해보면 남들이 보는 내 직업이 문제가 아니라 '내가 내 직업을 어떻게 받아들이냐'의 문제였던 거죠. 사실 제가 괜찮지 않았던 것 같아요. 사람들이 젊은 사람이 왜 청소 일을 해요? 대학도 나왔는데, 왜 청소 일을 해요? 라고 물을 때 저 스스로 피해의식이 있었어요. 물론 지금은 없어졌습니다. '누군가 내 인생 대신 살아주는 게 아니구나'라는 걸 강력하게 알게 돼서요. 이제는 웬만하면 남들이 보내는 시선은 괜찮아요. 나 스스로 청소 일이라는 이 직업에 관해서 이야기하는 것도 당당하고요. 그리고 또 창작하는 나와 청소하는 나의 구분도 명확해요. 작업하는 날은 좀 더 나를 표현하고 자아를 실현하는 내가 있다면, 청소 일을 하는 날은 어른으로서 내가 나를 책임져야 하는 모습이 있는 거죠. 청소 일은 내가 안정적으로 내 삶에 책임감을 느끼고 내가 스스로 잘 먹고 잘살 수 있는 경제적 활동이니깐요. 어찌 보면 무척 고마운 일이죠. 청소 일하면서 집도 작업실도 마련했거든요. 저는 그런 식으로 구분하면서 살아요.

최근 몇 년간 직업 관련된 이야기가 책으로 정말 많이 출간되었어요. 버스기사, 간호사, 사회복지사, 도배사, 콜센터 직원 등 다양한 직업군에 있는 사람들이 본인의 이야기를 꺼내놓고 있고요. 왜 자신의 직업에 관한 이야기를 쓰는 사람이 많아진다고 생각하나요?
−
예전에는 사람들이 굳이 이런 이야기까지 해도 될까? 라고 의문이 드는 사회에서 좀 살았던 것 같아요. 사회가 만들어둔, 밖에서 보이는 삶이 정답이고, 이렇게 사는 삶은 그냥 소수의 삶이니까, 누구도 궁금해하지 않을 거라고 생각하니 애써 이야기하기도 꺼려지고요. 자신의 직업이나 일에 관해 좋은 점을 이야기하지, 단점이나 안 좋은 점을 이야기하고 싶어 하지 않잖아요. 숨기고 싶은 점도 있고요. 하지만 지금은 좋고 나쁨을 떠나서 '그냥 나로서 살면 된다'고 많이들 말해요. 직업도 일도 그냥 나잖아요. 나의 전부가 아닌 나의 일부요. 예전에는 너는 왜 이런 일을 해? 라고 했다면 지금은 너다운 삶이 있구나! 라고 좀 인정해 주는 사회 분위기도 되었다고 생각해요. 더욱이 독립출판이 유행하면서 출간 기회도 많아졌고 SNS로 나를 보여주는 것도 일상적인 일이 되었고요. 결국에는 자기 이야기를 하고 싶은 사람이 많아진 거죠.

나를 알리기 위해 『저 청소 일을 하는데요?』를 독립출판으로 먼저 출간했습니다. 2,500부 판매했다고 밝히셨어요. 독립출판으로 적은 부수는 아닌데요. 이후 작가 활동으로 얻는 수익과 강연 등 부수적인 수익은 어느 정도 되나요?

—

4년 정도 청소 일을 하면서 그림을 그렸는데 그림으로 얻는 소득은 없었어요. 그런데 독립출판 이후부터 강연을 시작하게 되었어요. 강연 수입이 그때부터 들어오기 시작한 거죠. 그림 외주 작업도 그때부터 종종 들어왔고요. 모두 제 책을 보고 연락을 주셨다고 하더라고요. 하지만 청소 일과 비교하면 매우 적은 금액이었어요. 초반엔 9대 1 정도로 차이가 났죠. 청소 일이 고정 수입이라면 작가

일은 보너스 개념 정도였죠. 그런데 2021년 처음으로 작가 활동으로 인한 수익이 청소 일보다 조금 많아졌어요. 많이 넘어선 건 아니지만, 그래도 저에겐 2021년이 기념비적인 해입니다. 하지만 사실 작가 일은 정말 유동적이잖아요. 남은 올해는 어떨지, 내년에는 어떨지 모르겠어요. 점점 작가 활동 수익이 많아지길 바라요.

다른 인터뷰에서 청소 일로 많이 벌 때는 엄마랑 둘이 일해서 한 달에 600만 원 정도라고 밝히셨습니다. 청소 일로 번 수익 역시 일하는 시간이나 양에 따라 달라지실 것 같아요.

—

그래서 사실 월급보단 연봉 개념이 맞는 일 같아요. 달마다 들어오는 수익이 다르니까요. 그때는 청소 일로 그 정도 벌었다면 지금은 청소 일을 많이 줄인 대신에 작가 일을 조금 더 많이 하고 있어요. 청소 일은 평균 400만 원 정도에요. 청소 일은 정말 일하는 만큼 벌 수 있어요. 작가 활동에선 책 판매 수익, 인세, 외주 작업비, 강연비 그리고 클래스 진행으로 인한 수익이 생겨요. 그중에서 수익 비율이 제일 큰 일은 강연이에요. 많은 사람이 외주 작업일 거라 생각하시는데 저는 강연 비중이 커요. 외주 작업은 표지의 경우 30만 원에서 70만 원 정도이고 작업량이나 내용에 따라 다르게 받고, 내지 삽화의 경우 장당 5만 원부터 책정돼요. 물론 주제나 그림 요소, 수정 횟수 등에 따라 달라지죠. 사실 제가 친하게 교류하는 작가가 별로 없어서 작업 비용이나 방식이나 정보를 교환하지는 못해요. 그에 반해 강연비는 적게는 30만 원부터 많게는 100만 원까지 받아요. 저한테는 굉장히 큰돈이에요. 그중 학교 강연이 가장 많아요. 앞서 이야기 나눈 것처럼 아무래도 『저 청소 일을 하는데요?』가 직업이나 진로와 관련해서 할 이야기가 많으니까요. 하지만 강연으로 계속 먹고 살 수 없다는 건 알고 있어요. 실제로 코로나가 한창 심할 때는 타격이 있었죠. 그래서 이제 뭔가 강력한 작가 수익 구조를 만들어내야겠다고 생각합니다. 아직 특별한 저만의 뭔가를 만들진 못했어요. 계속 고민 중입니다.

그렇다면 작가 활동 수익이 청소 일보다 월등히 많아진다거나 강력한 수익 구조를 만들어낸다면 청소 일을 그만둘 건가요?

−

네, 그럼요. 왜냐하면 제가 청소 일을 시작하고 유지하는 건 생계 때문이에요. 작가 활동이 더 활발해지고 작업량도 많아지면 아마 체력도 떨어지고 시간도 부족해질 거예요. 청소 일을 하면서 창작을 하는 건 내가 하고 싶고 능력과 실력을 키우고 싶어서 하는 일이지만, 작가 일이 잘된다면 생계 목적만 가진 청소 일은 그만둘 수 있어요. 저를 이만큼 먹고살게 해 준 청소 일이 정말 고맙긴 하지만요. 창작 작업과 작가 일에 더 집중해야죠.

『다행히도 죽지 않았습니다』에서 "사는 것도 어렵고, 죽는 것도 어렵지만 그래도 살아보기로 결정했다"라는 문장이 나옵니다. 살아

보기로 결정하고 살아가기로 한 가장 큰 이유는 무엇인가요? 주저 없이 행복해지기로 하는데 글쓰기와 그림도 영향을 미쳤나요?
—

사실 전 죽지 못해서 살기 시작한 거예요. 죽으려니 무섭더라고요. 글쓰기와 그림은 제 삶의 큰 빛이나 목적은 아니에요. 잘 살아보기로 한 가장 큰 이유는 엄마죠. 전에는 내가 힘든 것 때문에 엄마가 보이지 않았어요. 그런데 나중에 알고 보니 엄마가 제 옆에서 굉장히 힘들어했더라고요. 엄마가 그러시더라고요. "네가 죽으면 나도 따라 죽으려고 그랬다"고요. 그때 느꼈어요. '내가 미친 짓 했었구나.' 그리고 '내가 엄마의 고통을 모르고 있었구나'. 하지만 이젠 그 모든 이야기가 제 그림과 글 쓰는 작업의 소재가 되고 있어요. 그 시간도 제가 겪어낸 제 이야기니까요.

엄마의 마음이 떠올라 저도 눈시울이 붉어지는데요. 불편한 상황이나 불안한 감정에 붙들려 내가 흔들릴 때 나를 잡아주기 위해서 하는 일이 있나요?
—

불안하다는 건 제 몸이 각성되고 교감신경계가 활성화된다는 말인데요. 뭔가 굉장히 전투적인 몸이 되는 거예요. 그럴 땐 몸도 마음도 조금 다잡기 위해 엄마랑 통화하기도 하고요. 예전엔 전문가의 도움도 받고 약도 먹었어요. 요즘은 명상도 하고 요가도 배우고 달리기도 해요. 저에겐 모두 효과가 있어요. 그래서 모두 꾸준히 하고 있습니다. 일하는 데도, 작업하는 데도, 사는 데도 도움이 되더라고요.

그림 작업에 관해 이야기 나누어 볼게요. 순수미술을 전공하셨어
요. 그럼 그리고 싶은 욕망이 계속 있을 것 같은데요. 그 형식을
왜 만화로 선택하셨나요?
—

처음 독립출판물을 준비할 때 책으로 만들어보자, 생각하고 어
떤 책을, 어떤 내용으로 쓸까 고심했어요. 아무래도 제가 그림을 그
리니까 그림 위주로 생각했죠. 일러스트집을 만들어볼까도 고민했
지만, 아직 제 그림체를 저도 잘 모르겠더라고요. 그리고 그때 제가
그림을 그리고 싶은 것에 비해 내가 말하고 싶은 게 더 많다는 걸 느
꼈어요. 하지만 전 글을 쓰는 사람은 아니잖아요. 글만 쓰기는 부담
스러운 면이 있어요. 그래서 글과 그림이 섞인 만화가 됐어요. 만화
가 저한테 정말 좋은 형식이더라고요. 제가 하고 싶은 말은 말풍선
안에 넣으면 되니, 그림으로 함축하거나 상징적으로 표현하지 않아
도 되니까요. 이후로 나는 만화가 맞는 사람이란 것을 저 스스로 깨
닫고 계속 만화 형식으로 작업하고 있습니다.

만화는 그림과 함께 짧은 글을 써야 합니다. 에세이나 소설 쓰는
것과는 매우 다른 일 같아요. 어떤 과정으로 작업을 하시나요?
—

주제가 정해지면 어떤 소재로 이야기할 건지부터 정해요. 저

는 스마트폰 앱을 이용해서 메모해요. 큰 주제를 쓰고 그 아래 어떤 주제로 쓸지 혹은 생각나는 제목을 쭉 써두어요. 그리고 그 아래 구체적인 에피소드나 소재가 생각나면 짧게 써두고요. 조금 더 긴 글은 따로 메모장에 쓰고요. 이렇게 리스트업이 되면 이 자체로 책 목차가 되고 자연스럽게 구성이 됩니다. 그리고 여기에 맞춰서 글을 쓰고 그림을 그려요. 작업은 모두 아이패드로 하고요. 이 아이패드가 제가 작업할 때 손과 발이 되어줘요. 먼저 스케치를 해두고 나중에 다시 본 그림을 그리고 손글씨로 글을 써요. 기존 손글씨 폰트보다는 제가 직접 손으로 쓰는 게 잘 어울리더라고요. 이후에 수정해야 할 게 생기면 바로 수정하고요. 이전까지는 시간 흐름에 따라 이야기를 그리고 써나가면 돼서 크게 어려운 작업이 아니었어요. 그런데 이번 책은 이전 작업과는 조금 다르게 진행했어요. 어떤 사건의 시간 순서가 아니라 제가 온전히 엄마의 이야기, 엄마와 나의 오랜 시간 동안의 이야기를 구성해야 했어요. 그래서 앞서 설명한 것처럼 주제와 에피소드, 소재를 리스트업하고 전체적인 구조를 짜는 데 시간을 많이 썼습니다. 지금은 목차별로 글을 쓰고 그림을 그리고 있는 중이고요.

글과 그림 작업을 하실 때, 소재나 주제에 대한 영감은 주로 어디서 얻는 편인가요? 그 생각의 재료가 글과 그림으로 구현되는 과정도 궁금합니다.

—

저는 주로 제가 경험했던 일과 그 안에서 느꼈던 감정들이 소재가 될 때가 많아요. 그리고 영감은 책이나 영화와 같은 매체를 보다가 번득! 하고 떠오를 때가 많고요. 요즘 정말 좋은 콘텐츠가 많아졌잖아요. 저런 식으로 감정을 표현하다니, 와, 이렇게 상황을 표현하다니! 라고 감탄하면서 저의 마음에도 불이 막 일더라고요. 나도 저렇게 해보고 싶다! 라는 창작에 대한 마음이요. 그래서 이런 감정이나 마음이 들 땐 오래 기억하려고 애쓰는 편이고요. 메모장에 따로 저장해놨다가 작업할 때 하나씩 꺼내어 정리해봅니다. 그 결과물이 글이 될 때도 있고, 그림이 될 때도 있고, 글과 그림을 모두 포함한 만화가 될 때도 있고요.

창작을 위한 작가님만의 습관이나 리추얼이 있나요? 그리고 작업하는 게 막막하거나 잘 풀리지 않을 때는 어떻게 극복하는지요?

－

작업을 시작하기 전에 그날 해야 할 투두리스트to-do list를 적어요. 그리고 아이패드를 완충해놓습니다. 작업을 시작하기 전에 꼭 하는 습관적인 일이에요. 이 일을 하고 나면 이제 작업을 시작할 마음이 생깁니다. 그리고 글이든 그림이든 잘 안 풀릴 때나 막막할 때는 다른 작가의 작품을 보거나 산책을 하러 나가는 등 일단 제 창작에 관한 생각에서 빠져나와 환기하려고 노력해요.

청소 일도 처음 엄마가 권해주셨다고 책에서 밝히셨고, 첫 번째

책, 두 번째 책 모두 엄마가 등장해요. 세 번째 책은 오롯이 엄마 이야기고요. 엄마가 작가님의 삶과 그림 작업, 책 작업에 주는 영향이 클 것 같습니다.

—

저희 엄마는 저한테 너무 멋진 사람이에요. 사람이 진득해요. 저는 불편함을 잘 못 견디는 사람이에요. 그래서 무슨 불편한 일이 생기면 빨리 해결해야 하는 성격이에요. 그런데 제가 마음이 힘들었을 때도 그랬고 정신과 치료를 받을 때도 그랬고 일이 잘 풀리지 않았을 때도 엄마는 항상 그냥 가만히 지켜봐 주셨어요. 저한테 단 한 번도 잔소리하거나 야단치거나 채근하지 않으셨어요. 그냥 정말 가만히 저를 지켜보고만 계셨어요. 그게 가장 힘든 일이잖아요. 이제는 저도 무슨 일이 생기면 기다리려고 해요. 제가 정말 힘들 때 죽고 싶었을 때, 아니 죽으려고 했을 때 잡아준 건 그런 엄마였어요. 예전에는 막 뭔가 어떤 고통이 오거나 어떤 힘듦이 오거나 뭔가를 해내고 싶을 때 빨리 벗어나고 싶고 빨리 해결하고 싶었는데, 지금은 저도 그냥 조금 천천히 가자, 천천히 해도 돼, 라는 마음을 가지게 된 건 전부 엄마 때문이에요.

'왜요' 시리즈를 비롯해 다른 책 그림 작업도 하고 계신데요. 표지나 삽화 등 외주 작업은 어떻게 하나요?

—

대부분 『저 청소 일을 하는데요?』를 보고 저를 알게 된 분들이

그림일기를 쓴다는 마음으로
시작해 보세요.

오늘 나는 산책하다가 꽃을 보았다.
예쁜 카페에서 커피를 마셨다. 와 같이
간단한 이야기를 글과 그림으로
기록해보기 시작하는 거예요.

제안을 주셔요. 제가 적극적으로 외주 일을 찾거나 하진 않고 있어요. 저의 그림체를 알고 연락을 주시는 데요. 어떤 주제인지, 일정은 어떤지, 작업비는 얼만지를 확인하고 일을 진행합니다. 일하기로 결정되면 어떤 그림을 원하는지 작업 가이드가 와요. 가끔은 레퍼런스도 함께 보내주시고요. 가이드를 확인하고 작업을 시작하는데요. 표지 작업의 경우 두 개 정도 시안 작업을 해서 보내드려요. 한 가지 안을 선택하시면 수정 없이 작업이 완료되기도 하고 수정을 거쳐 완료하기도 하고요. 가끔은 원하는 명확한 그림체가 있는 경우는 한 가지 시안만 작업해서 확인을 받아요. 이후 약간의 수정을 거쳐 완성하는 거죠. 내지에 들어가는 삽화 작업의 경우는 큰 주제가 있고 파트별로 삽입되는 그림이 달라지는데요. 처음 작업을 시작할 때 삽입되어야 하는 그림 개수와 내용을 먼저 확인해요. 작업 방식은 경우마다 모두 달라요. 주제만 주시고 자유롭게 그려달라기도 하고, 때로는 주제가 이러니, 어떤 사람이 어떤 행동을 어떻게 하고 있는지, 아주 구체적으로 가이드 주시기도 합니다. 어떤 방식이 좋고 나쁘고는 없어요.

현재는 본인 작업도 외주 작업도 만화에 가까운 그림을 그립니다. 캔버스 작업을 하고 싶다거나 텍스트 위주의 에세이, 소설을 쓰고 싶다거나 하는 창작에 관해 다른 계획이 있으신가요?

—

요즘에 다른 형식과 형태에 관한 창작 욕구가 있어요. 전시하고 싶다는 생각을 많이 하고요. 그림 전시라기보다 만화 전시를 하고 싶어요. 캔버스나 액자에 들어간 정형화된 그림이 아니라 다른 형태로요. 책에서도 벗어나서요. 예를 들면 네 컷 만화로 여러 에피소드를 스토리로 만들어 전시하고 싶기도 하고요. 스토리로 이어진 그림이 아니라 개별의 그림을 하나씩 두고 관람하러 온 사람들이 그림을 조합해서 만화를 만드는 방식의 전시도 생각해 봤어요. 이젠 제 그림이나 작업이 책 외에도 다른 매체나 형태가 될 수 있을까 고민 중이에요.

지금은 대체로 짧은 글을 쓰시는데요. 글쓰기 자체에 대한 욕구가 있나요?

—

최근에 점점 더 글쓰기 욕구가 커지고 있어요. 그래서 곧 출간하는 세 번째 책은 글이 조금 더 늘어나요. 사실 예전에는 글 욕심이 그리 크지는 않았어요. 그냥 일기를 쓰거나 누군가에게 편지를 보내는 정도였고 그걸로 매우 충분했던 사람이었어요. 그런데 책을 준비하게 되니까 글에 대한 욕심도 생기더라고요. 정말 제가 하고 싶은 말이 많은 사람인가 봐요.(웃음) 사실 세 번째 책은 그림이 없는 에세이집으로 준비하다가 다시 만화가 들어간 형식으로 변경한 거예요. 아직까진 글쓰기가 어려워요. 저는 글을 전문적으로 쓰는 사람이 아니에요. 그림과 글로 함께 이야기하기 위해 쓰는 건데요. 이제야 제가 글 쓸 때 가지는 잘못된 습관이 보여요. 제가 그런데, 그래서, 그리고, 그러니까, 이런 접속사를 굉장히 많이 쓰더라고요. 접속사를 안 쓰면 다음 문장으로 이어나가는 게 어려워요. 앞으로 글을 더 많이 써봐야 할 것 같아요.

글쓰기의 어려움을 이야기해주셨어요. 반대로 그림 그리실 때 느끼는 어려움도 있는지요?

–

그림 그릴 때도 진짜 어려워요. 제가 항상 그림 그릴 때 느끼는 게, 이 표현이 맞나? 이렇게 표현하는 것보다 더 잘할 수 있을까? 고민해요. 그림은 더 잘 그리고 못 그리고의 문제가 아니라고 생각해요. 그림은 단순해도 되고 못 그려도 돼요. 사실 못 그린다는 것도 입시미술이나 누군가 만들어 둔 기준이니 정답은 없어요. 그림으로 내가 담고 싶은 메시지, 내가 하고 싶은 이야기를 지금보다 더 강력하게 표현할 수 있을까에 대한 고민인 거죠. 그림은 이야기를 함축적으로 담아야 하고 글처럼 설명할 수 없으니까요.

요즘은 전공자가 아니더라도 작가님처럼 그림과 글로 자신의 이야기를 하고 싶어 하는 분도 많잖아요. 그런 분들은 만화 형식이 잘 맞겠다는 생각이 드는데요. 만화 형식으로 창작하고 싶은 사람은 어떻게 시작하면 좋을까요?

–

그림일기를 쓴다는 마음으로 시작하면 어떨까요? 오늘 나는 산책하다가 꽃을 보았다, 예쁜 카페에서 커피를 마셨다, 어떤 책을 읽었다, 와 같이 간단한 이야기를 글과 그림으로 기록해보기 시작하는 거예요. 꽃도 그려보고 커피잔도 함께 그려보고요. 대개는 그림을 그릴 때 이런 자세는 못 그리겠어요, 이런 표정은 못 그리겠어요, 하시는데 까만 선으로 얼굴, 몸통, 다리만 그려도 좋아요. 옷도 그릴 때 디자인하려고 하지 말고 티셔츠, 바지, 치마, 신발 이렇게만 단순하게 그려도 되고요. 가벼운 마음으로 가볍게 생각하고 일단 시작하는 게 제일 좋아요. '본격적으로 해보겠다', '나, 이거 잘해야 한다'고 하면 모든 걸 다 긴장하게 만들잖아요.

흔히들 그림과 글쓰기에는 정답이 없으니까 편하게 해라, 자연스럽게 하라는 이야기를 많이 하잖아요. 그런데 사실 내 그림체, 내 문장을 찾기는 쉽지 않아요. 작가님은 지금의 그림체를 어떻게 찾으셨나요?

—

그림을 시작할 땐 자기가 좋아하는 작가의 그림체로 시작하게 되는 것 같아요. 아마 그림을 그리기 전부터 또 그리기 시작하면서 좋아하는 작가들이 분명히 있을 거예요. 왜냐면 그림에 관심이 있기 때문에 시작을 한 거고, 좋아하는 작가들로부터 영향을 받으니까요. 저는 그림 작가로는 마스다 미리, 스노우캣, 이우일, 장자크 상페를 좋아해요. 이들의 그림을 보면 선 위주의 간단한 그림이에요. 그래서인지 저도 그림을 그릴 때 이 작가들의 영향을 많이 받았어요. 첫 책 작업을 시작하면서 당연하다는 듯 자연스럽게 지금의 그림체로 시작했어요. 간략하고 무덤덤한 그림체가 됐어요. 처음 그림을 시작하는 분들은 자기만의 그림 멘토를 만들면 도움이 되실 거예요. 그리고 글 작가로는, 꾸준히 해나가는 삶을 글로 쓰는 한수희 작가님과 이석원 작가님을 좋아합니다.

지금 엄마 이야기를 작업하시는 것 외에 앞으로 하고 싶은 이야기가 있나요?

—

저는 인간관계나 개인의 서사를 탐구하길 좋아하는 편이거든요. 거기서 느껴지는 감정을 자세히 들여다보는 걸 좋아해요. 다음 이야기는 30대를 겪어나가는 혹은 버텨나가는 사람들과의 관계를 픽션 만화로 그려보려고 해요. 우리 인생은 사실 나와 타인과의 관계로 이뤄지는 거고, 그만큼 누군가와의 관계가 나의 삶에 많은 영향을 미치잖아요. 그런 누군가의 관계에서 오는 오묘하고 복잡한 감정선을 이야기해보고 싶어요.

한 라디오 방송에서 최종 목표가 "행복한 사람이 되고 싶어요"라고 말씀하셨어요. 본인이 생각하는 행복한 사람은 어떤 사람인가요. 어떨 때 가장 행복한가요? 그리고 앞으로의 계획이 있다면요?

—

행복한 사람은 자기의 못남도 인정하는 사람 아닐까 생각해요.

대부분 사람들이 자기가 못 가지거나 할 수 없는 일에 대해서 욕망을 가지고 힘들어하잖아요. 저도 어떤 면에서는 욕심이 많기도 하고 어떤 면에서는 욕심이 없어요. 그 욕심이 좋을 때도 있는데 저를 불안하게 할 때도 많아요. 그것도 진짜 제가 가지지 못하는 걸 욕심내면 정말 힘들거든요. 예를 들어 제가 동양인으로 태어났는데 백인처럼 하얗고 코가 높고 눈이 크게 생길 순 없잖아요. 반면에 내가 가지고 있는 걸 인정하고 사는 사람이 행복도가 높더라고요. 남들과 비교했을 때 조금 부족하더라도 "나 괜찮아, 난 원래 이래"라는 친구들은 그렇게 불행하지도 않고요.

그리고 제가 가장 행복한 일을 생각하면 솔직히 그림 그리고 글 쓸 때는 아니에요. 물론 그림을 그리고 글 쓰는 게 즐겁지만 가장 큰 행복이라고 하긴 어려워요. 저는 엄마랑 산책할 때를 제일 좋아해요. 그냥 진짜 편안해요. 너무 좋아요. 그리고 저는 목표나 계획이 거창하지 않아요. 저에게 목표는 좀 가까이 있는 그런 거예요. 그중 첫 번째는 요즘 자주 생각하는건데, 단독주택을 지어서 살고 싶어요. 거창한가요?(웃음) 아파트를 벗어나서 다른 형태의 주거에서 살아보고 싶어요. 지금은 청소 일을 하고 그림 작업을 하면서 돈을 열심히 모아 그런 공간을 갖는 게 꿈이에요. 그 공간에서 뭔가 재미있는 것도 하고 싶어요. 물론 그곳에서 그림도 그리고 글도 쓸 거예요.

설령 아무리 극심한 고통이 닥친다 해도
나는 그것을 알아야 한다.
아는 것을 통해서만 인간은 강해질 수 있으니깐
- '여자 없는 남자들', 무라카미 하루키 -

글이 가진
선한 영향력을
믿습니다

작가·응급의학과 전문의 **남궁인**

때때로 난 가장 큰 상실을 상상하곤 한다. 이유는 알 수 없으나 가장 큰 행복보다 가장 큰 불행을 상상하는 습관의 연장이랄까. 나에게 가장 큰 불행이자 상실은 내가 가장 사랑하는 이의 죽음이다. 상상만으로도 슬픔을 넘어선 모든 종류의 공포와 두려움이 몰려온다.

내가 목도한 첫 죽음은 내가 열 살 남짓 되었을 때다. 물놀이를 갔다가 내 또래 남자아이가 물에 빠져 죽은 것을 보았다. 누군가 건져 올렸지만 늦었던지 이미 몸은 축 늘어졌고 딱딱해져 있었다. 남자아이의 엄마는 옆에 있던 돌을 들고 자신의 머리를 찧으려고 했다. 주변에 있던 다른 사람들은 소란스러운 현장을 최대한 조용히 빠져나오기 위해 숨을 죽이고 짐을 쌌고, 난 젖은 옷을 갈아입지도 못한 채 차에 태워졌다. 차 뒷좌석에 탄 나는 몰래 유리창을 내려 그 죽음을 끝까지 바라봤다. 그때의 습습한 공기와 뒤엉켜 절규하는 목소리가 메아리처럼 윙윙거린다.

두 번째 죽음은 내가 고등학교 2학년에서 3학년으로 올라가는 겨울방학에 일어났다. 같은 반은 아니었지만 동아리가 같아 왕래하던 친구가 집 옷장에 목을 매달고 죽음을 선택했다. 지역 광고를 찍을 정도로 예뻤던 아이. 얼굴이 유독 하얬던, 친구가 많은 그 아이와 친해지고 싶었고 종종 어울려 다닐 수 있어서 기뻤던 기억이 난다. 학교에선 그 아이의 죽음을 숨겼고, 겨울방학이 끝나고서야 알려졌다. 부모님의 불화로 그러니까 자신이 아무것도 할 수 없는 불행 때문에 스스로 죽음을 선택했다는 것이 당시 나에겐 큰 충격이었

글이 가진 선한 영향력을 믿습니다

다. 이후에도 난 세 번째, 네 번째, 다섯 번째, 미처 세지 못한 죽음을 멀리서 혹은 조금 가까이서 봐왔다. 죽음 곁에 있는 삶은 어떤 삶일까? 이제껏 내가 마주친 죽음은 내가 버텨낼 수 있는 정도의 죽음이었다. 하지만 죽음이 내 곁에 늘상 있다면? 난 어떤 사랑을 하고 삶을 살고 글을 쓸까.

응급의학과 의사인 남궁인 작가는 누군가 죽어가는 순간 죽음을 판단해야 한다. 매 순간 죽음과 삶의 경계에서 무거운 책임과 의무를 짊어지고 서 있다. 육체와 감정의 한계가 와도 누구보다 냉정한 정신과 정확한 판단으로 견뎌야 한다. 작가를 만나기로 한 날 제일 먼저 떠오른 문장이 있다. 작가의 책을 읽고 오랫동안 기억에 남았던 문장이다. "사람은 일방적으로 불행하지 않다"(『제법 안온한 날들』). 일방적인 불행이라니. 일방적이란 말은 상대방을 생각하지 않는다는 의미이니 혼자서는 불행하지도 행복할 수도 없다는 말인가. 누군가의 죽음과 고통과 절박함 앞에서 무정하고 무감할 수는 없었던 작가는 끊임없이 기록하고 소리치면서 조금씩 사람과 사랑과 삶과 불행과 행운과 행복을 알아갔다. 나 역시 그의 글을 통해 보통의 나날에 감사함을 새삼 느끼며 가끔 불어오는 자만과 허영과 시기와 욕심이 쓸모없음을 깨우친다. 그리고 필사적으로 세상을 이해하려는 노력보다 결국은 온 힘을 다해 끌어안아야 할 것은 사랑이라고 생각하면서.

내가 만난 남궁인 작가는 "친절해라. 네가 만나는 사람 모두가 힘든 싸움을 하고 있다"는 로빈 윌리엄스로 인해 유명해진 플라톤의 말이 어울리는 사람이었다. 의사로서 작가로서 만나는 이들에게 자신의 상황에서 최대한 친절을 유지한다. 난 인생은 결코 비극이 아니리라 믿는다. 물론 모든 인생은 죽음으로 끝맺지만 힘든 싸움이어도 살아낼 만하다고 생각하기 때문이다. 그래서 작가도 나도 모두 각자의 슬픔을 안고 각자의 행복을 찾으며 각자의 삶을 산다.

학창 시절부터 글 쓰는 사람이 되는 게 삶의 목표였다는 작가 남궁인. 지금은 많은 사람이 그의 글과 책을 읽었으니 어쩌면 목표를 이뤘다. 하지만 작가에게는 앞으로 더 확실하게 좋은 글을 써야 한다는 보다 강력한 목표가 생겼다고 한다. 그것도 더 절박하게. 그게 의사로서도 작가로서도 그를 살아가게 하는 원동력일 테다. 시인을 꿈꾸었던 소년은, 어느새 자라, 쓴말과 단말을 올곧이 하는 에세이스트가 되었다. 앞으로 그의 글쓰기가 더 기다려지는 건 사회를 향한 다정하고도 날카로운 시선 때문만은 아니다. 쓰고 읽는 것으로 조금 더 나은 세상이 될 수 있다는 그의 믿음 때문이다.

저는 저에게 적용되어야 할 글의 윤리는
더 엄격해야 한다고 봅니다.
저는 의사이기도 하지만
이름이 알려진 작가니까요.

안녕하세요, 작가님. 자기소개 부탁드립니다.

–

저는 현재 대학병원에서 일하는 응급의학과 전문의이자 다양한 장르, 다양한 매체에 글을 쓰는 작가 남궁인입니다.

응급의학과 전문의 생활을 상상해 보면 매우 바쁘고 긴장된 상태의 연속일 것 같은데요. 그 와중에도 읽고 쓰고 그 외 강연이나 북토크 등 다방면에서 활동을 하고 계십니다.

–

저는 글쓰기 자체가 인생의 목표였고, 인생에서 가장 즐거운 것이 글쓰기였습니다. 10대, 20대 초반에 너무너무 강력한 글쓰기 욕망이 있었어요. 그 욕망은 남들에게 내가 쓴 글을 보이고 싶다는 거였고요. 내가 쓴 글을 사람들이 읽어주면 그게 너무 기쁘더라고요. 저희 때 가장 많이 했던 SNS가 싸이월드였어요. 저 나름대로 글을 발표하는 통로였죠. 나중에 보니 거기 남긴 다이어리만 1,000개가 넘더라고요. 지인들 댓글 하나하나가 소중했던 시절이었습니다. 또 누가 "네가 쓴 글, 좋았다"고 하면 너무 좋았어요. 내가 스스로 창조해내는 글쓰기의 세계가 너무 멋져서 이를 평생 해야 하겠다고 이미 오래전에 굳게 다짐했습니다. 물론 지금은 글 쓰는 일이 직업이 되어서 괴로울 때도 있지만요. 그래도 인생의 목표가 글쓰기였기에 글쓰기에서 파생된 강연이나 북토크, 다른 일들도 즐겁게 하고 있습니다.

의학 공부를 하시면서 글쓰기의 꿈을 더 적극적으로 실천하셨어요. 글쓰기 공모전에도 많이 응모하고 수상도 하시고요. 그땐 시를 주로 쓰셨던 거로 압니다.

—

저는 전문의가 될 때까지만 해도 시인의 꿈을 버리지 못했어요. 문학회 활동도 정말 열심히 했고요. 학창 시절에는 보통 문학이라고 하면 시가 유일한 절대 문학처럼 여겨졌어요. 시가 세상을 구원할 거고, 다른 문학은 시의 파생물일 뿐이라고 생각했죠. 저도 한 줄의 시로 사람을 울릴 수 있는 시인이 되고 싶었고요. 그래서 그때의 저는 모든 글쓰기가 시의 형식이었습니다. 그렇게 쓴 시들을 신춘문예에도 냈었고 대학생 공모전이나 교내 공모전, 의과대학 공모전 등에 출품했고 수상하기도 했습니다. 온통 제 생활을 시를 쓰면서 보냈어요.

글 쓰는 삶을 꿈꾸었을 땐 시를 쓰다가 지금은 에세이를 주로 쓰십니다. 2016년 첫 책이 에세이집으로 출간되었고요. 그렇다면 언제부터 어떤 이유로 에세이로 글쓰기 장르를 바꾸셨나요?

—

2013년이었어요. 제가 레지던트 3년 차로 응급실에서 일하고 있을 때인데요. 이전까지는 제가 모든 문장을 다 시의 형식으로 쓰다가 우연히 제 SNS에 의료계의 제도적인 문제에 관해 글을 썼어요. 제 눈앞에서 사람들이 죽으니까, 그게 너무 화가 나서 글을 쓴 거예요. 이런 이야기는 시로 쓸 수 없으니 산문으로 길게 썼죠. 그런데 이게 인터넷상에서 큰 화제가 됐어요. 응급의학과 레지던트가 현장에서 절규하는 이야기로요. 이때가 제 글이 불특정 다수에게 소비되는 첫 경험이었어요. 그때 생각했어요. 이전까지 내가 시로 썼을 때는 이게 무슨 말인지, 무슨 의미인지 사람들이 이해를 못 했구나. 더군다나 저는 난해한 현대 시 형식으로 썼거든요.

그래서 2013년부터 응급실에서 있었던 일을 제 SNS에 에세이 형식으로 꾸준히 썼고, 2년 후에 출판사에서 연락이 왔습니다. 지금까지 쓴 글을 모아서 출간하자고요. 그동안 썼던 글을 모으고 새로운 글을 몇 편 더 준비해서 출간한 게 2016년『만약은 없다』예요. 그리고 2017년에 연이어『지독한 하루』가 출간되었고요. 이 책은 2016년 이전에 쓴 글 일부와 이후에 새로 쓴 글을 모았고요. 첫 책 출간 이후 새로 쓴 글이 2/3 정도 됩니다. 이때는 제가 응급실을 잠깐 떠나 소방본부에서 근무하던 때였는데, 그 1년 동안의 일을 글로 써낸 것들이에요. 이전에 겪은 일 때문이기도 했지만, 한 권의 책이 나오고 사람들한테 읽히면서 사회적인 측면을 좀 더 고민하기 시작했어요. 그래서 아동 돕기 스토리펀딩을 기획해서 진행했습니다. 학대와 외상으로 아동이 죽어가는 사례, 불치병에 걸린 아이들에 관한 이야기를 조금 더 심도 있게 써낼 기회가 생긴 거죠. 그래서 이 책은 유독 죽어가는 아이들의 이야기가 많아요. 이 이야기가『지독한 하루』의 주축이고, 소방본부에서의 생활, 소방관들에 대한 부실한 처우, 불합리한 소방 체계에 관한 이야기들도 들어가 있고요.

SNS상에서 처음으로 이슈가 된 글은 어떤 글이었나요?

–

흉부외과에 관련한 내용인데요. 그 글은 개작해서 『만약은 없다』에 「흉부외과의 진실」이란 제목으로 실려 있어요. 지금은 상황이 좀 나아졌지만, 당시 의료기관에서 대응이 좀 빨랐으면 살 수 있었을 거로 추정하는 외상환자가 1년에 1만 명 가까이 되더라고요. 하루에 27명씩이나 죽어가는데, 놀라울 정도로 아무도 이런 상황에 대해 이야기하지 않았어요. 바꿔 말하면 제도와 시스템 때문에 외상환자가 1만 명이 더 죽는 거예요. 아직 우리나라에서 한 명도 걸리지 않은 광우병은 두려워하고, 아주 드문 병인데도 사람들은 파상풍 예방주사를 맞죠. 제가 의사 생활 10년 하면서 파상풍 걸린 사람을 두 명 봤어요. 그런데 매일 27명이나 죽는 외상은 왜 두려워하지 않을까. 이게 참 비논리적 상황이란 생각이 들었어요. 생명의 가치를 숫자로 논할 수는 없지만, 현장에서 진짜 일어나는 이런 사실들을 공포심을 가지고 좀 바꿔줬으면 좋겠다고 쓴 글이었어요. 그때 우리 병원에 10년간 흉부외과 레지던트가 한 명도 없었어요. 지원자가 넘쳐나는 몇몇 다른 과의 의사 중 단 몇 명만이라도 흉부외과에 왔더라면 응급 상황에 지금보단 원활하게 대처할 수 있었을 거고요. 돈도 못 벌고 사회적인 인정도 적게 받고 다른 길보다 훨씬 힘드니까 흉부외과를 경시하는데요. 우린 정말 외상 시스템의 미비로 교통사고나 어떤 불의의 사고로 수술을 못 받거나 처치가 늦어져 죽을 수 있어요. 이런 이야기를 썼습니다.

의료 시스템이라는 사회적 문제를 다루시는 만큼 작가님이 개인 SNS에 쓴 글이 기사화되고 공론화되는 일이 많습니다. 아동폭력 사건이나 코로나19 초기 때 쓰신 글이 생각나는데요. 어떤 마음으로 글을 쓰셨는지요? 이후에 SNS에 글을 쓸 때 어떤 점을 주의하게 되는지요?

—

짐작하시겠지만 저는 엄청난 자기 검열을 하면서 글을 씁니다. SNS에서 제 글이 화제가 처음 된 게 2013년인데요. 이후 줄곧 제가 SNS에 글을 쓴다는 것에 관해 많은 것을 학습하고 반성하고 깨달아갈 계기들이 있었습니다. 처음에는 그냥 많은 사람에게 알리기 위했던 게, 한 4~5년쯤 지속되었고, 그 이후에는 사람들이 많이 보고 논쟁거리가 되니까, 내 개인 SNS지만 거의 공적인 장에 가깝다는 생각이 들더라고요. 응급실에서 환자를 보는 의사가 직접 작가의 문장으로 이 수많은 팔로워 앞에서 글을 쓴다는 건 웬만한 기사보다 더 영향력이 있는 행위구나, 라고 느끼는 일련의 사건들도 겪었고요. 그래서 지금은 그렇게 적극적으로 쓰지 못해요. 자기 검열도 센 상태가 되었고, 앞으로도 더 세질 거고요. 하지만 조금 더 현명하고 침착하고 세련되게 써보려고 해요. 너무 감정만 앞서서 이런 것은 정말 안 된다고 나쁘다고 주장하고 잘못된 걸 꾸짖기만 하는 글 말고요.

일련의 사건들로 인해서 자기 검열이 심해졌다고 하셨는데요. 그 일련의 사건은 무엇인가요?

–

제가 어느 시점부터 글을 쓰면 기사화되었어요. 가령 이국종 선생님이 북한군 귀순 병사 이야기를 했는데, 그렇게 말하면 인권에 문제가 있다고 비난한 국회의원이 있었어요. 저는 그게 좀 이상한 거예요. 한 인간의 생명을 살리고 나온 사람한테 정치적 함의를 먼저 들이대니까. 그래서 이런 생각을 글로 썼더니 화제가 되고, 백남기 농민 사건 때도 사망진단서 이야기를 썼더니 또 화제가 되고요. 당시 사망진단서를 어떤 과정으로 쓰는지 설명하고, 그 과정은 주치의에게 맡겨진 것이니 이해할 수 있지만, 그 사람의 죽음을 설명하는 데는 전혀 도움이 되지 않고 아무것도 설명해주지 못하는 서류라는 글을 썼습니다. 지금 생각하면 정치적인 문제에 순진했던 것 같습니다.

가장 파장이 컸던 건 2021년 정인이 아동학대 사건과 2019년 강서구 PC방 살인사건에 대한 글이었어요. 정인이 사건으로는 뉴스에까지 패널로 나가게 됐었고, 강서구 PC방 살인사건은 제가 담당의로서 직접 본 일을 썼거든요. 그땐 정말 전국에 있는 거의 모든 언론사로부터 전화를 받은 것 같아요. 한 일주일 동안 잠적하고 피해 다닐 정도였어요. 이 글은 댓글이 10만 개가 넘고 공유 수가 2만 2천 개가 넘었어요. 최근엔 코로나 관련해서 올린 글도 이슈가 되었고요. 많이 공유되는 글이 계속 나오는 게 좋은 일만은 아니에요. 제 글을 보고 같이 욕해주거나 글을 쓴 저를 욕하거나죠. 그래서 이젠 기사화될 것까지 모조리 염두에 두고 씁니다. 가장 최근에 기사화된 글은 제가 청와대 초청받아 갔을 때 만났던 남한산성 김밥 할머니 이 야기예요. 박춘자 할머니인데요. 평생 김밥 팔아서 번 돈 6억 5천만 원을 기부하셨고, 고령이 되면서 셋방을 뺀 보증금까지도 기부하셨어 요. 지금은 자신이 돌보던 장애인들과 함께 살고 계세요. 이 글은 처 음부터 기사화될 것을 염두에 두고 썼어요. 이런 이야기는 누구도 해 치지 않잖아요.

의사 생활을 글로 쓰다 보면 자신의 이야기뿐만이 아니라 타인 즉, 사고당한 환자 당사자나 가족들의 이야기가 일부 들어가게 되 는데요. 다른 주제로 쓴 글보다 더 민감할 것 같습니다. 이런 글을 쓸 때 가장 신경 쓰는 지점이 있다면요?

―

당연히 민감하죠. 하지만 기본적으로 있는 사실을 그대로 쓰진 않습니다. 제가 환자분 이야기를 쓸 때 환자 신상과 관련된 정보라 든지, 직접 보고 겪었던 모습이나 나눴던 말을 그대로 날것으로 쓰 지 않아요. 만약 그렇게 한다면 의사로서도 작가로서도 문제가 있다 고 생각합니다. 그리고 저는 저에게 적용되어야 할 윤리는 더 엄격 해야 한다고 봅니다. 저는 의사이기도 하지만 이름이 알려진 작가니 까요. 그래서 저는 엄격한 윤리를 기준으로 그 사람으로 특정할 수 없는 장치를 넣든지 혹은 변형을 시키거나 다른 사건과 섞어서 이야기를 바꿉니다. 그리고 당장 쓰지 않아요. 몇 년이 지난 후에 다른 비슷한 사건들과 섞어서 써요. 그러다 보면 어느 한 사람이 모티브가 될 수는 있지만, 어느 한 사람의 이야기는 아닌 게 되죠.

현장에서 어떤 사람을 만나거나 사건·사고를 겪으면서 이런 이야기는 나중에 내가 써봐야겠다, 이런 생각이 들기도 하는지요? 그리고 기억해 둘만 한 일을 따로 어떻게 메모하시는지도 궁금합니다.

—

사실 기억하고 싶은 일이나 기록하고 싶은 일들이 생깁니다. 나중에 글로 써봐야겠다는 생각도 들고요. 저는 사건·사고가 가득한 응급실에 출근해서 일하는 것이 직업이니까요. 그럴 땐 어떠한 사건이 있었다 정도의 두세 문장만 메모해놔요. 저는 PC로 모두 아카이빙하는데요. 별도 아카이빙하는 파일이 있어요. 거기에 짧게 메모만 해놓고 일부러라도 더 자세히 기록하지 않습니다. 나중에 기억나기도 하고, 잊기도 하고, 찾아보기도 하고, 제 머릿속에 다양한 형태로 조합되어 남기도 하고요. 그렇게 해서 새로운 이야기를 만들어요.

글은 언제 어디서 쓰시나요?

—

저는 가리지 않고 씁니다. 제가 워낙에 무던한 편이라 장소는 중요하지 않아요. 중요한 건 마감 일자죠. 마감 일자가 다가오면 집

에서도 써지고 카페에서도 써지고 여행지에서도 써지고 응급실에서
도 가끔 써집니다. 글 쓰는 시간은 초기작을 쓸 때는 대부분 밤에 쓰
거나 새벽에 쓰거나 밤을 새워서 쓰곤 했었는데요. 지금은 아침에
일어나서 쓰는 거로 바뀌었어요. 아침 8시, 9시에 서재로 출근해서
저녁 6시까지 쓰죠. 무라카미 하루키의 말을 빌리면 '뇌를 다 꺼내
썼다'고 할 만큼요.

**작가님의 일주일 사이클은 어떻게 돌아가나요? 응급의학과라고
하면 너무 바빠서 글을 틈틈이 쓸 거로 생각했어요. 온종일 글을
쓰는 날이 있을 거라고는 생각을 못 했습니다.**

—

응급의학과는 출근하면 밤을 새웁니다. 일주일에 이틀 정도 근
무합니다. 한 번 출근하면 무조건 밤을 새워 근무합니다. 평일이든
주말이든 출근하면 다음 날 아침까지 병원에서 근무하면서 실시간
으로 오는 환자를 진료해요. 밤을 꼬박 새우기 때문에 일주일에 이
틀이 최대 일수예요. 3일은 근무가 힘듭니다. 그리고 나머지 5일은
퇴근해 있는 거죠. 응급의학과에서의 일은 밤에 다 벌어집니다. 그
래서 저는 밤에 일하니까 체력이 되면 낮에 학교 강의나 대중 강연
을 한다든지 혹은 방송 촬영을 하는 외부 활동이 가능합니다. 강연
도 없고 방송도 없고 어떠한 서류 작업도 없으면, 일주일에 하루나
이틀은 글만 쓰는 날이 생깁니다.

작가님 글의 모티브가 된 것 중 가장 기억에 남는 사건들은 무엇인가요? 저는 『제법 안온한 날들』의 첫 번째 글 「평생의 행운」에서 할아버지가 할머니의 죽음 앞에서 하는 말들이 볼 때마다 눈물이 나더라고요. 처음 읽었을 땐 엉엉 울었습니다. 그리고 『지독한 하루』에서는 엘리베이터에서 만난 아이한테 소방관 흉내를 내는 장면도 기억에 남고요.

—

저는 에세이 작가라서 나의 이야기를 하고, 제가 겪은 사실들을 바탕으로 글을 쓰기 때문에 여러 사건이 기억이 많이 나죠. 그 아이한테 소방관 흉내를 낸 「소방본부의 의사」는 모두 실제 이야기입니다. 제가 쓴 에세이는 환자나 연애 대상이 출연하지 않는다면 꾸며내지 않은 이야기입니다. 가장 기억에 남는 일은 『지독한 하루』에 실린 「산 채로 불탄 일곱 명의 사내」의 모티브가 된 사건인데요. 고려대학교 안산병원에서 근무할 때였어요. 병원이 공단 지역에 있다 보니 공단 내 사건·사고를 많이 봤죠. 한 번은 폭발로 불탄 채 병원으로 실려 왔는데 아직 죽지 않았어요. 그럼 최선을 다해서 살려야 한단 말이죠. 하지만 결국은 다 엄청난 고통 속에서 죽게 됩니다. 아마 이쪽 분야 의사가 아니라면 겪어내기 어려울 만한 상황이에요. 이런 폭발로 인한 화재 사건을 여러 번 겪었는데 그걸 재구성해서 썼습니다.

그리고 또 하나는 「1미터의 경계」라는 글인데요. 숨바꼭질하다 5층에서 방충망을 뚫고 떨어진 아이들 이야기입니다. 열 살 오빠와

여덟 살 여동생이 떨어졌는데 오빠는 현장에서 이미 죽은 채로 응급
실에 도착해요. 세상에서 가장 사랑하는 아이의 죽음을 앞에 두고
엄마가 통곡하며 한 말을 어떻게 그대로 쓸 수가 있을까요. 사실상
제가 지어낸 이야기입니다. 이건 그대로 쓸 수 없는 얘기예요. 그걸
그대로 쓰면 의사로서 윤리적인 문제도 있고 작가도 아닐 거예요.
그 부분이 제일 중요한 작가의 영역이라 생각합니다. 조금 배신감이
들 수도 있겠지만 말씀하신 할아버지의 대사도 제가 쓴 겁니다. 모
두 사실만 옮겨적는 게 에세이는 아니니까요. 그렇다고 모두 거짓이
라고 할 수도 없습니다. 할아버지가 얘기하신 한 마디가 씨앗이 되
었거든요.

『제법 안온한 날들』은 삶과 죽음의 경계에서 사랑을 이야기하는데
요. 그 경계에 매일 서서 많은 죽음과 삶을 보시잖아요. 사랑에 관
한 생각이 이전과 바뀌셨는지 궁금해요.

—

부끄럽지만 젊었을 때는 나름대로 격하게 사랑했던 시기도 있
었습니다. 작가 초창기에 제 연애와 사랑에 관한 글을 꽤 썼죠. 그게
커다란 사랑이라고 생각했고요. 하지만 삶과 죽음의 경계에 서면 숨
겨놓은 모든 마음이 터져 나오게 돼요. 평생을 같이 살아온 사람들
이 서로를 잃어버리는 이야기를 보게 되고요. 세상엔 수많은 사랑이
있어요. 모든 사랑엔 죽음으로 인한 이별이 있을 수 있어요. 그래서
지금은 사랑에 관해 나는 잘 알고 있다고 말할 수 없다, 로 바뀐 것

같아요. 그런 마음이 글쓰기에 영향을 미치고 있습니다.

현장에 함께 계시는 동료 의사들이 작가님 책을 읽고 어떤 반응을 보여주셨나요?

—

첫 책이 나오고, 함께 고생한 응급의학과 동기들에게 보여줬어요. 동기들은 "환자가 너라고 생각하니까 읽기 힘들다"고 하더라고요. 제 주변 친한 의사들은 처음에는 좀 보기 어려워했어요. 그런데 시간이 지날수록 저를 모르는 의사들이 많이 읽게 되잖아요. 그들은 반응이 좀 달랐어요. '옛날에 치열하게 고민했었던 지점을 글로 써주고 다시 느끼게 해줘서 감사하다', '보통 사람들은 몰랐을 이야기를 밖으로 알려줘서 고맙다'는 메시지도 많이 받았습니다.

글을 쓰실 때 머릿속으로 전체 글을 구조화한 다음에 쓰신다고 하셨어요. 글을 어떻게 구조화하고 구성하나요? 이때 가장 중요하게 생각하는 건 뭔가요?

—

저는 글이라는 게 결국은 메시지가 있어야 한다고 생각해요. 메시지는 재미와 감동이죠. 재미도 감동도 없다면 글이 존재할 이유가 없어요. 그래서 저는, 제일 먼저 메시지를 생각해요. 메시지가 확실해야 글로 쓸 가치가 생겨요. 메시지가 머릿속으로 구상이 되면 그제야 글을 쓰기 시작합니다. 글 전체를 머릿속으로 쓸 수는 없으니까요. 이 메시지 만들기가 글쓰기 역량의 50% 이상이에요. 그리고 이야기의 범주와 글의 분량을 정해요. 이야기를 설명할 수 있는 시작점과 끝점을 정하고 씁니다. 모든 상황을 이야기로 쓸 필요는 없으니까요. 분량 설정도 중요한데요. 제가 6년 넘게 신문에 연재하면서 처음 4년은 1,800자, 이후에는 1,600자를 할당받았어요. 대부분 몇 글자 내로 맞추어 글을 썼습니다. 내가 하고 싶은 이야기를 알맞은 분량으로 쓰는 일도 필요해요. 마지막으로 메시지만큼은 독자를 설득할 수 있는 좋은 문장으로 쓰여야 해요. 그것만 만들어지면 서술이나 묘사는 정말 기술적인 일이 됩니다. 물론 이 기술적인 작업 자체도 상당히 중요하죠. 기술적인 게 받쳐주지 않으면 독자는 못 쓴 글이라 생각하고 메시지까지 읽지도 않아요. 그래서 저는 좋은 메시지가 가장 중요하고, 강렬한 문장으로 메시지를 전달해야만 좋은 글이고 그래야 글의 가치가 있다고 생각합니다.

그렇다면 하나의 글, 한 권의 책이 갖는 메시지도 있겠지만, 작가님이 글을 쓰시면서 총체적으로 전달하려는 메시지는 무엇인가요?

–

제가 공개적으로 글을 쓰기 시작한 무렵, 저는 대단히 생소한 직업을 가진 사람이었어요. 10년 전이죠. 그때는 응급의학과라는 게 있어? 응급의학과 의사는 무엇을 해? 라고 묻는 사람도 많았어요. 그땐 '이런 사투를 벌이는 응급실이란 현장이 있다'를 알려주려고 썼고, 앞서 이야기한 병원 내의 현실과 시스템 문제 등 사회적인

저는 좋은 메시지가
가장 중요하고,
강렬한 문장으로
메시지를 전달해야만
좋은 글이고
그래야 글의 가치가 있다고
생각합니다.

메시지를 담으려고 했어요. 하지만 지금은 그 10년간 많이 알려졌어요. 이젠 이 직업도 꽤 많은 사람들이 알고 끔찍한 일이 현장에서 벌어진다는 것도 알아요. 하지만 저는 사회적인 책임이 있는 의사이면서 재미와 감동을 줘야 하는 작가잖아요. 사람을 살려야 하고 사회를 선하게 만들 의무도 있고요. 아동학대나 가정폭력, 외상센터의 현실과 의사들의 고민과 노력 혹은 김밥 할머니나 지극한 사랑을 가진 누군가 등 여러 소재로 쓴 글을 통해 결국 사람들에게 조금은 선한 영향력을 끼칠 수 있지 않을까를 항상 생각합니다.

작가님은 글 쓰는 사람으로서의 애정도 많고 직업에 대한 애정도 많다고 느껴져요. 두 직업이 합쳐져 하나의 정체성을 이루고 계시고요. 그럼에도 혹시 응급의학과를 선택하신 것에 대해서 후회를 하신 적은 없으세요?
-
후회한 적은 아예 없어요. 제가 알고 온 거니까요. 옛날부터 저는 현장에서 직접 부딪치는 걸 좋아했어요. 현장에서 내가 직접 보고 직접 판단하고 직접 치료 방침을 정하고 책임을 지고 하는 일을 옛날부터 좋아했어요. 그게 제 일이라고 생각했어요. 지금 가장 불편하고 힘들 때 찾아온 환자를 그리고 중증도가 가장 높은 환자만 모아 놓은 그곳에서 내 책임으로 그들을 살릴 수 있다는 그것 때문에 오게 되었어요. 그리고 또 이런 이유도 있었어요. 글쓰기가 저에게는 무척 큰 꿈이었어요. 그런데 응급의학과 의사는 일주일에 이틀 엄청 힘들게 일하고 나머지 시간은 어쨌든 휴식 시간이잖아요. 그 시간에 제 다른 자아를 충족할 수 있는 글쓰기를 할 수 있잖아요. 응급의학과는 과 자체가 갖는 매력이 있기도 했지만, 글쓰기를 함께 하기 위해서 선택한 면도 좀 있습니다.

요즘에는 어떤 글을 쓰고 계시나요? 그리고 앞으로 어떤 글을 쓰고 싶으세요?

—

쓰고 싶은 장르와 도전하고 싶은 것들이 너무 많아요. 지금 가장 주력해서 쓰는 글은 의학 교양서입니다. 의학을 작가의 문장으로 쉽고 재미있고 신비롭게 풀어서 소개하는 책을 쓰고 있어요. 인간의 몸을 하나하나 다 나누어서 쓰려고 해요. 사람은 머리부터 목, 허리, 팔, 다리 외에 심장, 신장, 간, 폐, 위, 췌장, 맹장…, 장기도 많잖아요. 제가 몸의 전 부분을 다루기 때문에 전체를 통찰해서 쓸 수 있는 위치에 있어요. 정말 의사 겸 작가가 몸에 대해서 얼마나 재미있고 흥미롭게 쓸 수 있는지를 보여드리고 싶어요. 이런 글쓰기가 저밖에 할 수 없는 영역이라고 생각해요. 그래서 이 글쓰기를 정말 잘 해내고 싶습니다. 그리고 제가 지금 일간지 세 군데에 연재를 하고 있는데요. 그 글과 새로운 글을 엮어 『만약은 없다』 리부트 성격의 책을 준비하고 있어요. 의사인 제가 눈앞의 현장에 들어가 화자로 나서서 독자들과 만날 때, 가장 몰입하여 읽고 좋아해 주시는 것 같아요. 이게 저의 가장 큰 장점이겠죠. 일단은 이 책까지 쓰면 이후엔 소설의 형식으로 가야만 할 거예요. 에세이가 아닌 소설도 염두에 두고 있습니다.

이것 말고도 제가 쓰고 싶은 글이 몇 개 더 있어요. 제가 서간문을 이슬아 작가와 쓴 적이 있는데 저희 어머니랑도 서간문을 써보고 싶어요. 딸이랑 엄마랑 쓴 서간문은 꽤 있는데 아들이랑 엄마랑쓴 서간문은 없더라고요. 사실은 출판사에서 이슬아 작가와 서간문을 써보자는 섭외가 왔을 때도 '저, 혹시 어머니랑 쓰면 어떨까요?' 물었어요. 저희 어머니 글 잘 쓰시거든요. 멋진 분이시고요. 지금 60대 초반이신데 더 나이 드시기 전에 꼭 함께 써보고 싶어요. 또 잡지나 신문에 게재되거나 SNS에 종종 서평도 올리는데요. 서평집도 써보고 싶고요. 책 이야기는 그 자체만으로도 의미가 있다고 생각합니다.

사실 쓰셨던 에세이 중에도 소설 느낌이 나는 글도 있습니다. 첫 소설을 쓴다면 의사 생활을 주제로 한 소설이 될까요, 아니면 쓰고 싶은 다른 소재의 소설이 있나요?

—

소설을 쓰는 일은 오랜 꿈이었는데요. 이전에도 많이 생각했었고 실제 구상하기도 했었습니다. 실제 겪은 일들을 조금만 비틀고 다른 설정과 사건을 엮으면 충분히 훌륭한 소설이 될 거라는 말도 많이 들었고요. 하지만 지금으로서는 소설 이외에 써야 할 것들이 많아 일단 접어두고 있습니다.

의학 교양서와 에세이의 글쓰기 과정이 다를 것 같아요. 퇴고도
다른 방식으로 이뤄질 것 같고요.

─

제가 쓰는 모든 글은 에세이 장르에 들어가 있어요. 하지만 제가 쓰는 글을 굳이 분류하자면 기존에 출간된 의사 생활을 쓴 에세이가 있고 서평을 쓰는 글이 있고 칼럼이 있어요. 제가 응급실에 환자로 들어가서 쓴 글은 제가 좋아하는 소설가들의 문체에서 따온 방식으로 서술해요. 칼럼은 에세이지만 조금 더 사회적인 이슈를 다루거나 혹은 학문적인 이슈를 다룰 때가 많아요. 학문의 영역에서는 약간 평서문 형식으로 쓸 때가 있고요. 의학 교양서는 분류하자면 칼럼의 글쓰기와 조금 더 비슷할 것 같아요. 다만 보다 전문적인 내용이지만 작가적 문장이 도드라지도록 저 나름의 서술 방식으로 써보려고 합니다.

그리고 가끔 제가 아예 작정하고 웃기려고 쓰는 글이 있어요. 특히 SNS에 쓰는 글인데요. 찜질방 가서 더러운 거 본 썰, 신길동에 매운 짬뽕 먹으러 간 썰, 코로나 걸렸는데 순대 내장을 시켜서 삶아 먹은 썰, 응급실 근무하러 갔다가 긴급 맹장 수술받은 썰, 이런 것들요. 웃기려고 쓴 글이 은근히 인기가 있어요. 저는 이런 글을 '남궁재간체'라고 부릅니다.

의학 교양서는 지금 쓰고 있는 중이고, 새로운 방식의 글쓰기라 퇴고 과정을 어떻게 할지 아직 모르겠어요. 레퍼런스는 모두 찾아둔 상태에요. 에세이는 퇴고할 때 한 번에 쭉 읽었을 때 문장과 문단이 완벽히 하나의 의미로 잘 읽히는 구조적인 매끈함을 가장 중요하게 생각합니다. 어떤 글이 잘 읽히고 안 읽히고가 여기서 판가름 난다고 생각해요. 그래서 저는 전개할 때 단락을 완벽히 나눠놓고 씁니다. 초고 때 쓴 문장이나 단어가 바뀐 일은 많이 없어요. 하지만 글쓰기 시간보다 2배 이상의 시간을 퇴고합니다.

최근 전문 직업인 판사, 검사, 의사, 변호사 등은 물론 정말 여러 직업군에서 자신의 직업 생활을 글로 쓰고 책도 많이 출간되고 있습니다. 저는 최근엔 유품정리사와 특수청소업체 이야기가 무척 흥미로웠어요.

—

제가 첫 책을 내기 이전에도 직업 생활에 관한 책은 있었지만, 그즈음부터 더 다양한 직업군의 사람들이 본격적으로 글을 쓰기 시작한 때라고 생각해요. 법조계나 의료인들의 책도 많았고 이후엔 출판 기획자들이 발굴한다고 생각이 들 정도로 여러 직업군이 저자로 등장했죠. 경비원, 청소부, 버스기사 등등. 저는 그런 책을 많이 찾아 읽는 편이에요. 다 의미가 있어요. 모두 애환이 있고요. 일의 기쁨과 슬픔 외에도 흥미로운 지점들이 있고, 꼭 우리가 알아야 하는 내용도 있어요. 잘못된 인식으로 인한 갑질이나 부당한 사회 시스템들요. 가령 청소부의 비인간적인 작업 환경과 일용직 노동자들의 위험한 근무 조건과 경비원들이 당하는 어마어마한 갑질들, 이런 것들이 다 사회 문제랑 맞닿아져 있잖아요. 다른 직업을 가진 사람들 이야기 안에 우리가 알아야 할 모두 다른 이야기가 있고, 이게 쓰는 사람의 의미라는 생각이 들어요.

마지막 질문입니다. 앞서 답변해 주신 것처럼 다양한 직업군의 이야기가 세상에 나오고 독자들이 그것을 읽을수록 더 나은 세상이 될 수 있다고 생각하시나요?

—

네, 저는 기록의 힘을 믿습니다. 그리고 어쨌든 이 활자라는 게 지금까지 인간 역사에서 계속돼 오면서 세상을 바꿔왔잖아요. 의료 분야를 예로 들면 이국종 선생님이 글을 쓰시고 책을 출간하면서 외상센터의 현실과 문제를 세상에 알리고 변화하게 하셨고요. 저 역시 의사 생활 14년 차인데 돌이켜보면 점진적으로 대단히 많은 게 바뀌어 있습니다. 제가 첫 책을 낸 2016년 이후에도 제 글과 활동을 통해 바뀐 것들도 많아요. 일단 사람들이 응급의학과가 있는지, 응급의학과 의사가 뭐 하는지도 알게 되었고요. 외상센터를 유지해야 한다는 것도 아동학대가 얼마나 끔찍한 일인지도요. 점진적인 변화라서 잘 눈치채지 못하지만, 사실은 엄청난 변화가 있었습니다. 저는 그것을 직접 봤고 겪은 사람이기 때문에, 글을 쓰고 읽는 일로 세상이 변한다는 걸 믿을 수밖에 없어요.

글로 전해지는 감정보다
아름다운 것은 없다고 믿는다.

4장

뉴스레터와
구독서비스

나를 거절하지 않는
글을 씁니다

작 가 · 약 사 · 책 방 운 영 자 **박훌륭**

많은 사람이 타인의 말을 잘 거절하지 못한다. 내 상황이 여의치 않아도, 불편한 부탁이라도 곧잘 들어준다. 그리고 놀랍게도 타인의 말은 잘 거절하지 못하면서 내가 좋아하는 것, 내가 하고 싶은 것은 매몰차게 거절하고 산다. 이유가 뭘까. 타인을 향한 연민, 타인의 고통에 대한 배려 혹은 염려일까. 한국의 집단주의 문화 때문일까. 아님 좋은 사람으로 보이고 싶어서일까. 난 불필요한 갈등을 피하고자 거절하지 않던 때가 있었다. 돌이켜보면 거절해도 별일 없는 일이었다.

내가 나를 거절하지 않기 위해 약국 안에 책방을 열고 글을 쓰기 시작했다는 박홀륭 작가. 매일 SNS를 통해 다양한 형태의 글로 독자와 손님과 소통하는 작가는 소설, 에세이, 뉴스레터, 유튜브까지 책을 중심으로 다방면으로 활동한다. 작가의 이런 글쓰기는 매우 유용하다. 일단 읽기와 쓰기로 사람과 사람을, 사람과 책을, 책과 책을 연결한다. 그리고 연결하는 사이와 사이, 사람들과 함께 유희한다. 작가도 독자도 책방 손님도 즐겁다. 때론 책 읽기가 게임처럼 느껴지고 종종 글쓰기가 놀이처럼 지나간다.

사람들은 사회에서 주어진 길을 벗어나면 특이하다고 말한다. 특이하다는 말은 평균이나 보통과는 다르다는 것인데, 여기서 '보통'은 누가 언제 어떻게 만든 것인지 모르지만 대부분 사람들이 보통의 상태를 크게 벗어나지 않기 위해 노력하며 산다. 작가는 졸업을 앞둔 카이스트KAIST를 그만두고 약대로 재진학하여 약사가 되었다. 그리고 어느 날, 춤과 책을 좋아하던 약사는 책방 운영자가 되었고, 또 어느 날 작가가 되었다. 누군가에겐 보통의 삶에서 벗어난 일로 보일 것이다. 하지만 작가는 "특별히 이름답게 살아보자는 삶의 방향 아래 특별할 것 없는 하루하루를 특별한 일 없이 보내려 애쓰고 있다". 내가 아는 작가는 재미형 인간과 의미형 인간으로서 균형이 잘 맞는 삶을 산다. 소소한 재미를 추구하면서 자신에게 주어진 일을 묵묵히 해나가며. 자신의 행복을 읽고 쓰는 일로 특별하면서도 특별한 일 없는 하루를 만들고 있다.

나와 많이도 다르지만, 박홀륭 작가는 책방 운영자이자 작가이고 내향형이며 지루한 걸 싫어하고 불편한 사람과는 애써 시간을 보내지 않는다는 공통점을 가졌다. 잎은 잎대로 가고 꽃은 꽃대로 간다던데. 더 많은 공통점이 있을지 모르겠다. 그래서일까. 함께 뉴스레터도 발행하고 아이디어도 나누고 가끔 신세 한탄도 같이한다. 지금은 매주 '교환편지'를 주고받는 사이가 되었다. 모든 글쓰기가 독자가 있는 글쓰기라지만 편지는 첫 번째 독자가 아주 명확하다. 그리고 편지라는 게 참 의뭉스러운 구석이 있다. 자꾸 무언가를 고백하게 한다. 글쓰기의 기쁨과 슬픔부터 밥벌이의 비루함과 삶의 내밀한 영역들까지. 더 진솔한 글쓰기를 하게 한다. 또 공개하는 교환편지가 재밌는 건 편지를 받는 작가뿐 아니라 편지를 읽는 구독자들의 반응이다. 마치 자신에게 쓴 편지라 생각하며 답신을 주기도 한다. 보다 독자들과 친밀해진 느낌이다. 종이책 독자와는 가질 수 없는 관계다.

그와 교환편지를 시작하게 된 것은 읽고 쓰는 삶을 나누자, 책 이야기를 실컷 해보자, 내 글의 독자를 내가 찾아보자, 는 소박한 이유에서였다. 지금은 10번째 편지를 기다리는 중이다. 몇 번째 편지까지 이어질지 모른다. 잘 쓰고 싶은 마음이 앞서면 오래 쓸 수 없어 일단 재밌게 쓰기로 했다. 최선의 것이 아니어도 좋지 않은가. 내가 재밌고 누군가가 내 글을 읽어준다면 그것만으로도 좋다. 조금 더 욕심을 낸다면 조금 더 많은 사람이 읽고, 그중 몇몇이라도 내 글에 응답해주었으면 좋겠다고 생각할 뿐. 바라건대, 화려한 한 시절을 지나는 꽃보다 느려도 오래 몇 계절을 버티는 잎이기를 바란다. 책방도 글쓰기도 말이다.

지금 제가 쓰는 글을 재밌다고 하고
좋아해 주는 사람이 있잖아요.
저는 그 정도면 된 것 같아요.
작가로서의 인기라든지 판매량은
내가 마음먹는다고 되는 일도 아니고
제가 글을 쓰는 목적도 아니고요.

자기소개 부탁드립니다.

–

안녕하세요, 박훌륭입니다. 약국을 운영하고 있고, 약국 안에 책방도 함께 하고 있습니다. 그리고 종종 글을 씁니다. 『이름들』과 『약국 안 책방』을 썼고, 공저로 『그래서, 부산』이 있고요, 곧 소설 앤솔러지가 출간됩니다. 유료 뉴스레터 〈책방 운영자의 사생활〉에 참여했고, 〈책 읽다가 절교할 뻔〉도 발행하고 있고요. 작년까지는 잡지나 온라인 신문에 주로 글을 썼다면, 올해는 뉴스레터와 종이책 글쓰기를 하고 있습니다.

책방을 연 후 적극적인 글쓰기를 하고 계세요. 글쓰기는 처음 어떻게 시작하게 되었나요? 제일 처음 썼던 글을 기억하는지요?

–

저의 원초적인 글쓰기는 일기예요. 다들 일기 쓰기에 관한 기억이 있잖아요. 지금도 본가에 가면 제 옛날 일기장이 다 있는데요. 어릴 적에는 학교에서 숙제로 일기를 써야 했어요. 제가 다니던 학교는 일기 쓰기 경진대회도 있었고요. 그때부터 자의 반 타의 반, 글을 쓰기 시작했습니다. 꽤 열심히 썼고 일기장 권 수도 탑을 쌓을 만큼 많습니다. 그 이후로 성인이 되어 형식을 갖춰 쓴 첫 글은 여행 에세이였어요. 사실 에세이라고 하긴 그렇고 일종의 여행 리뷰 글이었죠. 2012년 약국을 시작한 후 틈 날 때마다 여행을 다녔고, 여행을 다녀온 후 온라인 여행 카페에 글을 올렸습니다. 여행 사진과 글을 스토리텔링하여 길게 하나씩 써서 올렸었죠. 나중엔 카페 운영진으로까지 활동할 정도로 열심히 했습니다. 잘 쓰려고 노력한 글쓰기는 아니었지만, 누군가에게 보여주기 위한 글쓰기는 그게 처음이에요.

첫 번째 책이 책방이나 책 관련 책이 아니라 『이름들』이란 에세이입니다. 한번 들으면 잊기 힘든 작가님 이름 때문에 살면서 여러 에피소드가 있었을 거 같은데요. 어떻게 출간하게 되었나요?

—

약국 안에 책방을 함께 운영하고 있다는 것이 알려지면서 몇몇 출판사로부터 책방과 관련한 책 출간 제의를 받았습니다. 하지만 책방 운영 초창기였고 아직은 부족하다는 생각도 했습니다, 그리고 뻔한 이야기일 것 같아 모두 거절했었죠. 그러던 중 한 출판사 대표님이 책방을 찾아주셨는데, 제 이름을 보고 이름을 주제로 글을 써 보면 어떻겠냐라고 제안해주셔서 쓰게 되었습니다. 짐작하시겠지만 어딜 가도 이름 이야기를 하게 되거든요. 그러다 이젠 책방 이야기를 써봐도 되겠다는 생각이 들 때 즈음, 제안을 받아 결국 책방 이야기인 『약국 안 책방』도 썼어요. 그게 두 번째 책입니다.

글쓰기를 제대로 배워 본 적 없고 관련 업종에서 일해 본 적도 없으신데요. 일기도 꾸준히 써왔고 여행 리뷰 글도 꽤 오랜 시간 쓰긴 했지만, 글 한 편과 책 한 권은 매우 다르잖아요. 어떻게 첫 책을 쓰셨나요?

—

저는 좋은 편집자, 열린 마음을 가진 편집자를 만났던 것 같아요. 제가 어쩌면 보통의 글쓰기보다 좀 다른 문체와 분위기로 글을 썼는데도 제 글과 분위기를 존중해주셨어요. 특히 첫 책은 시리즈물인데요, 편집자님이 다른 작가들한테도 자율적인 글쓰기를 독려하셨어요. 그래서 제가 기존에 온라인 카페나 SNS에 썼던 글과 아주 다르다고 할 수는 없어요. 제 말투나 어투가 문체로 나오기도 하고요. 제가 하고 싶은 이야기를 말하듯 편하게 썼습니다. 다만 달라진 건 분명한 목적성과 주제를 가지고 한 편씩 썼다는 거죠. 한 주제를 잡고 호흡이 끊기지 않도록요. 종이책은 단순히 여러 글이 모인 게 아니라 한 뭉텅이로 봐야 하니까요.

『이름들』을 보면 소리와 글자를 통해 자신의 이름을 무수히 확인하면서 '훌륭'이라는 이름대로 살기 위해 노력했다고 했습니다. 이름의 무게를 기꺼이 짊어지고자 어떤 노력을 해왔나요?

—

그냥 다 저는 성실하게 살려고 했어요. 어긋나는 것 없이. 돌이켜보면 매 순간 노력했습니다. 예를 들면 제가 다녔던 초등학교는

상이 많았어요. 매월 시험을 보고 시험 결과에 따라 상을 주고요. 각
종 대회도 많았어요. 앞서 말한 것처럼 글쓰기의 시작인 일기 쓰기
도 그랬고요. 그리고 제기차기 대회가 있었는데 외발차기, 양발차기
등 다 개별로 상장이 있었어요. 다 잘해보려고 노력했던 것 같아요.
하다못해 제기차기라도 잘 못하면 "너는 '훌륭'인데, 훌륭하게 못 하
는구나"라는 얘기를 들을 것 같았어요. 알게 모르게 스트레스가 있
었을 거예요. 그러다 고등학교 때부터는 조금 생각이 바뀌었어요.
'훌륭'이라는 단어가 1등을 의미하는 말은 아니잖아요. 어느 정도 잘
해내면 "괜찮네, 훌륭하네" 할 수 있잖아요. 그 정도 선에서 타협점
을 찾은 것 같아요. 제가 과학고를 다녔는데 입학하고 보니까 성적
이든 뭐든 너무 뛰어난 애들이 많은 거예요. 그러면서 생각을 좀 바
꾸게 되었어요.

그 안에서 1등 하기 위해, 이기기 위해 더 노력하고 압박감을 받
는 친구들이 많았을 텐데, 그렇게 생각을 전환하신 건 대단한 일
같아요. 그렇다면 글쓰기에 관해 이루고 싶은 것, 이기고 싶은 게
있나요?
–
글쓰기도 마찬가지라고 생각합니다. 지금 제가 쓰는 글을 재밌
다고 하고 좋아해 주는 사람이 있잖아요. 저는 그 정도면 된 것 같아
요. 맞춤법이나 문장 오류와 같은 글쓰기의 기본은 노력해서 지켜야
겠지만, 작가로서의 인기라든지 판매량은 내가 마음먹는다고 되는

일도 아니고 제가 글을 쓰는 목적도 아니고요. "이렇게 쓰면 베스트셀러 작가가 될 수 있어!"라고 누가 알려 준다고 그렇게 제가 쓸 수 있을까요? 그냥 지금처럼 쓰고 싶은 걸 재밌게 쓸래요.

에세이, 소설, 서평 등 다양한 장르와 매체를 통한 글쓰기를 하고 계신데요. 그것도 스스로 재미있게요. 장르를 바꿔 쓰는 게 어느 정도 용기가 필요하다는 생각도 듭니다.

—

사실 그렇게 많은 용기가 필요하진 않습니다.(웃음) 아무래도 제가 경험한 것을 바탕으로 쓰니까요. 제가 아직 소설을 많이 써보지 않아서 그런지 에세이와 소설 모두 제 경험을 소재로 쓰고 있어요. 제가 쓰는 에세이와 소설의 차이점이라면 소설의 주인공이 허구의 인물일 뿐이지, 큰 사건이나 에피소드는 제 직접 경험이나 경험을 바탕으로 상상했던 일이나 대화를 썼기 때문에 크게 다르지는 않습니다. 아직까지 재밌게 쓰고 있습니다. 약사라는 직업과 관련되거나 약과 관련한 정보서가 아니라면 앞으로도 다양한 장르, 다양한 주제와 소재의 글을 쓰고 싶어요.

글쓰기의 기술적인 면도 궁금합니다. 꽤 초고를 빠르게 쓰는 거로 알아요. 어떤 과정을 통해 한 편의 글 혹은 한 권의 책을 완성하나 요?

—

저는 모든 글을 일단 끝까지 쭉 씁니다. 어떤 매체에 글을 쓰든 주제는 정하고 쓰고요. 그 주제를 어떻게 얼마만큼 보여주냐는 다르겠지만요. 인스타그램과 같은 SNS는 다 쓰고 나서 고치진 않지만, 뉴스레터나 종이책 같은 경우는 다 쓴 다음에 다시 읽어보면서 붙이거나 빼거나 합니다. 그리고 며칠 그 글을 묵혀두었다가 다시 봅니다. 묵혀두는 과정에서 수정하고 싶거나 수정해야 할 곳이 생각나기도 하고요. 얼마 전 쓴 춤을 소재로 한 청소년 단편소설 「꿈을 꾸며」의 경우는 원래 써두었던 결말이 있었는데, 밤에 샤워하다가 문득 다른 결말이 더 좋겠다는 생각이 드는 거예요. 그럴 때 수정을 하기도 하고요.

그런데 항상 책을 쓰다 보면 막히는 구간이 생겨요. 소재의 고갈도 오고 방향이 바뀌기도 하고요. 지금 쓰고 있는 에세이 『내가 만난 사람들』(가제)도 조금 막혀있는 상황인데요. 그래서 사람들 구경을 다니고 있어요. 혼자 일을 하든 아이와 함께든 어딜 가면 사람을 관찰하려고 해요. 『이름들』 작업 때도 중간에 막히는 구간이 있었어요. 그땐 라디오를 많이 들었어요. 라디오를 들으면 음악 외에 평범한 사람들이 평범하게 사는 이야기와 슬프고 웃기고 감동적인 다양한 사연이 나오잖아요. 그게 도움이 되었어요. 그리고 그 책을 쓸 때

처음엔 사람에 한정한 이야기였는데, 쓰는 도중에 나에게 영향을 준 이름들로 바뀌었습니다. 주제를 정하고 방향성을 정해도, 책 작업을 하다 보면 중간에 조금씩은 바뀌기도 하는 것 같아요.

『이름들』은 정말 이름 때문에 출간하게 되었고, 『약국 안 책방』은 약사이자 책방 운영자이기 때문에, 뉴스레터 〈책방운영자의 사생활〉, 〈책 읽다가 절교할 뻔〉 역시 책방운영자로서 경험한 일을 글로 썼습니다. 직접 경험한 일이나 좋아하는 일을 글로 쓸 때 주의하거나 의식적으로 지키려고 하는 점이 있나요?
–

저는 약사라는 직업을 가졌잖아요. 되도록 글쓰기에서는 그 티를 안 내려고 했어요. 약사라는 게 정보를 주면서도 권유, 조금 더 강하게 이야기하면 강요도 해야 하는 직업인데요. 이렇게 하세요, 이렇게 사세요, 라는 교훈을 주는 식의 글은 안 쓰려고 노력해요. 제 글을 읽으시는 분들이 좀 편하게 읽으셨으면 좋겠어요. 직업적인 말투가 보이거나 한 건 아니지만 글을 쓰려고 할 때도 직업에 관한 저의 생각이나 루틴하게 돌아가는 직업 생활이 읽히면 읽는 사람도 재미없을 것 같고 쓰는 저도 재미가 없어요.

인스타그램으로 정말 활발히 독자들과 손님들과 소통하시고, 뉴스레터도 발행하고 계신데요. 뉴스레터는 종이책과 SNS의 중간 경계지점에 있다는 생각이 들었어요. 인스타그램, 뉴스레터 등 온

**라인에서 글을 쓰실 때는 종이책 출간을 위한 글쓰기와 어떻게 다
른가요?**

—

인스타그램이나 뉴스레터는 저를 아는 분들과의 소통이라고
생각해요. 지금도 그렇지만 인스타그램의 경우 처음에는 책을 읽고
리뷰 포스팅을 주로 했습니다. 대부분 북스타그래머들과 소통을 많
이 했죠. 서로 책 추천을 하기도 하고요. 그분들과는 책방 운영자와
손님의 관계보다 독자와 독자로서의 소통이 먼저였던 것 같습니다.
그래서 편하게 말하듯이 쓰게 돼요. 하지만 책은 저를 모르는 다수
의 사람이 볼 수 있잖아요.

또 뉴스레터는 인스타그램이나 종이책과도 좀 다르고 흥미로
운데요. 대부분 동네책방을 좋아하거나 저를 잘 아는 사람들, 아니
면 느슨하게라도 아는 사람들이잖아요. 처음 유료 뉴스레터를 시작
할 때는 반신반의하면서 시작했어요. 뉴스레터라는 것은 참 귀찮은
일이잖아요. 구독을 신청하고 돈을 내고 메일을 받아 시간을 내어
읽는 거니까요. 사실 이메일을 매일 확인하지 않는 사람도 많거든
요. 그런데도 레터를 구독하고 봐주는 독자는 나라는 사람에 흥미를
느끼고 내가 쓴 글을 읽을 마음이 있을 거라는 생각이 들어요. 나에
게 신뢰를 보이는 독자이기 때문에 저도 믿음을 가지고 더 내가 써
보고 싶었던 글을 쓰게 됩니다.

제가 첫 번째로 쓴 〈책방운영자의 사생활〉 뉴스레터의 글 제
목이 「단아에게」인데요. 「단아에게」에는 몇 가지 비밀이 숨겨져 있

어요. 알면 단순하지만 못 찾으면 모르고 그냥 넘어갈 수 있는 그런 것이에요. 프랑스 작가 조르주 페렉도 비슷한 유희를 자주 했는데요. 글을 읽는 재미를 위한 것이라고 생각하시고, 같이 한 번 찾아봐 주길 바라는 마음이었어요. 주된 비밀은 '단아'는 '단(골들)아'의 준말이고, 글 속 꿈에 등장했던 문지기door man인 에얼리언alien을 알파벳을 하나씩 펼쳐 재조합하면, no more aladin이 되는 식으로요. 〈책 읽다가 절교할 뻔〉은 교환편지 형식이라 문체나 흐름이 다른 글과는 좀 다르고요. 참, 뉴스레터를 문자나 카톡 채널이나 메시지로 보내는 건 어떨까도 생각해봤어요. 짧은 장르 소설의 경우 메시지 대화창처럼 보여주는 것도 있다고 하더라고요. 귀찮은 과정도 조금은 줄고 소통도 더 적극적으로 할 수 있도록요. 저는 책방 이름의 카톡 채널을 운영하고 있는데요. 카톡 채널의 경우 SNS와는 또 다르거든요. 내가 보내는 정보와 글을 빠트리지 않고 보겠다는 일종의 약속 같은 게 있는 거죠.

뉴스레터 〈책방운영자의 사생활〉이 종이책으로 나올 예정인데요. 저희가 함께 공동 저자로 출간하게 되었잖아요. 어떻게 출간이 결정되었는지 궁금해하실 것 같아요. 그리고 이메일로 전하던 레터와 어떻게 다르게 글을 쓰고 계시나요?

—

뉴스레터를 발행한 지 한 달 지났을 때 출판사로부터 연락이 왔습니다. 구독하여 글을 읽지 않으신 상태에서, 뉴스레터 제목과 콘셉트, 필진을 보고 연락을 주신 거였어요. 기존의 콘셉트와 방향을 유지하되 원고를 일부 개작하거나 새로 써서 출간하기로 하고 계약했습니다. 저는 지금 1/3 정도 원고를 썼는데요. 아무래도 책은 먼저 전체적인 구성을 짜고 형식을 갖추고 쓰기 시작한다는 게 가장 다르죠. 뉴스레터로 글을 발행할 때는 정말 쓰고 싶은 글을 썼어요. 약간 즉흥적인 것도 있었고요. 뉴스레터 독자는 조금 더 저에게 유연한 마음을 가지고 있는 이미 저나 책방을 알고 계신 분이 많다면, 종이책 독자는 이 한 권의 책을 통해서 저를 처음 알게 되는 사람도 많을 테고, 원하는 지점도 다를 거라는 생각이 들었어요. 그래서 문체는 동일하지만 원고는 모두 다시 쓰고 있어요. 뉴스레터보다 책이 조금 더 '사생활'이라는 키워드에 가까울 것 같아요. 책방을 운영하며 글을 쓰며 내가 눈여겨보는 것들, 귀 기울여 듣는 것들, 공들여 말하는 것들, 애써 느끼려는 것들에 관해 쓰고 있습니다.

〈책방운영자의 사생활〉 이후 〈책 읽다가 절교할 뻔〉도 저희가 공동 발행하고 있어요. 이 레터는 작가님과 제가 교환일기 이야기를 하면서 시작되었어요. 사실 무료 뉴스레터라 수익이 발생하는 일도 아니고 읽고 써야 하는 글 분량도 많은데요. 왜 우린 이걸 하고 있는 걸까요?(웃음)

—

일단 재밌으니까 합니다. 그렇지 않나요?(웃음) 〈책 읽다가 절교할 뻔〉은 서간문 형태라 더 명확한 글쓰기예요. 저희 하는 일이 책을 읽고 좋은 책을 소개하는 건데, 교환편지는 새로운 형태의 책 소개 방식이잖아요. 실제로 2020년 신간 발행 총수가 65,792종이라는데, 그럼 대략 하루 200권씩 출간되는 건데요. 그 책들 중 좋은 책을 고르는 일이 책방 운영자가 해야 하는 일이라고 생각해요. 저희 처음 시작할 때 구독자가 300명이 좀 넘었죠? 다섯 번째 편지쯤 되었을 때 400명 가까이 되었어요. 지금도 꾸준히 늘고 있고요. 그건 저희 편지 자체보다 추천하는 책이 궁금하기 때문이라고 생각합니다.

그리고 무슨 일을 할 때 계획대로 안 되는 게 많잖아요. 큰 계획이나 목표를 세웠더라도 변수도 많고요. 그런데 무언가 작지만 재밌는 일을 시작하면 나비효과랄까요. 그 뒤에 더 다양한 일이 생겨요. 그게 또 재미있고요. 〈책방운영자의 사생활〉만 해도 처음 시작할 땐 '오, 재밌겠다'로 시작했는데 발행이 끝나기도 전에 출간 계약이 이뤄졌고, 도서관 릴레이 강연도 잡히고, 새로운 콘텐츠로 다른 뉴스레터 발행도 기획했고요. 이게 당장 수익이 나느냐, 나에게 도움이 되냐 안 되냐를 떠나서 재밌는 일 혹은 재밌는 글쓰기를 하면 분명 이후엔 더 다양한 가능성과 기회가 생깁니다.

내가 눈여겨보는 것들,
귀 기울여 듣는 것들,
공들여 말하는 것들,
애써 느끼려는 것들에 관해
쓰고 있습니다.

에세이뿐만이 아니라 소설도 씁니다. 앞서 언급한 청소년 소설 「꿈을 꾸며」는 춤을 소재로 한 이야기인데요. 가끔 SNS에 춤추는 영상을 올리시는 걸 봤습니다. 대학교 때 춤 동아리를 하셨다고도 들었고요. 취미 부자라고도 들었습니다. 좋아하는 것 중 어떤 것들을 글로 쓰나요?

—

사실 제가 하는 것들이 딱 '취미'라고 하기 머쓱한데요. 그냥 재밌어서 가끔 건드리는 수준이라고 생각하시면 될 것 같아요. 아시다시피 제가 내향인이라서요. 출판사나 매체에서 요청하거나 기회가 될 때 쓰는 것이지, 제가 발 벗고 나서서 '나, 이런 취미 부자입니다', 하는 편은 아닙니다. 그래서 기회가 있으면 제가 최근까지 하거나 했던 이야기를 주로 쓰는 편이에요. 아무래도 지금 읽는 책이나 하는 것들이 관심사가 되고 자주 생각하는 것들이니까요.

다독가세요. 분야도 주제도 가리지 않고 다채롭게 읽으시고 다양한 SNS 채널을 통해 책도 소개하고 있어요. 어떻게 읽을 책을 고르시나요? 그리고 책 읽기가 작가님 글쓰기에 어떤 식으로 도움을 주나요?

—

아무래도 제가 책방을 저의 책 읽기로 시작했기 때문에 책을 꾸준히 읽으려고 노력하는데요. 보통 저는 매일 책 읽기와 글쓰기를 합니다. 외부 일정이 있어도 일정 앞뒤로 조금씩 시간을 내어 책을 읽어요. 저는 요즘 읽는 책이 요즘 글쓰기에 많이 묻어나는 편이에요. 문체나 분위기 만들기에 도움이 된다기보다 소재를 발견하게 되는 경우가 많아요. 『이름들』의 경우만 해도 책 초반에 김경집의 책 『명사의 초대』가 등장해요. 글쓰기 직전에 읽고 있던 책이었어요. 의도적으로 책을 읽고 글쓰기에 가져오는 건 아니고 자연스럽게 이어져요. 또 하나 예를 들면 지금 읽는 책 중에 『지루함의 심리학』이 있는데 거기에 등장하는 논문 자료나 여러 이야기가 제게 영감을 주는 게 있거든요. 그게 글쓰기 소재가 되기도 하고 그것을 주제로 쓰기도 하고요.

책은 다양한 분야를 읽어요. 책을 가리진 않아요. 책방에 있는 책은 거의 제가 읽었거나 읽고 싶어서 들여온 책이에요. 사실 특별한 기준은 없어요. 재밌겠다 싶은 걸 그때그때 읽어요. 음, 가령, 제가 지루한 걸 싫어해요. 시간 비는 걸 싫어하고요. 왜 그럴까 궁금해서 책을 찾아보다가, 앞서 말씀드린 『지루함의 심리학』이라는 책이 있더라고요. 내가 무언가 할 수 있고 에너지가 있는데 할 수 있는 여건이 안될 때 지루함이 온다고 해요. 이 문장을 보고 '오, 맞다, 재밌겠는데!' 하고 읽기 시작한 책이에요. 다만 특정 시기에 한 장르를 몰아서 읽게 되는 건 있어요. 한국 문학책을 한 권 읽었는데 너무 재미있으면 또 다른 한국 문학을 읽는다든지. 그런데 시집은 많이 읽지 않아요. 자주 읽지 않는 이유를 생각해보면 저에게 재미를 주거나 글쓰기에 자극을 주는 장르는 아닌 것 같아요.

요즘 읽는 책이 자신의 글쓰기에 묻어난다고 하셨어요. 글쓰기에 영감을 주는 작가나 인물이 있다면요? 그리고 이유도 궁금합니다.

—

정말 모든 작가가 저에게 영감을 줘요. 특히 실제로 만나거나 교류가 있는 작가들은 더 큰 영감을 주는 게 사실이고요. 저는 어려서부터 관찰하는 것을 좋아했어요. 사람 만나면 그 사람 자체를 관찰해요. 솔직히 만나서 불편하거나 저에게 부정적인 에너지를 주는 사람은 만나지 않아요. 일로서 만나는 사람은 어쩔 수 없지만 그게 아니라면 굳이 그런 사람을 만나야 하나 싶어요. 저에게 좋은 자극을 주는 사람을 만나려고 하죠. 지금 쓰고 있는 『내가 만난 사람들』(가제)에 이런 사람들 이야기가 실릴 것 같습니다. 책에 작가님 이야기도 실려 있어요.(웃음) 그리고 약국을 운영하며 소위 진상손님을 매일 만나는 제게 책방에도 진상손님이 나타날 수 있다는 걸 알려준 사람, 뛰어오면 3분 30초 거리인데도 주문한 책을 1년째 가져가지 않는 사람, 글로 먼저 만나고 오프라인에서도 친해진 사람, 직업이 바뀌어서 카페 사장님이 된 사람, 내 책을 나보다 더 많이 팔아주는 사람도 있고요. 책방 초창기 단골이던 분이 2년간 안 오시다가 얼마 전 다시 책방을 찾으신 분도 계세요. 이런 모든 사람이 저의 글쓰기에 등장하는 인물이기도 하고, 하고 싶은 이야기를 발견하는데 영감을 줍니다.

요즘 'N잡러'라는 말이 유행입니다. 그중 하나의 잡job으로 글쓰기, 작가를 선망하는 경우도 많고요. N잡러로서의 작가 혹은 글쓰는 일에 관해 어떻게 생각하세요?

—

글쓰기가 우리 삶과 밀접하잖아요. 어떻게 보면 누구나 글을 쓰고 있어요. SNS도 하고 메모도 하고 일기도 쓰고요. 하지만 내가 N잡러로서 글쓰기를 시작한다는 마음이면 꾸준히 하긴 힘들 거라고 봐요. 예를 들어 우리가 회사를 들어갈 때 나랑 안 맞으면 바로 그만둬야지, 라고 생각하는 사람은 많지 않잖아요. 글쓰기를 제대로 시작도 안 했는데 N잡으로 나의 부수입원으로 미래의 나의 수입원으로 시작한다면 실패할 확률이 높다고 봐요. 그냥 자연스럽게 하는 게 좋은 거 같아요.

최근에는 글쓰기만큼이나 작은 책방 창업에 관한 관심이 높아요. 어려운 시기인데도 작은 책방 개점 소식은 계속 들리고 책방 운영자가 책을 출간하거나 작가가 책방을 운영하는 일도 많아지고 있고요. N잡러로서의 글쓰기와는 조금 다른 결인데요. 책방 운영자가 글을 쓰고, 글 쓰는 사람이 책방을 운영하는 일이 많아지는 이유는 뭘까요?

—

적절한 비유일지 모르겠는데 그냥 편하게 저는 푸드코트 안에 한식, 양식, 일식이 모이는 거랑 비슷하다고 생각합니다. 결국 책이라는 큰 범주 안에 책방-글-독자는 연결될 수밖에 없으니까요. 그리고 운명적인 일이라는 생각이 드네요. 책을 좋아하는 사람은 자신만의 공간에서 자신이 고른 책과 좋아하는 책을 진열해놓고 취향이 맞는 독자들과 유대감을 쌓으며 사는 삶을 동경합니다. 또 읽다 보면 머릿속이 꽉 차 글로 풀어낼 수밖에 없을 거고요. 읽는 사람은 쓰게 된다고 말하잖아요. 한편 현실적으로도 책방 운영을 이어나가려면 책방 운영자는 뭐든 하긴 해야 합니다. 상추라도 심어서 팔아야 할 판이라(웃음), 할 수 있는 일 중에서 책과 가장 연관성이 큰 것이 글쓰기니까요.

본업인 약사로 일을 하시며 책방 운영과 글쓰기 모두 이루셨는데요. 그렇다면 이를 원하는 예비 책방 운영자나 예비 작가에게 글쓰기 꿈을 이룰 수 있는 실질적인 팁을 주신다면요.

—

저의 책방은 독자들이 책을 사고 읽는 데에 재미를 느끼도록 하는 게 목표입니다. 그리고 베스트셀러가 아닌 책 중에서 좋은 책을 발굴해서 알려주는 게 제일 중요하다고 생각하고요. '아직 독립 못 한 책방'은 "책 보려고 차린 책방입니다. 독자와 서점의 중간쯤에 있습니다"라고 이야기하는데요. 독자와 서점의 중간쯤인 '독서 중'인 책방으로 저에게 딱 맞는 책방이에요. 책방을 한다면 자신에게 맞는 책방 형식을 찾아야 할 것 같고요. 글쓰기도 마찬가지예요. 지속적이고 자연스러운 글쓰기가 중요한데요. 먼저 자기의 스타일을 알아야 해요. 자신의 성격이나 성향, 좋아하는 것 등이요. 평소에 내가 어떤 사람인지 생각해보고, 글도 진지하게 쓰고 싶은지, 위트 있게 쓰고 싶은지 생각해보면 좋을 것 같아요.

제 글쓰기 스타일은 편하고 자연스럽고 문장도 짧고 쉬운 단어를 써요. 그런데 평소에 예의 없는 사람을 자주 만나거나 싫어한다면 정말 예의 바른 글쓰기를 하고 싶을 수도 있어요. 본인의 스타일을 알고 자연스럽게 시작해야 해요. '이 작가가 글을 잘 쓰네, 멋지네' 하고 따라 하면 오래가지 못해요. 물론 필사를 해보거나 리라이팅 하는 글쓰기 연습을 하는 건 좋지만요. 그리고 요즘 어떻게 하면 책 한 권 쓸 수 있다, 이런 사업화된 프로그램들 많잖아요. 그런 건 운이 좋더라도 한 번뿐이라고 생각해요. 지속해서 글쓰기를 하고 싶다면 SNS도 좋고, 짧더라도 자신에게 맞는 글을 계속 써봐야 해요. 마지막으로 글의 길이에 대한 건데요. 글을 쓰다 보면 책으로 엮고 싶다, 책을 쓰고 싶다고 생각이 들 수 있어요. 그런데 한 권 분량을 쓴다는 건 만만치 않거든요. 하다가 중간에 포기하지 말고 끝까지 써야 해요. 나중에 모두 수정하거나 버리더라도요.

책방과 약국을 운영하며 글을 쓰는 힘과 시간은 어디서 나오나요?
—

아직은 정말 재밌어서 하고 있어요. 저는 매일 글 쓰는 시간을 조금은 꼭 가지려고 해요. 미루지 않도록요. 하지만 현재는 글쓰기

일이나 관련 일이 더 생긴다면 거절할 수밖에 없는 상황이 될 것 같아요. 딱 이 정도가 재밌고 좋아요.

매일 조금씩 글을 쓴다고 했습니다. 대체로 글은 어디서 쓰고, 언제 쓰나요?

–

보통은 약국과 책방에서 일하면서 틈틈이 씁니다. 손님이 없을 때 집중해서 글을 쓰는 편인데요. 라디오가 들리고 손님이 오고 가는 이런 환경이 저는 매우 익숙해요. 10년이나 해온 일이니깐요. 그리고 사실 글 쓸 시간을 늘릴 수 없기 때문에 무의식적으로 흐름을 끊지 않고 빨리 써야겠다고 생각하는 것 같아요. 그래서 더 집중해서 쓸 수 있고요. 글 쓰는 환경이라는 건 사람마다 다르고 더 좋은 환경이 있지는 않다는 생각이 들어요. 글을 써야 한다는 의지와 글을 쓰는 목적이 명확하다면요.

마지막 질문입니다. 작가님은 왜 글을 쓰나요? 글쓰기는 작가님에게 어떤 의미인가요?

–

지금까지는 "난 재미있어서 글을 쓰고 있어"라고 대답했어요. 그 말도 맞지만 곰곰 생각해보니 제가 에너지가 그렇게 많은 사람은 아니에요. 말을 하고 나면 에너지가 급격히 감소하는 사람이에요. 특히 약사라는 직업이 말을 계속해야 하거든요. 그래서 점점 말을 하는 것이 체력 소모나 정신적 소모가 되는 것 같아요. 그런데 글쓰기는 말을 하지 않아도 내가 하고 싶은 말을 많은 사람에게 할 수 있는 일이잖아요. 그래서 계속 쓸 수 있고 쓰고 싶어요.

성공과 실패가 전가처럼 쌓여야
중간에 누가 몇 개를 빼가더라도
굳건히 서 있을 수 있다.

박준혁 ♡

일기에서
시작해 보았습니다

시인 **문보영**

좋아하는 시 구절이 몇 개 있고 시인들의 문장에 위로도 받지만, 시는 어렵다. 어렵다고 느끼는 이유가 뭘까, 생각해 보니 시인의 마음을 도통 가늠할 수 없다는 이유가 크다. 에세이나 소설, 인문학 서적이나 논픽션은 논리적이고 인과관계가 있다. 하지만 시는 합리적이지 않다. 시는 설명이 없다. 불친절하다. 읽고 나서 드는 생각과 기분과 감정을 스스로 찾아야 한다. 그래서 누군가는 시가 쓸모없다고도 말한다. 하지만 본래 무용한 것들이 아름답지 않던가. 유용한 것은 그 쓸모와 기능이 명확하여 삶을 유지하게 하지만, 무용한 것들은 삶을 더 멀리 나아가게 한다. 단어와 단어, 마음과 마음, 쓰는 사람과 읽는 사람이 충돌하면서 만들어내는 파장 같은 것들 말이다.

좋아하는 시를 외우진 못하지만, 시 구절 몇 개라도 노트에 꼭 적어둔다. "책은 무례하니까. 책은 사랑을 앗아 가며 어디론가 사람을 치우치게 하니까. 벽만 바라봐서 벽을 약하게 만드니까. 벽에 창문을 뚫고 기어이 바깥을 넘보게 만드니까"란 시 구절도 나의 노트에 적혀있다. 책이 무례하다니. 당돌하다. 하지만 내가 책을 좋아하고 곁에 두게 되는 이유다. 책은 기어이 바깥을 넘보게 만든다. 내 세상의 바깥, 바깥의 바깥을.

내 노트에 옮긴 저 문장은 문보영 시인의 『책기둥』에 실린 시 중 일부다. 난 작가의 글을 시보다 산문으로 일기로 먼저 마주했다. 작가는 적극적으로 일기라는 장르를 빌어서 자신의 이야기를 꺼낸다. 비밀스러운 자신의 내면 일기가 아닌 타인에게 보이기 위한 외면 일기다. 직접 독자에게 일기를 배달하는 구독 서비스 〈일기 딜리버리〉와 일기론이면서 개인의 기록이기도 한 『일기시대』가 그렇다. "무언가가 되기 위한 일기가 아니라 일기일 뿐인 일기, 다른 무엇이 되지 않아도 좋은 일기"가 된 것이다. 이쯤이면 일기 중독자이자 예찬론자이자 애정론자라고 불러도 좋지 않은가. 작가의 시 역시 일기에서 시작한 것이 많고, 시가 되는 문장은 따로 없다고 말한다. 시는 동경의 글이 아니다. 시 역시 경험의 글이고 상상의 글이고 보통의 글이다. 작가는 시 쓰기, 소설 쓰기, 산문 쓰기를 구분 짓지 않는다. 매일 시간의 틈을 빌려 쓴 일기가 시로, 산문으로, 소설로도 파생되었다. 읽는 사람도 구분 짓지 않아도 좋겠다.

글을 쓰고 싶지만 무엇을 써야 할지 모르는 사람에게 감히 말한다. '일단 일기를 써 보시라.' 타인이 읽어도 좋은 일기를. 일기 쓰기는 직업도 연령도 사는 방식도 상관없다. 일기는 누구나 쓸 수 있는 글이다. 어떤 이야기를 쓸지, 무엇을 쓸지, 어떤 형식으로 쓸지 고민하지 않고 써도 좋다. 문법에 맞지 않는 문장이어도 좋다. 누가 맞춤법 검사기처럼 산단 말인가. 그냥 하루를 살아가며 발견한 사소한 것들을 써 보자. 일기는 하루치의 경험과 만남과 생각과 상상의 기록이다. 어떤 글보다 건강한 글쓰기의 시작일지도 모른다.

"시 쓰기는 참으로 쓸모 있는 인간의 놀이"(『책기둥』)다. 시 쓰기뿐만이겠는가. 단언컨대 글쓰기는 참으로 인간만이 할 수 있는 쓸모 있는 놀이다. 글쓰기를 통해 웃고 울고 놀라워하고 두려워하고 과거를 돌아보고 앞날을 고민한다. 또 적은 비용으로 가장 큰 세계를 오래도록 만들 수 있으며, 한 사람의 놀이가 수많은 사람의 놀이로도 연결된다. "인생은 너무 길기 때문에 사람은 각자 어떻게 놀지 잘 계획해야 한다"(『사람을 미워하는 가장 다정한 방식』). 여러분은 무엇을 찾았는가. 문보영 작가도 나도 단연 글쓰기다. 자, 준비되었는가. 우리 놀이터에서 만나자. 이미 시인은 놀이터에 도착해있다.

시를 쓸 때도 일기를 쓸 때의 목소리가 나도록,
일기를 쓰다가 얼렁뚱땅 시 쓰기를 했어요.
소설도 마찬가지예요.
소설을 써야지! 하고 쓰진 않아요.
그냥 평소에 계속 이야기를 쓰다가
소설을 써야 하면 일기장을 들추어보면서
무언가를 끄집어내요.

만나서 반갑습니다. 자기소개 부탁드려요.

–

안녕하세요, 저는 아마? 시 쓰는 문보영입니다.

2016년 「막판이 된다는 것」이란 시로 스물넷에 등단하셨어요. 다음 해에 등단작이 빠진 첫 시집이 나왔고요. 첫 시집이 출간되고, 삶에 어떤 변화가 있었나요?

–

당시 첫 시집이 나왔을 땐 삶이 변했다는 것을 체감하지는 못했어요. 그런데 지금 돌이켜 생각해 보니 많이 바뀌었더라고요. 그전에는 시를 계속 써도 될까? 계속 시를 쓰며 살 수 있을까? 이런 의심을 계속하는 번거로움이 있었죠. 첫 시집을 내고 나서는 이 시와 앞으로 어떻게 관계를 잘 쌓아갈까? 생각해요. 물론 앞으로도 시를 써야 할까 말아야 할까? 이 길을 계속 가야 할까? 라는 질문은 계속하겠지만요.

글쓰기를 시로 시작하신 건가요? 언제부터 시를 쓰셨나요?

–

시를 쓰면서 자연스럽게 글도 쓰게 되었어요. 예전에는 작은 수첩에 툭툭 끊어지는 짧은 일기를 쓰는 정도였어요. 그런데 시를 쓰게 되면서 덩달아 일기도 길어지고 글을 쓰는 호흡도 바뀌었어요. 그래서 처음 글을 쓴 장르가 시라고 할 수 있겠네요. 제가 대학교 2학년 때 문학에 관심이 있다는 걸 도서관을 들락날락하면서 알게 됐어요. 저는 평소에 어떤 집단이나 모임에서 어색함을 많이 느끼는 사람이었어요. 내가 적응을 못 하는 건가? 이상한 건가? 생각했죠. 그런데 책을 읽다 보니 책 안에 다양한 사람이 있더라고요. 이상한 사람도 많고요. 내가 이상한 게 아니구나! 위로받다 보니 자연스럽게 문학이 좋아졌죠. 그리고 우연히 국어교육학과 소설 쓰기 수업을 들었는데 너무 재밌는 거예요. 선생님께 가서 글쓰기를 더 배우고 싶다고 했는데, 그분이 오태환 시인님이셨어요. 사실 시보다 선생님께 글을 배우고 싶다는 생각이 먼저였어요. 그런데 선생님이 시인이었기 때문에 자연스럽게 시를 썼고, 시를 쓰다 보니 시가 너무 좋아져 버렸어요.

시를 주로 쓰지만, 산문도 쓰고 최근에는 소설도 씁니다. 시를 창작할 때와 산문이나 소설을 쓸 때는 어떻게 다른가요?

—

저는 긴 시를 많이 쓰는 편이에요. 하지만 시를 쓸 때의 좌우명은 '짧은 시를 쓰자!'예요. 시를 쓸 땐 짧은 시를 쓰려고 하는 힘과 시 스스로 자꾸 길어지려고 하는 그 두 힘이 계속 싸우다가 어떤 적당한 길이의 시가 나와요. 약간 시랑 싸우는 느낌이죠. 나는 짧아지려고 하는데, 시는 길어지려고 하니까요. 그런데 소설이나 에세이를 쓸 때는 길이에 대한 긴장이 없어요. 마음껏 써도 된다는 생각으로 써요. 길이를 고려하지 않을 때 나오는 어떤 박진감이나 쾌감이 있어요. 이야기의 결론이나 미래를 크게 염두에 두지 않고, 마치 끝까지 달릴 것처럼 마구마구 달릴 수 있을 것 같거든요. 또 한 가지는 시를 쓸 때는 말이 안 되는 것도 말이 안 되는 대로 아름다울 수가 있어서, 말이 안 되는 저란 인간도 썩 괜찮아 보여요. 시는 인과를 깨거나 새로운 인과를 만들고 비틀면서 나아가는데, 소설과 산문은 인과를 잘 조직해야 하잖아요. 소설이나 산문을 쓸 때는 세상의 기본적인 인과관계를 잘 이해하지 못해서, '나는 왜 이렇게 모르는 게 많을까?'라는 생각에 빠지기도 해요. 반면에 시를 쓸 때는 똑똑하지 않아도 되기 때문에 그런 점이 좋아요. 시에서는 저의 그런 면이 숨겨지는 거죠. 어떤 인과를 깨뜨리면서 재미를 찾는 게, 시 같아요.

작가님의 산문을 읽으면서 삶의 어느 불편함에 관해 말하고 있다는 생각이 들었습니다. 혹시 산문과 소설 혹은 시를 통해 이야기하고자 하는 게 있나요?

—

저는 또렷한 주장이나 의견이 짙은 글을 쓰고 싶진 않아요. 글을 통해서 이야기하고자 하는 게 크게 없어요. 그래서 그렇게 느꼈다면 제 의도가 아니었던 경우일 수 있어요. 가수들이 노래를 부를 때 노래를 통해서 무엇을 얘기하고 싶은가보다 노래하는 게 좋아서가 더 크잖아요. 저도 마찬가지예요. 시를 쓰고 싶어서 써요. 그냥 아주 사소하고, 울퉁불퉁한 세상의 모서리나 바닥에 난 상처 같은 것들에 대해서. 그런 것들을 혼자 관찰하고 쓰는 것이 제가 할 수 있는 전부라는 생각이 들어요.

다양한 매체에 글을 쓰고 있으세요. 단행본 작업 외에 출판사 문
예지나 독립출판 문예지, 뉴스레터 등등 많으신데요. 매체에 따라
글쓰기가 달라지기도 하나요?
—

우선, 단행본 작업은 정말 재미있어요. 저는 책을 만들면서 원
고가 묶이는 사람이어서, '편집자형 시인'이라고 생각해요. 책의 전
체 구상을 짜고, 목차를 만들고, 문장을 다듬고, 작품을 배치하고 그
런 작업이 너무 재미있더라고요. 그리고 문예지나 뉴스레터에 쓰는
글이 근본적으로 다르지는 않아요. 하지만 뉴스레터의 경우에는 제
플랫폼을 통해서 직접 구독 신청을 받았기 때문에, 더 책임감을 느
끼고 더 애정이 있어요. 청자가 확실한 느낌이랄까요. 문예지는 그
보다는 조금 더 자유롭게 느껴져요. 문예지에 실리는 글을 쓸 땐 읽
는 사람을 크게 고려하지 않아요, 작가들의 연습장을 공유하는 느낌
이에요. 요즘 너는 이런 작업을 하고 있구나, 나는 이런 작업을 하고
있어, 이런 느낌으로요. 다른 작가들의 작업을 보는 것도 즐거워요.

글을 쓰고 싶다고 느끼는 순간이 있나요?
—

책을 읽다가 엉뚱한 상상을 했거나 아니면 오독을 했을 때, 그
리고 정말 너무 좋은 글을 읽어서 글이 풍기는 향기에 취했을 때요.

가끔 향기에 취한 채로 그 글과 비슷하게 써 볼 때도 있어요. 친구들과 이야기 나누다가 재밌는 것을 발견했을 때도요.

책을 읽을 때 뭔가를 쓰면서 읽는다고 알고 있어요. 엉뚱한 상상이거나 오독한 내용을 쓰시는 건가요?

—

보통 비문학 서적을 읽을 때는 책 내용을 제가 100% 이해하지 못할 거라는 생각을 전제하고 읽어요. 잘 이해가 안 되는 부분이 있으면 집중도 잘 안 되고 딴 길로도 빠지고요. 딴 길로 빠지면 또 딴 생각을 하게 되고요. 책을 읽으면서는 그 딴생각을 주로 메모하죠. 그 딴생각을 적은 메모가 글이 되는 경우가 많아요. 시든 에세이든 소설이든요.

일기를 무척 열심히 씁니다. 시를 언제까지 쓸지는 모르겠지만, 일기는 죽을 때까지 쓸 것 같다고도 이야기했고요.

—

사실 제가 일기를 열심히 쓴다는 생각은 안 해봤어요. 그냥 매일매일 시간이 계속 남잖아요. 아무리 바빠도 시간의 틈이 벌어지기 마련이니까. 저는 그 틈을 채우기 위해 일기를 써요. 시간의 빈틈은 끊임없이 출몰하고, 그 시간에 아무것도 하지 않으면 자꾸 까마득해지고, 당혹스럽고 슬퍼지거든요. 그리고 일기는 항상 노트에 손으로 쓰는데요. 일기이기도 하고 앞서 말한 것처럼 책을 읽다가 든 딴생각을 적기도 하고요. 그리고 제가 시간의 틈이 벌어졌을 때 노는 방법을 잘 몰라서이기도 해요. 죽기 전에는 이 일기를 몽땅 불태우긴 할 거예요. 카프카는 별 내용이 없어도 너무 멋진 일기를 남겼는데, 제 경우에는 별 내용이 없어서 읽는 사람이 김빠질 테니까요.

『일기시대』라는 산문집도 출간하셨고, 직접 일기를 배송해주는 구독 서비스 〈일기 딜리버리〉도 하고 계세요. 작가님만 보는 일기를 쓸 때와 창작 결과물로 일기를 내놓을 때 달라지는 점이 있나요?
—

제게 일기는 비밀과는 좀 거리가 멀고요, 사적인 것도 아니고, 딱히 내밀하지도 않아요. 사실 비밀을 갖는다는 게 어떤 건지 잘 모르겠기도 해요. 예를 들어서 제가 저만 보는 일기장에 쓰는 일기는 "오늘은 늦게 일어났다. 어제 친구가 우리 집에서 잤다가 새벽에 연습실에 갔다. 오늘 저녁에는 뭐 먹지? 운동화에 구멍이 나서 새 운동화를 사야 한다. 그런데 운동화 색이랑 똑같은 양말을 신으면 구멍 난 게 티가 안 나서 새로 살지 고민이다." 온통 이런 말뿐이거든요.

제가 좋아하는 책 중에 미셸 투르니에가 쓴 『외면일기』라는 책이 있어요. 오랫동안 써 온 30여 권의 수첩 속에서 추려낸 생각의 조각들을 모은 책인데요. 처음에는 외면일기의 외면이 무언가를 외면하다의 외면인 줄 알았는데, 알고 보니 내면의 반대말인 외면이더라고요. 제가 쓰는 일기도 외면 일기에 가까워요. 왜냐하면, 일기 쓰

기를 좋아하게 됐던 게 블로그에 일기를 쓰면서예요. 처음엔 10명
도 안 되는 친구들이랑 블로그에 일기를 쓰고 일기를 공유했죠. 일
기를 쓰면서 서로를 웃기고, 일기에 서로를 등장시키면서 소설처럼
도 쓰고요. 그게 너무 재미있어서 일기를 계속 쓰게 됐거든요. 그러
다 보니 처음부터 저한테 일기는 타인과 관련된 무엇이었고 타인에
게 보이는 무엇이었어요. 일기를 쓰며 나를 찾아가는 사적인 과정이
라기보다 항상 친구들과 함께 한 글이었던 거죠. 그래서 앞서 말한
것처럼 제가 쓰는 일기는 매우 사적인 일기가 아니에요. 제 일기장
에 쓴 글과 종이책으로 출간된 글, 일기 구독 서비스로 발송하는 글
이 다르지 않아요. 사실 타인을 의식하는 일기도 나다운 일기일 수
있다고 생각하고요.

**보통 많은 사람이 일기를 개인 내면 중심의 기록물로 생각하는데
작가님의 일기는 외적인 세계가 더 크다고 느껴져요. 주변 사람
들, 사물들, 읽은 책, 외부 자극으로 생긴 생각의 조각과 같은 것
들이요. 그렇다면 〈일기 딜리버리〉는 어떻게 시작하게 되었나요?**
—

저는 일기 중독자예요. 그냥 일기 쓰는 걸 너무 좋아했어요.
블로그에 일기를 많이 썼었는데, 어느 날 내 일기를 읽는 사람들에
게 편지를 보내고 싶다는 생각이 들었어요. 그 생각을 좀 오래 하다
가 〈일기 딜리버리〉를 2018년 12월에 시작했어요. 처음 구독하셨
던 분들이 꾸준히 해주시기도 하고 종이책을 보고 구독하시기도 하

고요. 조금씩 신청하시는 분들이 늘어나고 있어요. 월 구독료 1만 원을 내시는 분들께, 일주일에 두 번 이메일로 일기나 시, 소설을 보내고 손글씨로 쓴 편지를 한 통 보내요. 이메일로 보낸 건, 몇 통인지 정확히 헤아리기 어려울 정도로 많아요. 수 백통은 넘어요. 지금까지 〈일기 딜리버리〉는 21호째 이어가고 있어요. 가끔 구독자분들한테 답장도 오는데요. 이메일로 주시는 답장이 가장 많고, 제가 낭독회 등을 할 때 오셔서 손편지를 주시는 분들도 계세요.

〈일기 딜리버리〉에 관해 더 이야기해보고 싶어요. 이메일로도 보내지만 손편지도 보내잖아요. 우편함에 고지서와 광고지 외에 진짜 편지가 오는 일이 드문 요즘이라 독자에겐 특별한 이벤트가 될 것 같아요. 첫 번째로 보낸 일기가 기억나나요?

—

처음에는 첫 번째 원고와 마지막 원고를 우편으로 보내드리고 이후엔 일주일에 두 번씩 메일로 보내드렸어요. 첫 번째로 발송한 일기는 시 수업에 관한 일기였어요. 당시에 시 수업을 많이 했는데요, 수업하는 게 참 즐거웠어요. 그래서 그 내용을 글로 남겼고요, 첫 달만 시 수업에 관한 일기를 썼고 다음부터는 제 일상을 담은 일기를 써서 보냈어요. 그런데 2018년부터 쭉 해오다 보니까, 제가 제 글을 정비할 시간이 없더라고요. 그리고 시랑 달리 산문은 제가 산 삶이 반영되잖아요. 시도 마찬가지지만 산문은 더 많이 자신의 이야기를 하는 장르니까요. 제 삶에서 쓸 이야기를 다 쓴 거예요. 제 삶에서 벌어진 일들을요. 그래서 제가 어느 순간 소설을 쓰게 된 것도 있어요. 제가 할 말이 줄어들다 보니까 이야기를 지어내게 된 거죠. 그러면서 중간중간에 소설을 보내드렸어요. 그 시간에 저도 제 글을 재정비하는 시간을 확보하고 시도 쓰고요. 지금은 메일 보내는 일은 최소화하고 대신 우편으로 많은 양의 원고를 한꺼번에 보내드려요. 다섯 여섯 페이지 넘는 것도 있는데, 일기와 시도 보내고, 독자분들의 질문에 관한 답변이나 시 상담도 함께 보내요.

가상 일기도 쓰세요. 소설과 일기의 중간 경계인 글이에요. 〈일기 딜리버리〉에도 리스본의 가상 일기를 보냈어요. 전 가상 일기가 너무 재밌더라고요. 사실 일기장에 쓰인 모든 일이 실제 벌어진 일을 그대로 담고 있진 않잖아요. 해석도 들어가고 기억의 왜곡도 있고요. 저도 언젠가 가상 일기집을 써보고 싶다는 생각이 들었어요.

─

가상 일기가 발전하면 소설이 되는 것 같아요. 제가 리스본에 너무너무 가고 싶었어요. 그런데 코로나 때문에 못 갔죠. 리스본 관광 안내 책자를 사서 읽고 구글 맵으로 거리 뷰를 보면서 내가 리스본에 있는 것처럼 상상하며 일기를 썼어요. 제 일상은 특별한 일이 별로 없거든요. 할 말도 없고요. 그러다 리스본에 실제로 갔는데 가상 일기를 쓰면서 상상했던 게 훨씬 좋았던 것 같아요. 가지 말 걸, 이라는 생각마저 들었으니까요. 한 예로 리스본 근처 신트라에 있는

헤갈레이라 별장에 갔어요. 너무 가고 싶었던 곳이에요. 예배당과 자연 동굴이 있고 지하 우물과 연못, 정원이 있어요. 이미 이곳에 오기 전에, 가 본 사람처럼 가상 일기를 썼죠. 이곳엔 나선형 계단으로 이루어진 깊은 우물이 있어요. 우물 끝까지 들어가면 하늘이 몇 배는 더 멀어 보여요. 우물이 죽음을 의미한다고 해요. 그리고 우물 바닥에는 동굴이 있어서 계단을 타고 올라가지 않고 그대로 밖으로 나갈 수 있어요. 놀랍지 않나요? 하지만 가상 일기를 쓰지 않고 보았으면 좋았겠다는 아쉬움도 들더라고요. 그랬다면 우물 바닥에 또 다른 길이 있을 거란 걸 알 수 없었을 테니까요.

"시 이야기를 하든 소설 이야기를 하든 거슬러 올라가면 결국 일기가 있다"라고 하셨어요. 일기가 창작의 근간이라고도 했습니다. 산문집의 경우는 일기에서 시작됐거나 일기를 엮어서 출간된 것들이 많고요.

—

저의 많은 글이 일기에서 시작해요. 저는 보통 시를 써야지! 라고 생각해서 시를 쓰지 않아요. 일기는 내가 어떤 사람인지 잊은 채 시를 쓰는 일을 방지해요. 처음 시를 쓸 때, 몰랐던 제 모습을 하나 발견했어요. 일기를 쓸 때와 시를 쓸 때 제가 달라지는 거예요. 가장 다른 건 어휘였어요. 일기를 쓰다가 시를 쓰면 일명 '어휘 저하 현상'이 나타나요. 일기를 쓸 때는 생생하고 구체적인 단어를 사용하는데, 시만 쓰면 추상적이고 평소에 잘 안 쓰는 단어를 사용하는 거예요. 왠지 시라는 느낌을 줄 것만 같은 단어, 아니면 평소에 잘 안 쓰는 자연물에 관한 이야기를 쓰더라고요. 그래서 왜 내 시와 일기가 말맛이 다를까? 생각했어요. 시를 쓸 때는 목소리를 달리하는 느낌인 거죠. 저는 교육학과를 나왔는데요, 티처스 보이스teachers voice라는 개념이 있어요. 평소 자기 목소리를 버리고 교단에 섰을 때는 교사로서의 목소리를 내는 거죠. 조금 더 공식적이고, 또 학생들이 더 잘 받아들일 수 있는 교사답다고 여겨지는 목소리요. 그런데 전 글을 쓸 때 보이스가 나뉘는 게 좋지 않더라고요. 제 목소리가 하나였으면 했어요. 그래서 시를 쓸 때도 일기를 쓸 때의 목소리가 나도록, 일기를 쓰다가 얼렁뚱땅 시 쓰기를 했어요. 일기가 도움을 준 것이죠. 소설도 마찬가지예요. 소설을 써야지! 하고 소설을 쓰진 않아요. 그냥 평소에 계속 이야기를 쓰다가 소설을 써야 하면 일기장을 들추어보면서 무언가를 끄집어내요. 일기가 씨앗이 되는 거죠. 일기는 그날 있었던 일을 나열한다기보다 그냥 그때그때 생각나는 잡념도 같이 기록하는 글이거든요. 일기장이자 메모장이자 작업 노트인 셈이에요.

〈어느 시인 a poet's vlog〉라는 유튜브 채널도 운영하고 계시는데요. 영상도 일기 같더라고요.

—

처음에 시작한 건 제가 일상을 너무 잘 못살다 보니까, 제 인생에 중요한 게 시 하나밖에 없다 보니까, 시가 잘 안 써지고 시가 나를 잠깐 떠나서 있거나 혹은 내가 시를 떠나 있을 때는 그냥 삶이 너무 아무것도 없는 느낌인 거에요. 그래서 좀 사람답게 살아보고 싶은 마음에 시작했어요. 다른 사람의 브이로그를 보면서 저도 좀 일상을 규칙적으로 살고, 일상에서 소소한 기쁨들을 느끼고 싶었어요. 그런데 일상을 잘 살아내야 한다는 생각을 너무 많이 하니까 그게 저 스스로 강박감이 들더라고요. 숙제처럼 느껴지고요. 약간 널브러져 있는 것도 한 방법인데 말이죠. 그래서 요즘에는 이런 생각으로 유튜브도 널브러져 있어요.(웃음)

작가님이 잘 살아내지 못한다고 생각하는 그 일상은 어떤 건가요?(웃음)
—

일단 저는 매우 늦게 일어나고요, 불면증 때문에 잘 못 자요. 그래서 잠들 때까지의 시간이 좀 괴로워요. 밥도 잘 안 챙겨 먹고 맛있는 걸 먹어도 기쁜지 모르겠어요. 집은 어질러져 있고요. 그러다 보니까 어느 순간 건강이 안 좋아져 있더라고요. 그런데 또 시는 써야 하니까, 시 쓰다가 일상에서 최소한으로 해야 하는 기본적인 일들을 다 잊어요. 어떻게 보면 시인을 생각하면 딱 떠오르는 골방의 이미지죠. 그런데 그렇게 살면 오래 시를 못 쓸 것 같은 거예요. 그래서 최소한으로라도 인간답게 살자! 라는 생각으로 유튜브를 시작했어요. 그래서일까요. 영상이 다 진심은 아닌 것 같아요. 아침에 일어나서 커피를 따르고 커피와 함께 하루를 재밌게 시작해 봐야지!는 실제 제 하루가 그렇다기보다 이렇게 하고 싶다!인 거죠. 말을 먼저 하고 그 말을 제가 따라가는 모습이었어요. 처음에는 이런 마음으로 시작했는데 나중에는 제가 사는 모습들을 추억 앨범처럼 남기게 되었어요. 나이가 들어서 독자분들이랑 함께 보면 재밌을 것도 같고요.

〈일기 딜리버리〉 외에도 〈콜링 포엠Calling Poem〉도 진행하셨어요. 독자들과 소통하기 위해 적극적으로 여러 매체를 활용한다는 생각이 들었어요.

—

사실 제가 되게 평범한 사람이어서 뭔가 많이 하는 것처럼 보이는지도 몰라요. 저는 종이에 글 쓰는 걸 제일 좋아하는 사람이에요. 그런데 이벤트처럼 독자분들이랑 노는 것도 재미있어요. 〈일기 딜리버리〉를 하면서 저한테 힘을 많이 주셨거든요. 독자분들께 보답하고 싶어서 〈콜링 포엠〉을 진행했어요. 〈콜링 포엠〉은 제가 쓴 시나 일기를 전화해서 직접 읽어드리고요. 평소에 저나 제 글에 궁금했던 것도 답변해 드려요. 독자분들이 신청해주시면 무작위로 추첨해서 다섯 분께 전화해요. 제 마음에 드는 시를 썼을 때, 읽어주고 싶을 때 두세 번 진행했어요. 발표하지 않은 시를 처음 낭독해드리는 시간인데요. 그때 시가 꿈틀거리면서 바뀌기도 해요. 그리고 다섯 분에게 읽어드린 시가 모두 똑같으면서도 다 달라져요. 띄어 읽기도 읽는 분위기도요.

제게 있어서 시는
자기 이야기를 하는 장르라기보다는
소설처럼 인물을 만들고 세계를 짓고,
갈등을 만드는 작업이에요.
저는 시를 읽는 것보다는
소설 읽는 걸 훨씬 좋아하고,
소설을 쓰는 것보다 시 쓰는 걸 더 좋아해요.

2022년엔 SF 소설 앤솔러지에도 참여하셨습니다. 본 소설의 프리퀄 형태이니 앞으로 본 소설도 나올 테고요. 그런데 "SF 소설을 좋아하는 것과 쓰는 건 전혀 다르더라고요" 한 인터뷰를 봤어요. 어떤 점이 어려웠고 어떤 점이 즐거웠나요?

—

일단 제가 크게 과학에 흥미가 없더라고요. 독자일 때는 너무 재밌게 읽으면서 어떻게 이런 상상을 했을까 너무 신기했어요. 그런데 제가 막상 하려니까 과학 상식도 부족하고 쓰는 게 어렵더라고요. 과학 상식이나 이론을 가지고 어떤 세계를 내가 만들어내고 그 안에서의 인과도 있어야 하고요. 그런데 세상에 없는 세계를 만들고 그 안에서 등장인물들이 뛰어놀게 하는 건 재미있어요. 거대한 놀이터를 지은 느낌이었어요. 그 안에서 등장인물이 뛰어놀다가 놀이터의 새로운 기능을 스스로 발견하기도 하고요. 그럴 때 이야기의 힘을 느껴요. 예측하지 못한 방향으로 흘러갈 때요.

SF 소설은 아니지만 이전에도 소설집을 출간하셨어요.

—

『하품의 언덕』이란 소설집인데요. 사실 처음엔 산문집으로 계약한 책이에요. 편집자님이 자유로운 산문, 소설 같은 산문을 써도 좋겠다고 하셨어요. 소설 같은 산문을 쓰려고 했는데 소설이 된 거죠. 편집자님도 소설집으로 내면 더 재밌을 것 같다고 하셔서 장르가 바뀌어 출간되었어요. 그래서 그 책에는 산문 형식도 있고 소설도 있고 가상 일기처럼 쓴 글도 섞여 있어요. 소설을 써야 한다는 부담이 없었기 때문에 더 편하게 재밌게 썼습니다.

글쓰기에 관해서 더 이야기를 나눠 볼게요. 일기와 산문은 화자가 '나' 자신입니다. 그에 반해 소설에서는 인물을 만드는데요. 자신의 이야기를 하는 것과 새로운 인물을 만드는 것은 어떻게 다른가요?

—

시를 쓸 때도 제 이야기한다는 생각을 많이 안 하고 써요. 소설을 쓸 때는 더욱 그렇죠. 제가 문학을 좋아하는 이유인데요. 처음에는 문학이 나에 관한 이야기라고 생각했어요. 그런데 소설이나 시를 쓸 때면 나에게서 계속 멀어지는 느낌이 들더라고요. 제가 저에게서 멀어지려고 몸부림을 치는구나 싶었어요. 그 흔적이 시가 되는 것 같기도 해요. 시는 남에게 들려지는 혼잣말이라는 말이 있어요. 예전에는 그 말이 참 좋았는데, 지금은 혼잣말이 아니었으면 좋겠어요. 그래서 소설을 쓰는 느낌으로 시를 써요. 제게 있어서 시는 자기 이야기를 하는 장르라기보다는 소설처럼 인물을 만들고 세계를 짓고, 갈등을 만드는 작업이에요. 저는 시를 읽는 것보다는 소설 읽는 걸 훨씬 좋아하고, 소설을 쓰는 것보다 시 쓰는 걸 더 좋아해요. 읽고 쓰는 장르가 불일치하죠. 매일 소설을 읽어요. 그러다 보니까 자연스럽게 창작할 때 소설가들이 하는 고민을 시에 끌어와서 하는 경우가 많아요. 시를 쓸 때 좀 내밀하고 사적인 걸 쓰기보다는 어떻게 하면 인물들을 만들어서 인물을 계속 움직이게 할까, 이런 생각을 하고요.

시에서도 인물을 만든다고 하셨어요. 무척 인상적인 답변이에요. 저는 이제까지 시의 화자를 대부분 시인으로 상정하고 읽었거든요.

—

소설을 읽을 때 기억에 남는 어떤 인물이나 캐릭터를 좋아해요. 그래서 아마 저도 인물을 만드는 건지도 몰라요. 『호밀밭의 파수꾼』 하면 '홀든 콜필드'라는 인물이 딱 떠오르잖아요. 그런 것처럼 제 시집을 읽고 나서 그 시집 속에 어떤 인물이 사람들에게 남았으면 좋겠다고 생각해요. 소설가가 할 법한 욕심을 부려보는 거죠.

작가님은 소설을 주로 읽으신다고 하셨어요. 그중 좋아하는 소설가나 좋아하는 소설이 있나요?

—

진부하게도 카프카를 좋아해요. (웃음) 카프카가 일기도 재미있는 걸 많이 썼어요. 소설 중에 아주 짧은 소설도 많고요. 손바닥 소설 같은 건데요. 그런 소설은 제 눈에는 시에요. 시처럼 읽혀요. 카프카는 죽기 전까지 시를 무척 많이 썼는데 자신이 시를 쓴 줄 몰랐구나!는 생각이 들어요. 카프카가 문장을 쓰는 그 방식이 시 같아서 카프카 소설을 좋아하고 카프카의 시도 좋아합니다. 물론 여기서 시는 제가 시처럼 느끼는 카프카의 아주 짧은 소설들이에요.

저도 카프카 매우 좋아합니다. 진부하게도 가장 유명한 소설 「변신」을 좋아해요.(웃음) 그 외 단편도 좋아하는데요. 카프카의 아주 짧은 단편소설을 시라고 부르는 것이 매우 재밌어요. 작가님은 시를 쓸 때 가장 영향을 많이 받는 건 무언가요?

―

친구들이랑 이상한 헛소리를 할 때, 다른 사람의 시집이나 책을 읽을 때, 그리고 그냥 누워있거나 일상을 지내다 문득 떠오른 어떤 상상 같은 거. 저는 보통 어떤 문자에서 영향을 제일 많이 받아요. 책을 읽다가 영화를 보다가 그 안에서 튀어나온 어떤 단어랑 또 다른 단어가 충돌하면서 뭔가 나오죠.

시의 소재와 산문과 소설의 소재 찾기가 다른가요?

―

시와 산문, 소설이 다르지는 않아요. 소재는 앞서 말한 것처럼 단어와 단어의 충돌이 많고요. 요즘에는 무척 평범한 일상에서 찾으려고도 노력해요. 바닥에 500원이 떨어져 있고, 그 500원을 줍는다는 생각으로요. 며칠 전 일인데요. 밤에 산책을 하는데 누가 제 뒤를 쫓아오는 소리가 들리더라고요. 막 뛰었죠. 얼마간 뛰다가 뒤를 보니깐 현수막이 바람에 펄럭이는 소리였던 거예요. 그 현수막을 사진으로 찍어놓고 나중에 다시 살펴보기도 했어요.

시를 쓰고 난 후 퇴고는 어떻게 하나요?

—

시는 한 번에 쭉 다 써요. 그리고 보지 않다가 시집을 묶을 때가 되어서야 끄집어내서 다시 봐요. 그 시간만큼 제가 제 글에 객관화되어 있으니까. 그때 시의 첫인상을 다시 마주하여 수정해요. 이땐 대부분 털어내는 일을 합니다. 한 시집에 50편이 실린다면 100편을 써서 반을 버리고 20편이 실린다면 10편 정도를 덜어내 시집을 묶어요. 버려진 시는 정말 버려진 거예요. 다시 살려내진 않아요.

시집 외에도 앤솔러지 시집이나 문예지, 〈일기 딜리버리〉에도 시를 발표하는데요. 작가님이 그동안 여러 매체에 쓰신 시 중 어떤 시를 가장 좋아하세요?

—

「파리의 가능한 여름」이라는 시를 좋아해요. 시집 제목으로도 생각했었던 시에요. 그런데 파리가 프랑스 파리가 아니라 곤충 파리에요. 독자들이 멋진 제목이라고 오해할 것 같아서 '책기둥'이란 제목으로 바꿨어요. 책의 생김새와 내용과 잘 어울리기도 하고요. 「파리의 가능한 여름」은 나에 관한 이야기에서 다른 이들의 이야기로 옮겨간 계기가 된 시에요. 그전에는 나에 관한 이야기를 주로 했는데, 화자가 나인 글에 지치기도 했고 재미가 없어졌어요. 저란 사람이 재미있는 사람은 아니거든요. 그래서 그 시에서부터 세 명의 인물이 나와요. 제 시에 계속 반복해 등장하는 인물이에요.

『책기둥』에는 책 이야기가 많이 등장해요. 책이 쌓여 있는 도서관 이야기도 있고요. 『일기시대』에도 도서관에 관한 이야기가 꽤 있어요. 도서관에서 주로 글을 쓰시나요? 도서관이란 장소를 특별히 좋아하는 건지도 궁금합니다.

—

도서관이 주는 자극과 분위기를 좋아하는 것 같아요. 도서관에서 주로 글을 쓰다 보니까 도서관에 관한 이야기를 많이 하게 되더라고요. 그래서 글 쓰는 공간을 바꿔야겠다는 생각으로 스터디 카페, 사람이 없는 작은 도서관으로 옮겨보기도 했어요. 지금은 이사하면서 작업실도 마련했고요. 그런데 요즘 다시 도서관에 가야 하나 생각해요. 제가 사람이 많은 곳을 좋아하는 사람은 아닌데요. 제 옆으로 사람들이 지나가고 책을 읽고 책을 고르는 백색소음 같은 그런 자극들이 글 쓸 때 도움이 되는 것 같아요. 그리고 매일 똑같은 모습의 도서관 같지만, 가만히 보면 어제랑 오늘이랑 조금씩 달라지잖아요. 그걸 혼자 알아채는 것도 재밌어요. 리스본에서 유일하게 인상적이었고 글이 잘 써졌던 장소도 도서관이었어요. 정말 특이한 도서관인데요. 열람실에 커다란 오각형 책상이 있어요. 책상 사이로 틈이 살짝 있어서 가운데로 들어갈 수도 있고요. 가운데에 원형 테이블이 있어요. 사람들이 다 같이 그리스 신들이 앉은 원탁 테이블처럼 앉아 있는 형태죠. 그리고 그 가운데 붉은 티셔츠를 입은 한 사내가 항상 앉아 있었어요. 암묵적으로 모두 들어가지 말자, 약속이나 한 듯이 아무도 들어가지 않고요. 그 사내는 시력이 좋지 않은지 책을 눈 가까이 대고 종일 읽고, 창가에는 할아버지가 시를 쓰고, 어떤 사람은 휴대폰으로 축구 경기를 보고, 또 어떤 사람은 그림을 그리고 있었어요. 그곳에서 저는 시를 썼고요.

요즘 작가로서 글쓰기와 관련해 고민이 있으신가요?

－

성냥을 켤 때 '칙' 소리가 나잖아요. 요즘은 시를 쓸 때 자꾸 소리만 나고 불이 안 켜지는 느낌이 있어요. 그래서 일단 글을 마무리해야겠다를 목표로 잡고 써요. 예전에는 시의 결미를 쓸 때 시의 얼굴이 보였는데 이젠 시의 얼굴이 안 보여요. 그래서 많이 괴로웠을 때도 있었죠. 그런데 지금은 이게 시의 진짜 모습일 수도 있겠다는 생각이 들어요.

그렇다면 글을 쓰는 작가에게 가장 필요한 재능이나 능력은 무엇일까요?

－

장난기요. 글을 쓰다 보면 슬퍼지기 마련이어서요. 혼자서도 자기 자신을 잘 웃기는 능력이 있다면 도움이 되더라고요.

요즘 글쓰기를 원하거나 시작하는 사람이 많아요. 글 쓰는 삶을 꿈꾸는 사람들에게 해주고 싶으신 말이 있다면요?

—

글 쓰는 친구를 많이 만들었으면 좋겠어요. 저한테 하는 말이기도 한데요. 제가 한창 블로그를 열심히 할 땐 글 쓰는 친구들과 일주일에 한 번씩 만나서 세미나도 하고 글도 읽고 함께 노는 게 너무 즐거웠어요. 그런데 생활이 바뀌면서 그게 안 되니까 너무 아쉽거든요. 글 쓰는 친구들과 함께 합평을 해도 좋고 독서 모임을 해도 좋아요. 동네 작은 책방에서 여는 모임에 참석해봐도 좋고요. 주기적으로 일주일에 한 번씩이라도 글을 쓰는 마감을 만들고 사람들과 나누면 분명 도움이 돼요. 그렇게 읽고 쓰다가 우리, 놀이터에서 만나요!

마지막 질문입니다. 앞으로 어떤 글을 쓰고 싶으신가요?

—

저보다 제가 만든 인물들을 더 사랑하게 되는 글을 쓰고 싶어요.

놀이터에서 만나요
문보영

5장

팟캐스트와
인스타그램

여성의 눈으로
콘텐츠를 만듭니다

콘텐츠 기획자·작가 **황효진**

여성이 출판계에 화두가 되면서 소설, 에세이, 시, 인터뷰집 등 여러 장르에서 다양한 주제로 책이 출간되고 있다. 내게 가장 흥미로운 건 '여성의 글쓰기' 자체다. 여성은 사회 · 경제 · 정치 · 문화 어디에서도 소수자였다. 교육도 남성과 평등하게 받지 못했고, 직업 선택과 사회 활동도 철저히 배제되었다. 세계적으로도 시기만 다를 뿐 여성에 대한 차별은 비슷한 양상을 보였다. 그럴 때마다 글 쓰는 여성들이 등장했다. 한국 최초의 페미니스트 나혜석을 시작으로 김명순, 김일엽, 박경리, 박완서가 그랬고, 에밀리 디킨슨, 마르그리트 뒤라스, 버지니아 울프, 수전 손택, 아니 에르노도 그렇다. 당시 여성은 글쓰기로 자신을 증명하려 했다. 글쓰기는 나를 변화하는 도구였으며 세상에 나아가는 통로였다. 남성 중심 사회에서 겪는 불평등과 불안과 불편과 불합리와 불쾌와 부조리와 부당한 일을 글로 썼다. 그러나 여성이 쓴 공적인 글은 폄하되거나 왜곡되었고, 여성 작가의 사적인 연애와 결혼, 가족사나 비극적 최후에 초점이 맞춰졌다.

이젠 셀 수 없이 많은 여성 작가가 있고 여성의 이야기가 있다. 또 누군가는 세상이 변했다며 여성이 더 살기 좋은 시대라고 항변한다. 그러나 성별에 따른 채용과 임금 차별은 여전하고 결혼, 임신, 출산, 자녀 양육과 부모 돌봄도 여성이 도맡아 하며, 여성을 남성 권력의 전리품이나 소유물로 묘사하는 에로티시즘은 줄어들지 않는다. 이런 사회 인식과 이를 반영한 콘텐츠는 여성 차별과 혐오를 부추기고 있다. 그렇다고 해서 남성의 삶이 마냥 편안하다는 이 야기는 아니다. 여성과 남성 모두에게 삶은 고되고 난해하고 위험하 다. 살아낸다는 건 엄청난 용기가 필요한 일이니까. 다만 아직은 여 성이 더 큰 용기와 인내가 요구된다고 말하고 싶을 뿐이다.

나 역시 여성으로 살며 여성이라서 겪은 것들이 있다. 그땐 몰 랐으나 지금은 무언지 알게 된 것들. 밤늦게 택시를 타는 일, 골목 길을 걷는 일, 배달 음식을 시켜 먹는 일, 공중화장실에 가는 일처 럼 매우 평범한 일이지만 여성이라서 두려웠던 일들부터 여성이기 에 깰 수 없었던 유리천장과 여성이니까 할 수 없다고 포기한 일들. 그리고 남성들로부터 직간접적으로 겪은 폭력들과 누구의 딸, 아내, 엄마, 며느리라는 이름으로 강요되는 사회적 역할들까지. 더군다나 아직 세상은 여전히 여성에게 남성보다 수치심을 더 느끼도록 요구 하고 피해자에게 '피해자다운 부끄러움'을 강요한다.

글 쓰는 여성이 많아지고 여성의 이야기가 많아지면서 조금 느 리더라도 세상은 마침내 변할 거라 믿는다. 그래서 난 황효진 작가 의 이야기가 흥미로웠다. 영화와 드라마, 책, 대규모 국가 행사와 이 슈를 여성 작가가 여성을 중심으로 바라본다는 것도, 여성 청소년을 대상으로 글을 쓰고 있다는 것도, 여성 동료와 끊임없이 협업해 나 가는 것도. 작가는 자신이 할 수 있는 이야기를 할 뿐이라고 말하지 만, 이를 묵묵히 만들어가는 황효진 작가는 '연속성 있는 작가'가 되 어 가고 있었다. 여기서 연속성이란 소설이나 드라마처럼 연속적으로 이어진다는 뜻이 아니다. 규칙적으로 글을 쓰는 것과도 다른 의미다. 내가 말하는 연속성은 작가의 관심사가 삶에서 글까지 끊기지 아니하고 죽 연결되거나 지속하는 상태다.

황효진 작가를 만나고, 내가 글을 통해 할 수 있는 이야기와 하고 싶은 이야기가 무엇일까 생각했다. 할 수 없는 이야기를 할 수 있는 이야기로 위장하면 언젠가는 가면이 드러나게 될 것이다. 그렇게 허영에 쩔어 쓰는 것이 아니라, 내가 쓴 글과 상관없이 사는 게 아니라 위장하지 않는 글을 쓰고 싶어졌다. 그리고 아마 나도 여성으로서, 여성의 이야기를 곧 쓰게 될 것만 같다.

차별과 혐오를 제외한 모든 콘텐츠는
자신의 의도에 맞게 만들어져 세상에 나왔다면,
그 결과물이 누군가에게 보이는 것만으로도
의미 있고 좋은 콘텐츠라고 생각합니다.

자기소개 부탁드릴게요.

—

안녕하세요. 황효진입니다. 저는 여성들의 커뮤니티 서비스 〈뉴그라운드〉를 만들고, 팟캐스트 〈시스터후드〉를 진행하고요. 그 외 개인 작업으로는 단행본을 쓰거나 청탁 들어온 원고를 쓰는 일을 합니다.

자신의 정체성은 무엇이라고 생각하나요? 한 마디로 자신을 표현하신다면요?

—

보통은 기획자 아니면 작가라고 이야기해요. 제가 지금 하는 일이 콘텐츠와 서비스를 만드는 일이에요. 커뮤니티 서비스의 경우 운영에 더 가까운 일이지만, 그 안에서도 서비스의 성격을 보여줄 수 있는 프로그램과 글 기반의 콘텐츠를 만듭니다. 그래서 저를 하나의 맥락으로 설명해야 할 때는 콘텐츠 기획자라고 이야기하고요. 그러한 일들과 관계없이 책에 관해서 이야기하는 자리에서는 작가라고 합니다.

콘텐츠 기획자로서 하시는 일들이 궁금합니다. 〈뉴그라운드〉에서 어떤 서비스를 만들고 있나요?

—

〈뉴그라운드〉는 2021년 3월에 신지혜 님과 함께 창업한 커뮤니티예요. 지난 시즌까지는 '여성과 일과 기록'이라는 키워드를 중심으로 한 프로그램을 만들었어요. 예를 들면 한 주의 일을 같이 회고해 보는 일, 한 달의 일을 같이 돌아보는 일, 그리고 내가 잘한 일을 전문성 관점으로 정리해서 기록해보는 일 등의 프로그램을 진행했고요. 이번 시즌부터는 크게 하나의 커뮤니티로 운영하고 있습니다. 이 안에서는 커뮤니티 멤버들이 회사에서 하지 못했던 이야기를 다른 멤버와 나눌 수도 있고요. 회사에서 계속 똑같은 일만 하고 싶지 않아, 바깥에서 새로운 사람을 만나고 새로운 모임을 해볼까 할 때, 그걸 안전한 환경에서 시도해 보도록 돕기도 합니다. 현재는 온라인 중심으로 진행하고 있습니다.

〈뉴그라운드〉 업무와 팟캐스트, 개인 글쓰기까지 하고 계세요. 일주일 시간은 어떻게 나누어 쓰고 있나요?

—

화·수·목·금요일은 아침부터 이른 오후 시간까지 〈뉴그라운드〉 업무를 합니다. 〈뉴그라운드〉는 주4일 근무로 각자 원하는 요일에 쉴 수 있어요. 저는 보통 월요일에 쉬고, 회의가 있는 화요일을 제외하곤 거의 재택근무를 해요. 그런데 저희가 커뮤니티를 만드는 회사이기 때문에 멤버들을 프로그램이나 모임으로 계속 만나는데요. 멤버들도 대부분 자기 일을 하느라 퇴근 이후에 모일 수 있어서 종종 프로그램을 평일 저녁 8시부터 10시까지 운영합니다. 그리고 월요일 오후에는 〈시스터후드〉 녹음을 하는데요. 한 주에 하나

할 때도 있고 작품에 따라서 2주 분량을 한꺼번에 녹음할 때도 있어요. 대본은 평일 틈틈이 쓰고 제 개인 글쓰기는 보통 주말 밤에 온라인으로 진행하는 글쓰기 모임에서 하거나 아니면 월요일 오전과 낮에 씁니다.

팟캐스트를 시작한 지 4주년이 다 되어갑니다. 매주 한 편씩 업로드되고 있고 총 136개 클립이 공개되어 있어요(2022년 6월 기준). 어떤 계기로 시작했나요? 또 제작 과정도 궁금합니다.
—

〈시스터후드〉는 2018년 10월에 시작했는데요. 윤이나 작가랑 제가 '헤이메이트'라는 프로젝트팀을 만들었어요. 우리 둘 다 글을 쓰고 또 여성주의적 관점으로 콘텐츠를 보는 사람이니까, 이걸 잡지로 만들거나 웹진을 발행하거나 해보자, 하던 시기였어요. 처음에는 팟캐스트를 할 생각이 전혀 없었죠. 그런데 팟캐스트 〈영혼의 노숙자〉를 진행하는 셀럽 맷이 네이버 오디오클립에서 채널 오픈 제안을 받고 저희랑 같이 팟캐스트를 시작해 보고 싶다고 하셨어요. 그래서 그때 저희 셋이 할 수 있는 이야기를 찾다가 여성 중심의 영화나 드라마 아니면 OTT 시리즈 이야기로 시작했고 6개월 정도 셋이 진행했어요. 그러다 시즌1이 끝나고 셀럽 맷이 〈시스터후드〉에서 하차하고 윤이나 작가와 제가 지금까지 이어온 거죠. 저희가 연차로 벌써 4년 차가 되었네요. 노하우가 쌓이다 보니 처음보다 지금은 한 편 제작 시간이 많이 줄었죠.

팟캐스트 한 편을 만들 때마다 저와 윤이나 작가가 함께 주제와 작품을 정한 다음에 대본을 써요. 대본은 회차별로 번갈아 가면서 쓰는데요. 대부분 팟캐스트라고 하면 둘이서 수다 떠는 걸 녹음하면 되는 거 아닌가, 생각들 하시는데, 저희는 작품 이야기다 보니까 대본을 좀 꼼꼼하게 쓰는 편입니다. 작품 정보도 파악해야 하고요. 또 키워드를 세 가지로 나누고 그 작품에 대해서 우리가 어떤 관점으로 이야기를 할 건지 미리 논의하고요. 그렇게 대본을 정리하면 팟캐스트 전용 스튜디오를 예약하고 녹음합니다. 녹음은 앞서 말한 대로 보통 매주 월요일 진행하고 편당 1시간에서 1시간 반 정도 녹음해요. 편집도 저희가 번갈아 가면서 직접 오다시티Audacity라는 편집 프로그램으로 하고 있어요.

〈시스터후드〉는 어떤 방식으로 이슈나 도서, 주제를 선정하나요? 청취자들의 반응이 가장 좋았던 주제는 무엇인가요?

—

기본적으로 여성 창작자가 만들었거나 여성 배우가 중요하게 등장하는 작품 그리고 여성에 관한 이야기를 풀어내는 작품을 최우선으로 다뤄요. 그런데 이게 팟캐스트다 보니까 시의성도 매우 중요해서 최근에 공개됐거나 개봉한 작품을 우선시합니다. 콘텐츠 중에 가장 반응이 좋았던 건 2021년 8월에 방송한 '2021 도쿄올림픽과 여성' 편이에요. 올림픽 때 논란이 되었던 안산 선수의 숏커트 이야기인데요. 페미니스트 논란으로 몰아가는 언론과 이를 이용하려

는 정치인 등을 종합해서 이야기를 나누고 만들었는데 정말 청취자들 반응이 좋았어요. 영화나 드라마, 책에 관해 이야기하는 콘텐츠는 많지만, 대형 이벤트나 행사에서 나온 이슈들을 여성의 시각으로 살피는 콘텐츠는 드물거든요. 그렇게 이런 사회 현상을 풀어내는 건 저희가 차별화되어 있다고 생각합니다.

유튜브나 팟캐스트 모두 시작하기는 쉬워도 매주 콘텐츠를 생산하며 유지하기는 어려운 일입니다. 4년 동안이나 지속 가능했던 힘은 무엇이었나요?

—

윤이나 작가도 저도 콘텐츠 보고 이야기하는 것을 오래 해오기도 했지만 워낙 좋아해요. 좋아하는 일이라 가능하다가 첫 번째이고요. 두 번째로는 좋은 콘텐츠를 보고 생각하는 과정에서 제 시야가 넓어지는 게 힘이 됩니다. 여성주의적인 관점으로 꾸준히 콘텐츠를 보면서 어떤 사회 현상이나 이슈에 대해 제 나름의 관점이 많이 다듬어졌다고 해도, 또 제가 그동안 못 봤던 부분들과 몰랐던 부분이 생기더라고요. 그건 작품을 통해서 알기도 하지만 대화를 통해서 알기도 하고 청취자의 댓글로 알게 되기도 합니다. 부끄러운 일이지만 언젠가 저희가 다큐멘터리 〈그레타 툰베리〉를 다루면서 그레타 툰베리가 장애를 '앓고 있다'라는 표현을 사용한 적이 있어요. 방송을 들은 한 청취자분이 '그런 표현은 장애를 질병으로 보는 시선과 맞닿아있으므로 사용해서는 안 된다'라고 알려 주시더라고요. 청취자의 지적이 아니었다면 몰랐을 부분이에요. 그래서 이 일을 할수록 내가 조금씩 달라지고 변화한다는 느낌을 받는 게 저한테는 매우 중요해요. 그 힘으로 계속할 수 있고요. 다만 저희도 지속 가능성을 위한 수익 발생 구조를 어떻게 만들 것인가, 계속 고민하고 있습니다. 그래서 2021년 7월부터 유료화를 실험해 보고 있고요.

팟캐스트를 유료화했다고 말씀해 주셨는데요. 청취자가 내는 비용이 모두 수익은 아니잖아요. 플랫폼 수수료도 있을 테고요. 실제 수익 비율은 어떻게 되나요?

—

현재 저희가 유료로 할 수 있는 플랫폼이 팟빵밖에 없어요. 물론 아이튠즈도 가능한데 저희는 사업자등록을 한 상태가 아니라서 개인 세금을 떼고 플랫폼을 사용하고 있습니다. 팟빵의 경우 수수료가 높은 편이에요. 정기후원, 일시후원, 에피소드 유료 구매, 오디오 광고 정산금 등을 수익으로 받게 되는데 항목에 따라 수수료 비율이 최소 20%에서 최대 40%이에요. 저희가 보통 편당 500캐시를 책정하는데, 만약 청취자가 500캐시를 내고 에피소드를 유료 구매하시면, 실제 저희에게 정산될 때는 30%의 수수료를 제외하고 들어옵니다. 그래서 저흰 광고도 받아요. 작지만 자신의 사업을 하는 분들이나 출판사의 책 광고 문의가 주를 이뤄요. 노출은 여러 가지 방법이 있는데요. 팟캐스트에 광고 코너가 있어서 알려야 하는 내용을 저희가 읽어드리기도 하고요. 광고비를 낸 광고는 〈시스터후드〉

SNS 채널에도 한 번 더 올려 드립니다.

한동안 팟캐스트 녹음 장면을 녹화해서 유튜브에 올리시다가 지금은 중단하셨어요. 유튜브보다 팟캐스트를 중심 매체로 선택한 이유가 있나요?

—

유튜브는 안 한 지 2년 정도 되었어요. 원래 유튜브를 시작했던 건 우리 생각보다 사람들이 유튜브를 통해서 팟캐스트를 굉장히 많이 듣는다는 것을 알게 되어서였어요. 처음에는 풀 영상을 올렸는데 이게 편집이 힘들더라고요. 그래서 키워드 하나를 뽑아서 클립으로 올리려고 했는데 이것도 역시 편집이 너무 어려운 거예요. 저희가 전문가가 아니다 보니까 시간도 많이 걸리고요. 그렇다고 외부에 맡기면 비용이 발생하잖아요. 이런 이유로 저희가 감당하기 힘들겠다고 판단하고 유튜브는 중단했습니다. 물론 팟캐스트도 준비 과정이나 녹음 시간, 편집하는 일 모두 시간이 들고 쉽지는 않지만 그래도 저희가 감당할 수 있는 수준의 어려움이에요. 유튜브는 촬영해보니 편집 연출을 한 영상과 안 한 영상이 너무 차이가 크더라고요. 오디오 콘텐츠는 녹음 과정만 잘 정리하고 편집만 깔끔하게 정돈하면 퀄리티 차이가 크게 나는 매체는 아니에요. 그런 점에서 저희가 활용하기엔 유튜브보다는 팟캐스트가 좋은 매체가 된 거죠.

〈뉴그라운드〉, 팟캐스트 콘텐츠와 개인의 글쓰기 주제도 여성 이야기가 주를 이룹니다. 여성이라는 키워드에 관심 두게 된 계기가 있으신가요?

—

제가 예전에 웹 잡지사에 다녔어요. 기자로 한 7년 정도 일했습니다. 그때 제가 퇴사하기 한 1년 전쯤에 '페미니즘 리부트'되는 일들이 발생해요. 방송계에서도 어떤 남성 개그맨이 팟캐스트에서 여성 혐오 발언을 해서 문제가 된 사건이 있었고, 강남역 여성 살해 사건이 터졌죠. 그때 여성들이 여성으로 사는 건 정말 너무 힘든 일이다, 그리고 여성들이 계속 차별받고 배제되는 것이 여성 혐오였다는 것을 각성하기 시작한 계기가 되었어요. 물론 그전에도 페미니즘 운동은 있었지만, 저와 비슷한 또래인 20대 후반에서 30대 중반 세대에게는 그때가 여성주의가 무엇인지 생각하게 된 시점이었던 것 같아요.

당시에 제가 기자로 일하면서 내가 콘텐츠를 보면서 저 텍스트가 얼마나 훌륭한지, 분석을 잘 해내면 내 몫을 다 했다고 생각했는데, 내가 여성으로 평생 살아왔으면서도 그 안에 숨어 있는 여성 혐오라든가 차별적인 시스템이라든가 남성적인 언어는 전혀 몰랐다는 것을 알았죠. 가령 예전에는 예능 프로그램을 열심히 보고 그게 얼마나 웃긴지는 분석할 줄 알았지만, 그 안에 여성 예능인들이 별로 없다는 사실에 문제의식을 느끼지는 못했던 거예요. 그래서 그 이후로 여성주의적 관점으로 콘텐츠를 보거나 사회 현상을 보고, 그걸

본 후에 나는 내 자리에서 무엇을 할 수 있는지를 고민하면서 제 일과 글을 확장해 왔습니다.

팟캐스트를 함께 운영하는 윤이나 작가와 함께 5개월간 유료 구독 서비스를 운영하기도 했습니다. 두 여성이 나눈 스무 통의 편지가 모여 『자세한 건 만나서 얘기해』 서간집으로 출간됐고요. 뉴스레터 기획부터 출간되기까지의 과정이 궁금합니다.

—

〈수요일에 만나요〉라는 이름으로 2020년 4월부터 8월까지 이메일 뉴스레터를 발행했어요. 그때 일주일에 한 번씩 저희가 보낸 편지를 묶은 책이 『자세한 건 만나서 얘기해』인데요. 〈시스터후드〉를 함께 계속 해왔지만 우리는 그러고도 하고 싶은 이야기가 더 있었어요. 그래서 유료 뉴스레터로 우리가 다 하지 못한 콘텐츠에 관한 이야기를 풀어보자!며 기획했죠. 또 한 가지 이유는 저희가 팟캐스트를 굉장히 열심히 하고 청취자도 많이 계시지만 청취자들과의 관계가 끈끈하진 않다는 생각이 들었어요. 우리가 청취자들과 더 가까운 느낌으로 콘텐츠를 만들 수 있으면 좋겠다고 생각도 했고요. 어쨌거나 뉴스레터는 개인의 메일함으로 한 통씩 들어가는 거니까 받아보는 한명 한명이 조금 더 가까운 관계가 되고 더 깊이 말을 거는 느낌이 들 것 같았어요. 그래서 뉴스레터를 발행하게 되었습니다. 발행 후에 출간 계획은 없었어요. 코로나 시대 이야기다 보니 시의성이 안 맞을 수도 있겠다고 생각했거든요. 그런데 출판사에서 저희한테 책을 같이 써보자는 제안이 왔고, 우리에겐 이미 원고가 있다며 보여드리면서 책 출간까지 이뤄졌습니다. 출간이 결정되고서는 프롤로그나 에필로그를 쓰는 것 외엔 내용을 수정하진 않았어요. 편지이다 보니까 글마다 모두 연결이 되어있고, 자칫 잘못 수정하면 편지를 나눈 그 당시의 맥락과도 어긋날 수 있으니까요.

"콘텐츠 만드는 과정의 기쁨과 슬픔을 함께 나눌 동료가 있다는 건, 단언하건대 굉장히 멋진 일입니다"라고 하셨습니다. 윤이나 작가, 신지혜 님 등 특히 다른 여성 동료와 협업을 많이 하고 계세요.
—

글은 혼자서 써야 하지만, 만드는 건 혼자보다 함께하는 게 재밌어요. 저 혼자 콘텐츠를 만든다고 하면 일단 동력이 잘 안 생겨요. 혼자 팟캐스트를 한다거나 독립출판을 할 때는 스스로 마감을 정해놓고 약속을 지켜야 하잖아요. 정말 어려운 일이거든요. 그런데 동료가 있으면 서로 조력자이자 감시자이자 파트너가 되어서 마감에 맞춰서 콘텐츠를 잘 만들어 갈 수 있어요. 특히 내 관점이랑 다른 관점의 이야기를 계속 들으면서 시각이 좁아지지 않는 게 매우 큰 장점이고요. 윤이나 작가랑 제가 팟캐스트를 할 때 한 작품에 대해서 의견이 일치하기도 하는데 일치하지 않는 경우도 많거든요. 예를 들어, 영화 〈엑시트〉(2019, 이상근)를 다루면서 '이 영화가 남성 청년만을 히어로로 비추고 있지는 않은가?'를 두고 의견이 조금 갈린 적이 있어요. 저는 그렇게 보인다는 쪽, 윤이나 작가는 그러지 않으려고 노력한 것으로 보인다는 쪽이었어요. 이렇게 엇갈리는 지점들이 재밌어요. 나랑 이 사람의 생각이 다 똑같지 않고 다른 시각이 있고, 그 다른 생각이 왜 다른지, 이해할 수 있는지, 그럼에도 내 의견은 어떤지, 서로 이야기하는 과정이 즐거워요. 〈뉴그라운드〉에서 커뮤니티 서비스를 함께 만드는 신지혜 님과도 그렇고요.

제가 작가님 책 중 처음 본 게 『나만의 콘텐츠 만드는 법』이였어요. 저도 아무래도 작가이자 기획자라는 정체성이 혼재해 있어서 출간하자마자 관심 있게 보았습니다. 이 책은 콘텐츠와 기획이 무언지 말하는 책인데요. 좋은 콘텐츠와 좋은 기획은 뭐라고 생각하나요?

―

세상에 너무 많은 콘텐츠가 있고 그 범위가 넓기 때문에 제가 지금 이 자리에서 내용을 중심으로 질적으로 좋은 콘텐츠와 아닌 콘텐츠를 정의하기는 어려운 것 같아요. 개인적으로는 '이 사람이 이 콘텐츠로 무엇을 하려고 했는지'가 명확하게 보였을 때 잘 만든 콘텐츠라고 느껴요. 조금 더 세부적으로 들어가면, 그 콘텐츠에서 이야기하는 바 혹은 다루는 내용이 누구를 공격한다거나 차별한다거나 혐오한다거나 하는 태도가 들어가 있는 콘텐츠는 좋아하지 않고요. 이런 콘텐츠를 제외한 모든 콘텐츠는 자신의 의도에 맞게 만들어져 세상에 나왔다면, 그 결과물이 누군가에게 보이는 것만으로도 의미 있고 좋은 콘텐츠라고 생각합니다.

책, 잡지, 팟캐스트, 뉴스레터 그리고 커뮤니티 서비스를 만들었거나 만들고 계신데요. 자신에게 어떤 콘텐츠, 어떤 매체가 가장 잘 맞는다고 생각하나요? 그리고 어떤 걸 만들 때 가장 재밌나요?

—

저는 만드는 건 다 재미있어요. 잘 맞는 건 말하는 것보다는 글을 쓰는 게 더 편해요. 글은 충분히 생각하고 풀어낼 수 있고 수정도 가능하고 긴장도 덜하고요. 다만 뉴스레터는 너무 변화가 빠르고 다양한 콘텐츠들이 많이 나와 있어서 제가 이걸 잘 다룬다거나 잘한다거나 말하기는 어려워요. 잡지가 저랑은 잘 맞는 것 같아요. 기자 시절부터 하나의 키워드를 다양한 관점에서 세분화하면서 여러 갈래로 풀어낸 다음 다시 하나로 묶는 훈련을 했었거든요. 그렇기 때문에 이를테면 '잡지적 기획'이라는 게 저한테 잘 맞고 재미도 있어요.

하지만 현재는 잡지적 기획을 할 기회가 많지는 않아요. 대신 커뮤니티라는 게 어떻게 보면 큰 잡지의 형태이기도 해요. 여성의 일에 관한 이야기를 기록으로 남기고 공유하고 이 가치관을 어떻게 개별 프로그램이나 모임 혹은 뉴스레터와 같은 온라인 콘텐츠로 만들어 보여주느냐죠. 생각해보면 무대가 달라졌을 뿐 같은 구조라는 느낌도 들어요.

처음 콘텐츠를 기획해서 결과물을 만들 때 대상 독자에 대한 페르소나를 설정한다고 하셨어요. 페르소나 설정은 어떻게 하시나요?

–

예를 들면 〈뉴그라운드〉에서 발행하는 그라운드 레터를 보면 우리가 일하는 여성으로서 지금 고민하는 것, 배우고 싶은 것, 어떤 부분에서 성장하고 싶다고 느끼는지를 글로 전하자고 했어요. 독자들 역시 우리랑 비슷한 또래의 일하는 여성이고 일에 고민 많고 일로서 성장하고 싶고, 하지만 나를 갉아 먹으면서 일하고 싶은 건 아니고, 나와 일이 건강하게 관계 맺는 방법을 고민하시는 분들로 페르소나 작업을 한 다음에 콘텐츠를 만들었어요. 제 개인 글도 마찬가지인 것 같아요. 『나만의 콘텐츠 만드는 법』을 예로 들면 머릿속에 막연하게 아이디어는 있는 분들, 그런데 방법을 몰라서 아직 기획은 시작하지 못한 분들, 내 아이디어가 어떤 매체와 잘 맞을지 신중하게 고민하고 싶은 분들을 페르소나로 삼았어요. 페르소나를 설정하면 기획이든 글쓰기든 더 명확해집니다.

글쓰기와 관련한 이야기를 조금 더 해보겠습니다. 콘텐츠를 만드는 건 "내 관점을 갖는 일"이라고 어느 인터뷰에서 말했어요. 그렇다면 글쓰기는 작가님에게 어떤 의미인가요?

–

글쓰기의 의미라고 하니 매우 고민이 되는데요. 저는 글에서 보통 제 이야기를 많이 해요. 사실 『자세한 건 만나서 얘기해』도 콘텐츠 이야기를 경유하긴 하지만 결국엔 내가 코로나 시기를 어떻게 보냈는지, 어떤 생각을 했는지에 초점이 맞춰져 있는 책이에요. 제가 글을 쓰는 건 누군가와 이야기를 통해 연결되기 위함인 것 같아요. 첫 책을 쓸 때는 잘 몰랐어요. 그런데 지금은 계속 내가 글을 쓰려면, 나 혼자만 내 시야에 갇혀 있는 글 혹은 내 이야기만 하는 글이 되지 않기 위해 다른 사람들과 글을 통해서 연결되려고 노력해요. 나는 어떤 이야기를 해야 하지, 작가로서 내가 쓸 수 있고 할 수 있는 이야기는 뭐지, 이런 고민을 많이 하게 되었습니다.

"모든 기획은 머릿속에 있을 때가 가장 재미있고, 그것을 밖으로 끄집어내기 위해서는 여러 산을 반드시 넘어야 하거든요"라고 하셨던 게 기억나는데요. 기획이든 글쓰기든 누구나 꼭 한 번은 산을 만나게 되는 것 같아요.

—

저는 시작이 되게 어려운 사람이에요. 그러니까 기획이랑 글쓰기가 있으면 그 사이에 있는 산이 어려워요. 오히려 글쓰기 과정에서는 한 번 앉으면 나는 이 글을 끝낼 때까지는 일어나지 않는다고 생각하고 써요. 제가 글을 잘 써서가 아니라 제가 쓰던 글의 흐름을 끊었다가 다시 이어서 글을 쓰는 게 잘 안되는 타입이에요. 아마 기자 생활하면서 마감의 영향을 받아서 일 거예요. 기획에서 글을 쓰기 전에 산을 만나면 앞으로 쓸 글에 도움이 될만한 책을 엄청 많이 보고요. 제가 예전에 썼던 글도 다시 찾아서 많이 읽어요.

제가 할 수 없는 이야기랑
할 수 있는 이야기를 잘 구분하려고 해요.
이건 내가 누구고 내가 가진 정체성이
어디에 위치하는지를 파악하는 것이기도 해요.

산을 넘을 때 관련 책을 많이 읽으신다고 하셨는데요. 평소엔 어떤 책을 주로 읽으세요? 특히 좋아하는 작가나 책이 있으신가요?

—

저는 책을 그때그때 관심사 따라서 좀 다양하게 읽는 편이에요. 작년에는 '돌봄'이라는 키워드에 관심이 커져서 돌봄 관련 사회과학 서적을 많이 읽었고요. 최근에는 여성과 지역에 관심이 생겨서 관련한 책을 또 많이 읽었어요. 특정 작가를 좋아한다기보다 주제를 정해서 책을 골라서 읽는 편이죠. 그런데 최근에 제가 읽은 책 중에 글을 쓰는 데 도움이 컸던 책이 있어요. 대니 샤피로의 『계속 쓰기: 나의 단어로』라는 책인데요. '글을 시작할 때 무척 막막할 수 있다, 그럴 때는 하나의 모퉁이에서 시작한다고 생각을 해라, 글은 문장에서 시작하는 게 아니라 하나의 단어에서 시작된다, 그 단어가 문장이 되고 문장이 글 전체가 된다.' 이런 내용이 있는데 저에게 너무나도 힘이 되더라고요. 글을 쓰기 시작할 때 내가 분량을 다 채우려면 어떻게 이야기를 써야 할까, 내가 과연 이 주제로 이 글을 쓸 수 있는 능력이 되는 사람인가, 계속 의심하게 되거든요. 그런데 글의 모퉁이 즉, 사소한 에피소드 하나 혹은 한 장면을 묘사한 문장에서 시작해서 넓혀가는 방식으로 글을 쓰면 된다고 이야기를 해서 글을 대하는 제 마음이 많이 달라졌어요. 예전에는 글을 쓸 때 내가 이 글에서 어떤 메시지를 전달해야지, 를 먼저 생각하다 보니까 부담스러움도 있었거든요.

내 글만 시시하다고 느껴질 때도 있고 의심이 들 때도 많거든요. 저에게도 도움이 되는 내용이에요. 글을 대하는 마음이 달라졌다고 하셨어요. 작가님이 글을 쓸 때 가장 중요하게 생각하는 마음은 어떤 건가요?

—

제가 할 수 없는 이야기랑 할 수 있는 이야기를 잘 구분하려고 해요. 이건 내가 누구고 내가 가진 정체성이 어디에 위치하는지를 파악하려고 노력하는 일이랑 비슷한데요. 예를 들면 제가 올해 상반기에 청소년 관련 글을 연재했어요. 10회 연재했고 올해 말 정도에 단행본으로 나올 예정입니다. 그 글은 여성 청소년을 독자로 하는 글이거든요. 청소년들이 하는 고민을 지금 성인이 된 제가 제 이야기와 다른 콘텐츠 이야기를 함께 엮어서 풀어내는 글이에요. 그런데 제가 청소년기를 지나오긴 했지만 다른 시기에 청소년기를 지나왔고 지금은 성인이니까, 현재 청소년들이 겪는 문제를 완전히 알지는 못해요. 그래서 저는 '네가 지금 이게 고민이지만 어른이 되면 다 괜찮을 거야, 이런 식으로 한번 해 봐'는 아니라고 판단했어요. 그리고 제 글에서 답을 주는 대신에 '나는 적어도 이랬고, 이런 방법을 해봤어, 이런 방법도 있지 않을까? 그리고 나도 그걸 계속 고민하고 있어, 우리 같이 고민해보자'라고 이야기하기 위해 많이 신경 썼죠. 저한테는 이게 제일 중요한 것 같아요. 내가 할 수 없는 이야기를 억지로 하려고 하지 않고 내가 할 수 있는 이야기를 하는 거요.

작가님만의 글 쓰는 방법, 글 쓰는 노하우가 있다면요?

—

정보성 글을 쓸 때 사용하는 방법인데요. 『나만의 콘텐츠 만드는 법』을 쓸 때 포스트잇을 많이 썼어요. 책에 들어가야 할 내용이 비교적 명확한 책이잖아요. 포스트잇 하나하나에 목차를 다 쓰고 벽에 붙여요. 그리고 목차 안에 들어갈 소목차를 다른 색깔의 포스트잇에 써서 목차 주변에 같이 붙이고요. 또 소목차 안에 들어가야 하는 주요한 내용은 또 쪼개서 키워드나 중요한 문장을 다른 색깔의 포스트잇으로 붙여 정리해요. 에세이는 좀 다르겠지만, 정보성 글이나 내용이 명확한 글이면 이렇게 시각적으로 구조화하고 세분화해보는 게 도움이 돼요. 요즘은 대부분 핸드폰이나 컴퓨터로 메모를 모두 하는데요. 물론 언제 어디서나 쉽고 간편하게 사용할 수 있다는 장점은 있지만 한눈에 볼 수 없다는 단점도 있잖아요. 그럴 때 시도해 보면 좋은 방법이에요.

기자 생활을 하면서 잡지적 기획이나 기초적인 글쓰기를 배우셨다고 하셨어요. 그렇다면 글쓰기를 시작한 후 중요하다고 여기는 기초적인 글쓰기 방법은 무엇이라 생각하세요?

—

제가 생각하는 기초적인 글쓰기에서 중요한 건 '글의 전체 구조를 잡을 수 있느냐 없느냐'입니다. 칼럼이든 에세이든 인터뷰든요. 글 구조를 잡을 줄 안다는 건 내가 이 글을 통해서 무엇을 보여주고 싶은지 명확하게 안다는 거예요. 예를 들면 인터뷰할 때도 궁금한 걸 그냥 다 물어보는 게 아니라, 이 사람을 인터뷰해야 하는 이유가 중요하잖아요. 그럼 사전 조사도 필요하고 질문의 흐름도 잡아야 하고요. 내가 이 사람에 대해서는 이러한 이야기를 듣고 싶어, 라는 큰 줄기를 하나 잡고 독자가 처음부터 끝까지 읽게끔 어떻게 풀어나갈 것인가를 고민하는 게 구조를 생각하는 기술이에요. 그걸 기자로 일할 때 정말 많이 배웠어요. 저한테는 이게 가장 중요한 기초적인 글쓰기 기술인 것 같아요. 이외의 세부적인 기술들은 써나가면서 알아가면 되고요.

요즘 자기 콘텐츠로 글을 쓰거나 결과물을 만들고 싶어 하시는 분이 정말 많아요. 독립출판이나 POD 등 출판 방식도 다양해졌고 손쉬워졌어요. 하지만 실제로 결과물을 만드는 일이 쉽지만은 않잖아요. 어떻게 해야 결과물까지 만들 수 있을까요?

—

일단은 너무 많이 생각하지 말고 시작하세요. 아마 많은 창작자가 하는 말일 텐데요. 세상에 나가는 글이나 콘텐츠가 되는 것까지를 한번 경험해보는 게 제일 중요하다고 생각해요. 제가 최근에 어떤 글쓰기 모임에 강연하러 갔는데요. 그 모임 안에서 다들 함께 글을 쓰고 서로서로 읽어주는 활동을 오랫동안 해오셨어요. 그런데 이분들이 이걸 몇 년 하다 보니까 우리도 더 많은 독자가 있었으면 좋겠다, 내가 쓴 글을 콘텐츠화 해 보자, 해서 제가 두 번 모임을 함께 했어요. 모임을 진행하면서 기획안을 쓰고 글을 정리하는데, 어떤 분은 누군가한테 보이는 글을 쓴다는 것 자체에 굉장한 부담감과 거부감을 가지고 계시더라고요. '나는 그냥 글을 쓰면 되는데, 왜 이걸 내가 기획안과 목차까지 정리하면서 남에게 보이는 글로 써야 하냐'고 물으셨어요. 저는 글쓰기는 기본적으로 혼자 하는 일이 아니라고 생각해요. 글을 쓴다는 건, 글을 읽어줄 사람을 기다리는 일이에요. 그렇다면 계속 세상 밖에 나가는 결과물을 만들고, 내가 그 결과물을 다른 사람한테 보여줘야 합니다. 다른 사람들이 이 결과물에 대해서 어떤 이야기를 할 때, 내가 어떻게 받아들이고 어떻게 변화하는지도 중요하고요. 그래서 일단 무엇이든 시작하고 결과물을 만드는 시도와 실험을 해보시는 게 좋을 것 같아요.

글쓰기도 먼저 기획이 이뤄져야 한다는 말에 공감합니다. 글쓰기가 혼자 하는 일이 아니라고 생각하는 부분도요. 그리고 『나만의 콘텐츠 만드는 법』에는 기획에 힌트를 줄 콘텐츠 리스트를 싣기도 했습니다. 작가님의 글쓰기에 힌트를 주는 것을 공개해 본다면요?

–

앞에서 말씀드렸던 대니 샤피로 책은 글쓰기에 무척 용기가 되는 글이 많아요. 대니 샤피로는 미국의 소설가예요. 쓴 소설과 회고록이 여럿 베스트셀러가 되었고 팟캐스트 'Family Secret'도 여섯 시즌이나 진행하고 있고요. 그런데 이렇게 유명한 소설가도 매번 괴로워하고 자기가 이상한 글을 쓴 게 아닐까 고통스러워해요. 그럼에도 계속 글을 써나가는 이야기라서 굉장히 힘이 됩니다. 또 하나는 문보영 시인의 『일기 시대』라는 책인데요. 제가 정말 좋아하는 책이에요. 실제로 문보영 시인은 일기를 정말 열심히 쓰세요. 그 책에 제가 좋아하는 이야기가 있어요. "책을 읽는 일, 남의 일기를 읽는 일, 일기를 쓰는 일 모두 혼자 하는 작업이다. 그런데 완전히 혼자인 것은 아니지 않을까"라는 문장이 있어요. 글을 읽기도 하고, 누군가에게 읽혀야 하는 글을 쓰는 사람에게 용기가 되는 이야기죠. 앞선 질문에서 말씀드린 것처럼 저도 글쓰기는 혼자 하는 일이 아니라고 생각하거든요. 기술적으로 글을 잘 쓰는 방법을 아는 건 크게 중요하지 않아요. 일단 쓰기 시작하면서 자기 방식으로 다듬어 나가는 게 더 중요하다고 생각합니다. 그래서 이 두 책은 글쓰기를 시작하는 분들께 꼭 추천하고 싶어요.

마지막으로 현재 여성 청소년을 위한 글도 쓰고 계신다고 하셨어요. 이후에 쓰고 싶은 글이 있나요? 어떤 이야기일지 궁금해져요.
—

최근에 쓰고 싶은 글이 생겼어요. 청소년 관련 연재글 중 제일 반응이 좋았던 게 친구에 관한 글이었는데요. 흔히들 우리가 우정이나 친구에 관한 고민은 청소년기에 끝난다고 생각하잖아요. 어른이 되면은 내 반경 안에 친구라고 부를 만한 사람들이 많지도 않고 그때는 우정을 많이 이야기하지 않으니까요. 그런데 생각 외로 저랑 비슷한 또래 여성들이 우정 이야기에 너무나 공감하시는 거예요. 친구를 사귀기가 얼마나 어려운지, 지금도 얼마나 시행착오를 겪는지 그리고 어떻게 우정을 만들어가는지 궁금해하고요. 일단 대학교에 진학하면서 한 번, 취업하면서 또 한 번 사는 곳이 바뀌고, 여성의 경우 결혼하고 아이 낳으면서 우정을 연속적으로 가져가기가 어렵다는 생각을 많이 하더라고요. 저도 친구가 별로 없다고 생각했는데, 생각해보면 주변에 일로 만난 동료들, 동네에 같이 살거나 같이 운동을 다니거나 하는 사람들도 다 넓은 의미에서는 친구잖아요. 이걸 생각하면서 성인 여성들의 우정 이야기를 써보고 싶다는 생각을 하고 있습니다.

글쓰기는 누구에게도 할 수 없는 말을
아무에게도 하지 않으면서 동시에 모두에게 하는 행위이다.
_ 리베카 솔닛, 〈멀고도 가까운〉

함효진

행복도,
글쓰기도
선택입니다

여 행 작 가 · 여 행 크 리 에 이 터 **청춘유리**

영화 〈어바웃 타임〉에는 "인생은 모두가 함께하는 여행이다. 매일 매일 사는 동안 우리가 할 수 있는 건, 최선을 다해 이 멋진 여행을 만끽하는 것이다"라는 대사가 나온다. 많은 사람이 여행은 인생과 닮았다고 한다. 계획해도 계획대로 되지 않고 완벽하고 마냥 좋은 일만 있는 건 아니며, 어쨌든 끝이 있으므로. 그리고 분명한 건 여행도 인생도 조금 더 용기를 내면 더 멋지게 만끽할 수 있다는 것도.

지금 내게는 집 밖을 나서는 모든 순간이 여행이다. 한때 나 역시 비행기를 타고 멀리 떠나야만 여행이라고 여겼다. 나의 첫 해외여행지는 중국이었다. 대학교 4학년 때 봉사활동과 문화탐방 기회를 얻었다. 약 한 달간 중국 몇몇 도시에 머물렀다. 첫 해외 경험을 마치고 돌아오며 나 역시 낯선 도시에서 새로운 매일을 보내며 사는 삶을 상상했고, 곧 세계 여행을 갈 거라며 마음속으로 다짐했다. 하지만 현실은 취업 준비와 밥벌이와 하고 싶은 일과 해야만 하는 일 사이에서 갈팡질팡했다. 그리고 매번 세계 여행은 뒤로 미뤄졌다. 졸업하면 가야지, 취업하면 가야지, 결혼하기 전에 가야지, 퇴사하고 가야지….

청춘유리도 나와 같은 선택의 순간을 맞았다. 하지만 그는 졸업, 취업, 결혼, 그 모든 순간에 여행을 선택했다. 그 선택이 여행작가의 삶을 만들었다. 작가가 지금의 삶을 사는 건 모든 순간 용기 있는 선택때문이었으리라. 우린 그가 다녀온 72개국 500개 도시를 부러워하지 말고 72번의 용기와 500번의 선택을 기억해야 한다.

매일이 신나는 모험일 것 같은 여행 작가의 삶. 아름다운 풍경 속에서 예쁜 옷을 입고 웃는 얼굴로 사진을 찍는다. 반짝이는 순간을 담은 사진과 글로 수많은 온라인 독자와 소통한다. 아마 많은 사람이 여행 작가의 나날이 매일 여행과 같은 설레는 삶이라 생각할 것이다. 여행이 직업이 되면, 여행 콘텐츠를 만드는 크리에이터로 사는 삶이 매 순간 빛날 수는 없다. 작가 역시 여행을 떠나고 다시 돌아오는 일을 반복하면서 공허함을 느꼈다고 한다. 실제로 많은 여행자가 여행 후 공허함을 느낀다.

나 역시 바쁜 일상에게 보상이라도 받듯 여행을 떠났다 돌아오면, 공허함을 느꼈다. 멋진 풍경, 보기 좋은 음식, 특별해 보이는 기념품과 쇼핑 물품들, 자랑하듯 여행의 이미지를 전시했지만 아주 짧은 순간의 만족 정도였다. 아마 현실과 여행에서의 괴리 때문일 것이다. 그 공허함을 채우고자 또다시 다음 여행을 계획했다. 여행은 삶 안으로 들어와야 하는 것이지, 삶 밖으로 나가는 것이 아니다. 작가 청춘유리가 여행하는 삶을 살아가는 건 삶 자체가 여행이며, 여행이 곧 삶이기 때문이다. 그리고 그 여행의 반짝이는 기억을 글과 사진으로 기록하여 자신을 증명하고 있다.

청춘유리가 세계 여행을 떠난 첫 출발지가 아일랜드라고 했을 때, 내가 좋아하는 아일랜드 작가는 누가 있나? 떠올렸다. 난 언젠가부터 어느 나라든 떠올리면, 내가 좋아하는 그 나라의 작가를 떠올리게 되었다. 아일랜드의 극작가 겸 소설가인 조지 버나드 쇼가 말했다. "사람들은 존재하는 것들을 보며 '왜지?'라고 말한다. 나는 존재한 적이 없는 것들을 꿈꾸며 '왜 안돼?'라고 말한다"고. 존재한 적 없다고 존재할 수 없다는 이야긴 아니다. 누군가의 선택이 존재하는 것으로 만들 수 있다.

완벽한 선택은 없다. 내가 한 선택이 '내가 됨' 혹은 '내가 될 수 있음'에 결정적인 역할을 한다. 어제 오늘 내일, 내가 한 선택이 더 먼 내일의 나를 만든다. 여행이든 글쓰기든 지금, 당장, 내가 할 수 있는 것을 선택하고 내가 할 수 있는 만큼 걸음을 옮겨야 한다.

행복은
노력해야 하는 게 아니구나,
내 선택이구나.

내가 떠나지 못했던 것도
내 선택이었구나,
나는 내 성적표와 남들의 시선을
선택한 것이었구나.

안녕하세요. 자기소개 부탁드립니다.

—

안녕하세요. 여행 작가 청춘유리입니다.

여행 작가이자 여행 크리에이터로 활발하게 활동하고 계시는데요. 작가님의 첫 해외여행이 궁금합니다.

—

2008년 열여덟 살에 일본으로 교환 학생을 가게 되었어요. 너무 좋고 설렜죠. 한 달도 채 안 머무는데, 떠나기 전에 떠들썩하게 파티도 했어요. 그런데 막상 떠나려니 무섭더라고요. 낯선 곳에 혼자 간다는 게 불안했어요. 못 가겠다고 얘기하고 싶었는데, 이미 알 만한 사람은 다 알고 있어서 못 간다고 말하는 게 창피했어요. 그래서 있는 용기를 모두 끌어모아 부산항에 배를 타러 갔습니다. "우리 딸, 잘 갔다 와"라고 배웅하는 엄마에게 "내, 간다", 무뚝뚝하게 인사하고 배에 올랐지만, 배에 타자마자 눈물이 터졌어요. 혼자 모든 걸 해야 하는 게 무섭고 두려웠죠.

그렇게 울며 다인실 구석에 앉아 있는데 누가 제 등을 톡톡 치더라고요. 일본인 할머니였어요. 왜 우냐, 울지 마라, 하면서 인절미 하나를 주셨어요. 아빠가 절대 모르는 사람이 주는 거 먹지 말라고 해서 무조건 안 먹겠다고 했죠. 그래도 할머니는 울지 말라고 등을 토닥여주고 방에 들어오는 분들에게도 저를 소개하시더라고요. 날 처음 본 할머니가 내가 뭐라고 위로해주시지? 의아했지만 그 위로가 위안이 되었어요. 조금 마음이 편해지면서 일본어, 한국어, 영어랑 보디랭귀지를 섞어가면서 할머니랑 얘기를 나눴습니다. 그때, 그런 내 모습이 너무 신기했어요. 그래, 낯선 곳이라고 무서운 게 아니고 나쁜 사람들만 있는 것도 아니야, 라는 생각이 드니까 용기가 생기더라고요. 그제야 혼자서 밖에 나가봤어요.

엄청 어두컴컴하고 무서울 줄 알았던 배 안이 너무 즐겁게 보였어요. 노래도 들리고 맛있는 냄새도 나고요. 갑판 위에서 해 지는 것도 보고 떠나온 부산항에 인사도 하고 혼자 사진도 찍었어요. 그렇게 도착한 일본에서 잘 지낼 수 있었습니다. 모든 새로운 변화가 재밌고 짜릿했고, 낯선 곳에서 내가 무언가 해낸다는 성취감도 느낄 수 있었고요. 돌아오는 배에서 내가 스무 살이 되면 다시 여행을 가야겠어! 라고 다짐했죠. 이게 제 삶이 될 거란 생각은 못 했지만, 그렇게나 설레는 마음이 생긴 건 진심으로 처음이었어요.

열여덟 살에 처음으로 해외 생활을 경험했어요. 이후 여행하는 삶을 살아야겠다, 결심한 계기가 있었나요? 여행 작가를 꿈꾸기도 했나요?

—

여행을 시작할 때 여행 작가가 되어야겠다는 마음은 없었어요. 다만 어렸을 적에 엄마가 편지를 많이 써주셔서인지 저도 편지 쓰는 걸 무척 좋아했어요. 학교에서 국어성적은 좋진 않았지만, 글짓기 대회에서 상도 받았고요. 그런데 제가 글을 잘 쓰는 사람이라고 생각한 적은 없었어요. 문학소녀도 아니었고요. 다만 첫 해외 경험 이후 줄곧 여행만 꿈꾸며 살았죠. 그래도 스무 살이 되면 자유롭게 여행을 다닐 줄 알았는데 막상 할 수 있는 게 없더라고요. 공부도 해야 하고 취업 준비도 해야 하고요. 그럼 내가 어떻게 하면 여행을 다닐 수 있을까 생각했을 때, 일단 크고 좋은 여행 회사에 취직해서 안정적인 사람이 되어야겠다, 그러면 좋아하는 여행도 다니고 돈도 벌고 얼마나 좋을까! 생각하고 정말 열심히 공부만 했어요. 제가 관광학과다 보니까 여행사, 항공사 면접 연습도 하고 기업이 원하는 인재가 되려고 엄청 노력했죠. 대학교 2학년 때 공부하다가 쓰러진 적도 있어요. 열여덟 살 때의 그 마음, 스무 살 때 그 패기는 사라졌어요. 돌이켜보면 조금만 더 노력하면 잘 될 것 같아서 포기할 용기가 안 났던 것 같아요.

그러다가 비가 정말 많이 오던 어느 날, 도서관에서 공부하고 마지막 고속버스를 타고 집으로 돌아오는 길에 '사람들이 죽기 전에 후회하는 10가지'라는 뉴스 기사를 봤어요. 내가 한 번도 어딘가에 제대로 도전해 본 적 없다는 것, 남들이 원하는 삶을 살았다는 것, 사랑해, 라는 말을 자주 못 한 것, 세계 많은 나라를 경험해보지 못한 것, 정말 쓸데없는 걱정을 많이 하고 살았다는 것과 같은 이야기들이었어요. 눈물이 막 나더라고요. 남들이 잘하고 있다고 하니, 맞는 거겠지? 생각하며, 힘들다고 어디에도 말하지도 못하는 홀로 외롭고 힘든 시기였으니까요. 그리고 '행복은 내 선택이었다'라는 마지막 문장을 보고 깨달았죠. '행복은 노력해야 하는 게 아니구나, 내 선택이구나. 내가 떠나지 못했던 것도 내 선택이었구나, 나는 내 성적표와 남들의 시선을 선택한 것이었구나.' 머리를 망치로 맞은 느낌이었어요. 그 말을 보고 확신했어요. 누구도 내 삶을 대신 살아주지 않아, 그러니 남의 충고에 따라 살지 말고 내가 내 행복을 선택하자! 그래서 1년이라는 시간 동안 진짜 여행을 하면서 내가 원하는 대로 살아보자고 다짐했죠.

여행이 직업이 되기 전 인데요. 세계 여행 경비는 어떻게 마련하셨나요?

—

학생이다 보니 수중에 돈이 별로 없었어요. 항공권 편도도 끊을 수 없었죠. 집안 형편이 좋은 것도 아니고 더욱이 아빠가 여행을 반대하셨어요. 그래서 영어 공부하러 간다고 아빠를 설득했어요. 언니와 엄마는 제가 공부보단 여행이 우선이라는 걸 알면서도 이해해 주셨고요. 학교 다니면서 아르바이트를 시작했어요. 첫 아르바이트는 시급 2,700원 받은 편의점이었고, 가장 시급이 높았던 건 마트에서 피자 만드는 일이었는데, 시급이 5,000원이었어요. 하지만 일하는 시간이 적으니 돈이 잘 모이지 않더라고요. 그래서 휴학하고 제대로 아르바이트하면서 돈을 모았습니다. 아르바이트가 없는 날은 당일 아르바이트를 구하면서까지요. 그렇게 8개월 일해서 800만 원을 모아 아일랜드로 떠났어요. 사실 그사이 일본을 서너 번 다녀왔어요. 부산에서 일본은 매우 가깝거든요.

그렇게 아일랜드로 2012년 4월 12일 출국해서 다음 해 4월 11일 한국에 돌아왔어요. 여행은 즐거웠지만, 무척 힘들었어요. 돈이 없어서 일주일 내내 제일 저렴한 빵만 먹고, 마트에서 유통기한이 임박한 코너에 있는 음식들만 사 먹었죠. 그렇게 여행을 끝내고 한국에 돌아오니 좋더라고요. 그리웠던 엄마가 해준 밥도 먹고 따뜻한 물이 콸콸 나오는 깨끗한 욕실에서 샤워하고, 더는 다음 날 어디론가 떠나야 하는 이방인도 아니었으니까요. 그런데 편하게 씻고 침대에 누워 눈을 딱 감자마자 '아, 여행 가고 싶다!'라는 생각이 들더라고요. 그래서 휴학한 상태로 다시 아르바이트를 시작해서 미국에 가고 아시아 쪽 나라들도 다녀왔습니다. 이후 학교에 돌아와서 공부하고 아르바이트하면서 또 여행을 계획했죠. 그렇게 스물여섯 살까지 아르바이트와 학업과 여행을 반복하며 살았습니다.

첫 해외여행을 시작한 후, 14년이 지났습니다. 그동안 72개국 500개 도시를 여행했고요. 여행을 주제로 한 글쓰기는 언제부터 시작하셨나요?

—

2012년쯤부터 페이스북에 일기를 매일 썼어요. 처음엔 제 친구들이 제 글을 보고, 너 이런 일이 있었어? 이런 생각을 해? 라고 관심을 보였죠. 그때는 페이스북이 '좋아요'를 누르면 '좋아요'를 누른 사람의 친구들한테도 노출되었거든요. 친구들의 친구들, 그 친구들의 친구들이 제가 쓴 글을 보는 거죠. 그렇게 몇 달 만에 팔로워가

2천 명으로 늘어났어요. 되게 신기했죠. 평범하고 쓸모없다고 생각한 제 이야기가 누군가에게는 재미와 용기를 주고 힘이 되고 위로가 된다니. 그래서 제가 여행하며 느낀 글과 직접 찍은 사진을 온라인 카페나 SNS 커뮤니티에 종종 올렸습니다. 감히 여행 작가는 생각조차 하지 못했고 더욱이 여행 크리에이터라는 개념도 없던 시절이어서 이게 직업이 될 거라 생각도 못 했어요. 그저 개인 SNS에 여행 정보도 나누고 항공 프로모션도 공유하고 휴학 이야기나 아르바이트 생활, 힘든 이야기도 다 적었죠. 그러다 어느 날 온라인 커뮤니티 한 곳에 제가 쓴 이야기가 올라가게 되었어요. 그 글이 엄청난 인기를 끌면서 조회 수가 100만을 넘었고 제 페이스북 팔로워가 순식간에 2만 명으로 늘어난 거예요. 제 여행과 글에 관한 첫 관심이었어요. 하루에 개별 메시지가 1천 개 넘게 왔어요. 저는 모두 답장을 했습니다. 어떤 날은 하루 8시간 답장한 적도 있어요. 또래 친구들과 비슷한 고민을 나누며 서로 위로하고 공감했어요. 응원도 많이 받았고요. 그러면서 나도 할 수 있다! 자존감이 올라갔고, '어쩌면 나, 여행하며 살 수도 있겠다'고 생각했죠. 제가 스물세 살 되던 2013년이었어요.

현재 세 권의 여행 에세이집을 출간하셨어요. 2016년에 첫 책 『오늘은 이 바람만 느껴줘』를 출간하셨는데요. 첫 책은 어떻게 출간하게 되었나요?

—

사실 저의 첫 책은 따로 있어요. 독립출판한 『그대의 봄』이란 책인데요. 2015년 3월에 400만 원 목표로 크라우드 펀딩을 했는데, 800만 원이 모이고 1천 명 넘게 후원을 해주셨어요. 지금 보면 매우 부끄러운 책이에요. 독립출판 후 스무 곳 넘는 출판사에 투고했지만, 연락은 세 군데 정도 닿았어요. 미팅까지 진행했지만 열악한 계약 조건이라 성사되지는 못했습니다. 그러던 중 제 페이스북을 팔로우하고 계시던 편집자님이 출판 제안을 해 주셨어요. 젊은 사람들이 많이 공감하는 글을 쓰는 '청춘유리'란 사람이 있다며 출판사에 적극 추천하신 거죠. 첫 미팅 때 계약하고 바로 원고 수정 작업에 들어갔습니다. 그런데 막상 정식으로 단행본 출간을 하려니 스스로 부족한 부분이 정말 많이 보이더라고요. 그래서 조기 졸업 논문을 쓰는 시간 외에는 종일 원고 수정하고 추가 원고를 쓰는 일만 했던 것 같아요. 그렇게 2016년 9월에 정식으로 출간하게 되었습니다.

보통 마이크로 인플루언서는 팔로워 1만, 그다음은 5만으로 보는데요. 작가님 인스타그램 팔로워 수가 20만 6천 명이 넘습니다. 팔로워들과도 인스타그램으로 활발히 소통하고 계시고요. 1인 미디어 채널이 되신 건데요. 여행 크리에이터의 시작이 궁금해요.

—

당시 페이스북에서 활동하던 사람들이 인스타그램으로 모두 넘어온 건 아니었어요. 2016년, 2017년에는 아직 페이스북이 활발했던 때에요. 저는 2016년도 말쯤 인스타그램을 시작했고, 2018년

4월 팔로워가 10만 명이 된 거로 기억해요. 저는 정말 여행기를 매일 썼어요. 중국, 인도, 파키스탄 등 여행기를 페이스북과 인스타그램에 매일 올렸어요. 인스타에는 더 솔직하게요. 당시 제 페이스북에는 팔로워가 많다 보니까 함부로 글을 못 적었는데, 인스타그램은 팔로워도 몇백 명 정도고 독자가 많지 않았거든요. 그래서 좋으면 좋은 대로 싫으면 싫은 대로 다 썼죠. 그때는 솔직한 여행기를 매일매일 사진과 함께 업로드하는 사람이 거의 없었거든요. 그래서 저라는 사람의 존재를 좀 신기하게 봐주셨던 것 같아요. 다행히 첫 책 출간 후 반응이 좋아서, 인터뷰도 하고 강연도 하고 TV 방송에도 나가면서 감사하게 제 이야기를 좋아해 주시는 독자님들이 늘게 되었죠.

그리고 2017년 3월에 첫 번째 일이 들어옵니다. 모 브랜드에서 전화가 와요. '우리가 여행 경비를 지원해 줄 테니 여행을 다녀와라, 대신 사진과 영상을 찍고 글을 써달라'는 제안이었어요. 데드라인까지 남은 시간이 얼마 없어서, 급하게 예약하다 보니 항공권도 숙박비도 비쌌고 비자와 예방접종 등 준비할 것이 너무 많았어요. 또 지원받은 경비를 저와 남편 2인 경비로 쓰다 보니 수익은 얼마 남지 않는 상황이었지만 그래도 무조건 하겠다고 했죠. 2주간 쿠바와 볼리비아 우유니 소금사막을 다녀오는 일정이었는데 2주는 일, 그리고 2주는 저희가 가고 싶었던 멕시코와 칠레를 추가해서 다녀오는 완벽한 일정을 준비했어요. 정말 내가 여행하면서 돈을 벌 수도 있구나! 라는 생각에 너무 행복했어요. 원룸에서 정말 방방 뛰었죠. 이후엔 그 일이 포트폴리오가 되어 다른 제안도 들어오기 시작했습니다. 여행 크리에이터라는 새로운 길이 시작된 순간이었죠.

여행 크리에이터로서 투어도 진행하고 계세요. 몰디브 투어도 얼마 전 다녀오셨고, 곧 몽골 투어 '우리와 별 보러 가지 않을래?'도 떠나신다고 했습니다. 투어는 기획부터 실행까지 어떤 과정으로 진행되나요?

—

처음엔 옥션에서 콘셉트 투어라고 해서 여행 작가나 여행 크리에이터와 함께 여행가는 프로그램을 했었어요. 여행 작가 친구가 추천을 해줘서 처음 시작한 일이었어요. 마케팅 명목으로 개런티가 지급되었고요. 그래서 저도 1년을 계약하고 그 일을 시작했어요. 감사하게도 반응이 무척 좋았어요. 여행지에선 '청춘유리'가 아니라 '원유리'를 그대로 보여줄 수 있어서 재밌었습니다. 이후 2018년부터는 모두투어랑 정식으로 계약하고 투어를 다니고 있어요. 기본적인 투어 조건으로 쇼핑, 팁, 옵션은 전혀 없고 적정한 가격이어야 하고요. 하지만 예외도 있죠. 뉴질랜드 여행의 경우 여행자들도 특산품 약을 사고 싶어 하잖아요. 그럼 쇼핑 1회를 넣고 투어 가격을 조금 낮추는 식으로 가격 조정을 해요. 여행 동선은 제가 모두 짜요. 하지만 이게 투어다 보니까 자유여행처럼 제 맘대로만 할 수는 없어요. 최종적으로 여행사와 협의해요.

다낭, 싱가포르, 발리, 샌프란시스코, 보라카이, 라오스, 태국, 뉴질랜드, 몰디브 등 다양한 지역들로 투어를 다녀왔고 이제 곧 몽

골에 갑니다. 투어로 태국은 4번 정도 다녀왔고 발리도 2번이나 다녀왔어요. 몇 년간 하다 보니 인기 있는 지역이 어디인지 알게 되더라고요. 또 얼마 전 다녀온 몰디브는 2022년 1월부터 사전 조사도 다녀오면서 꼼꼼히 준비했어요. 당시에는 코로나로 여행을 하지 못하던 때여서 갈 수 있을까 걱정했는데, 다행히도 4월부터 조금씩 상황이 나아졌고 6월에 몰디브 투어를 오픈했습니다. 너무 신기하게도 예약 오픈 후 12초 만에 마감되었고 대기자가 700명이 넘었어요. 저뿐만이 아니라 정말 많은 사람이 여행을 원하고 있었더라고요. 그래서 또 수요가 많은 몽골 투어를 오픈했고, 이번에도 역시 30초 만에 마감이 되었습니다.

다시 여행이 시작되었습니다. 모두 기다리고 있었던 듯해요. 해외 말고도 영월, 전주 등 국내 여행지와도 협업하여 콘텐츠를 만들었습니다.

─

국내 작업도 너무 즐거웠어요. 특히 '영월 한 달 살기' 후에 여행 에세이집을 만드는 일이 정말 즐거웠는데요. 영월 변두리 시골에서 아무것도 하지 않으며 뒹군 소소한 일상을 기록한 일기에요. 글과 사진으로 기록했어요. 개인의 이야기지만 결과적으론 영월에 가보고 싶다, 살아보고 싶다는 생각이 들게 해야 하는 작업이었죠. 제가 즐거웠던 게 너무 티가 났는지 국내에서는 제가 영월로 이미지가 굳어져 저의 대표 레퍼런스가 되었어요. 책은 『그 여름, 젊은 달』이

라는 제목으로 비매품으로 발행되었고요. 다른 도시와의 작업도 다른 방식으로 해보고 싶습니다.(웃음)

브랜드 협업도 하고 강의도 하고 광고도 하고 투어도 진행하시고 책도 씁니다. 좋아하는 일로 돈을 번다는 건 누구나 꿈꾸는 일인 데요. 여행 크리에이터로서 수익은 어느 정도인가요?

—

사실 모든 업계가 그렇지만 특히 여행업계는 코로나 때 정말 힘들었어요. 수익이 0원인 달이 대부분이었죠. 다행히 엔데믹 이후 지금은 조금씩 예전으로 돌아오고 있습니다. 다만 대개 프리랜서가 그렇듯 고정적인 수익이 아니어서, 지난달에는 20만 원을 벌었다가도 이번 달에는 또 연봉만큼 벌기도 하고 그래요. 그런데 다음 달에는 또 얼마를 벌 수 있을지 몰라요. 그래서 늘 불안정함을 안고 살아야 하죠. 그래도 그나마 가장 안정적인 것은 강연과 인스타그램 콘텐츠를 제작하는 일이에요. 어쨌든 이전과 비교했을 때 확실해진 건 여행지에 가서 메뉴판에 있는 음식 가격을 보지 않고 먹고 싶은 음식을 시킬 수 있는 정도는 되었어요. 예전에는 무조건 먹고 싶은 음식이 아니라 가장 싼 메뉴를 시켰었거든요.

여행도 여행지도 유행이 있는 것 같아요. 작가님은 여행지를 어떤 기준으로 선택하나요?

—

저는 일과 개인 여행을 철저히 분리합니다. 저의 일은 저에게 일을 준 클라이언트를 만족시키고, 또 독자의 마음을 움직이는 콘텐츠를 만드는 것이니까요. 특히 여러 관광청과도 일을 많이 하는데요. 출장지에서 해야 할 것, 가야 할 곳 등이 정해져 있는 경우가 많습니다. 출장지를 가면 여행지를 예쁘게 잘 담아야 하니 24시간 카메라를 놓을 수 없어요. 해 뜨면 해 뜨는 거, 해 지면 해 지는 거, 비 오면 비 오는 거, 사람이 있으면 있는 대로, 없으면 없는 대로 모든 걸 다 찍어요. 초반에는 일하러 출장을 갔을 때도 여행처럼 생각했어요. 좋아하는 일이 직업이 되니 스트레스를 받기 시작했고 마음이 정말 힘들었어요. 그래서 어느 순간부터는 여행과 일을 딱 분리했어요.

개인 여행을 갈 때는 아무 계획도 없이 그냥 내가 가고 싶은 곳을 가요. 그래서 좋아하는 여행지를 8번, 10번씩도 갑니다. 늦게까지 자고 좋아하는 식당에 가고, 골목을 걷고, 제가 하고 싶은 것만 하다 오죠. 또 평소에 텔레비전이나 여행지 사진을 보다가 가고 싶은 곳이 생기면 언젠가 그곳에 가겠다고 목표를 세워요. 투어 여행지를 선택할 때는 일단 독자님들이 원하는 곳과 적정한 금액의 교집합이 우선이에요. 그리고 자유여행을 했을 때의 장점과 패키지여행의 장점을 섞어 투어 상품을 만들어요. 몽골은 자유여행보다 투어가 많다 보니 투어로 만들면 재밌겠다고 생각했고 함께 몽골의 밤을 보거나, 스스로 10년 후 편지쓰기, 고민상담소 같은 재밌는 프로그램을 기획했어요.

사진과 관련한 이야기를 나눠 볼게요. 일하러 여행을 가면 24시간 사진을 찍는다고 하셨어요. 인스타그램과 책 작업도 사진이 매우 중요하고요. 사진은 어떤 카메라로 찍으세요?

—

초창기에는 그냥 평범한 디지털카메라로 찍다가 지금은 소니 A7M3를 쓰고 2470GM 렌즈를 써요. 그런데 요즘 핸드폰 카메라도 정말 좋거든요. 그래서 저는 똑같은 장소를 카메라로 찍고 핸드폰으로도 찍어요. 모든 사진을요. 이후에 구도가 더 좋은 걸 최종 선택해 사용해요. 핸드폰도 카메라 고급 기능이 있는데요. 처음엔 ISO가 뭔지, 셔터 스피드가 뭔지, 기술적인 건 잘 몰랐어요. 지금도 기술적인 것은 기본적인 것만 사용하고 구도나 분위기 등 크리에이티브한 것을 더 우선시합니다.

책에 실리는 사진과 인스타그램의 개인 사진, 그리고 광고주에게 보내는 사진이 다를 것 같은데요. 선별 기준은 무엇인가요? 또 독자나 광고주가 원하는 사진이 있나요?

—

인스타그램은 책과는 확실히 달라요. 인스타그램은 인물 사진을 좋아해요. 특히 브랜드에서는 저의 특성이 잘 담긴 감성 사진을 좋아하고요. 여행 풍경 사진이나 제품 사진만 찍을 거면 사진작가에게 일을 맡기지, 여행 작가에게 맡기지는 않겠죠. 그래서 출장 가면 사진을 50~60기가는 찍어요. 몇 장인지 셀 수 없을 정도로요. 웃기게도 개인 여행을 가면 사진을 거의 안 찍는 편이거든요. 저는 셀카는 거의 안 찍고 주로 풍경 속에 있는 제 모습을 찍는 걸 좋아해요. 그런 사진 중 글과 잘 어울리는 사진을 골라서 책에 함께 싣고요. 글에서 느껴지는 분위기를 더욱 잘 살릴 수 있는 사진을 고릅니다.

쓰신 책들은 글과 사진으로 구성되어 있습니다. 인스타그램에도 글과 사진을 함께 올리시고요. 작가님에게 글과 사진 작업 시간이나 비율은 어떻게 되나요?

—

예전엔 사진 찍는 건 물론 보정하는 일까지도 너무 재밌었어요. 그런데 이젠 제게 일이잖아요. 사진을 올려야 콘텐츠가 생산되는 거예요. 책 외에는 사진이 글보다 중요한 일이죠. 그러다 보니까 사진 보정은 조금 스트레스가 있어요. 한번 시작하면 앉아서 6시간, 7시간은 해야 하는 일이거든요. 하지만 글은 책을 출간할 때 말고는 스트레스를 받진 않아요. 저는 글이 훨씬 편해요. 글은 하루도 빠짐없이 써요. 매일매일 인스타그램에도 쓰고 일기장에도 쓰고요. 다만 호흡이 긴 글은 아니에요. 인스타그램에 올리는 글은 대부분 앱을 켜놓고 바로 쓰는 글이 많아요. 여행지에서도 출장에서도 바로바로 올리죠. 그리고 내일 되면 조금 부끄러워질 것 같은 글은 스토리에 쓰고요. 그래서 일과 창작 작업 모두를 합쳐 보면 글과 사진이 반반 정도입니다.

저는 여행을 떠나기 전에 여행지와 관련한 소설을 찾아 읽어요. 구체적인 정보보다는 그 장소의 분위기를 느껴보고 싶어서요. 작가님은 여행을 떠나기 전 혹은 여행 에세이를 쓰기 전에 자료 조사를 하시나요?

—

사실 개인 여행을 위해선 자료 조사를 해본 적은 없어요. 열여덟 살에 일본 교환 학생을 다녀오고 나서 스무 살 첫 여행을 다시 일본으로 갔을 땐 지하철 들어오는 시간, 지하철 내리는 시간까지 여행의 모든 걸 계획했어요. 하지만 지금은 일할 때 빼고는 계획하진 않아요. 일할 때는 가야 할 곳, 휴무일, 영업시간, 교통편 등등 최대한 조사를 하죠. 여행자로서와 일로서의 여행이 달라요.

글이 사진보다 편하다고 하셨어요. 여행 에세이는 보통의 글쓰기와는 다르다고 생각됩니다. 여행지의 분위기를 전달하는 것도 중요해 보이고요. 여행 에세이를 쓸 때 가장 중요하게 생각하는 건 무엇인가요?

—

모든 글을 쓸 때 어려운 문장이나 단어를 쓰지 않으려고 합니다. 여행 에세이는 편하고 쉽게 읽혀야 한다고 생각해요. 여행 에세이를 읽고자 하는 독자의 마음은 위로나 위안이 필요해서이지 않을까요? 그래서 가장 편안하게 그리고 가장 솔직하게 쓰려고 해요. 기술적으로 가장 중요하게 생각하는 건 현장 분위기를 정말 세세하게

글은 나를 더욱 풍부하고
솔직한 사람으로 만들어 줘요.
여행에 관한 글쓰기는
내가 잃어버린 혹은
잊은 내 모습을 기억하게 해주고요.

표현하는 일인데요. 책을 읽고 있지만, 그 나라, 그 도시에 아주 잠깐이라도 머물러 있는 느낌이 들었으면 좋겠어요. 예를 들면 오늘 이 시간 이 장소에 대한 글을 쓴다면 여기의 모든 것을 세세하게 살피는 거죠. 지금 창밖의 날씨부터 시작해서 나뭇잎을 흔들리게 하는 바람, 잎이 흔들리는 모습, 탁자에 놓인 향초의 냄새, 피부에 닿는 온도, 그리고 내 앞의 작가님 표정과 앉은 모습, 이런 모든 것을 모든 감각을 열어 놓고 기록하고 전하려고 해요. 그런데 이게 자칫하면 오글거릴 수가 있어서 최대한 담백하게 쓰려고 노력합니다. 오글거린다는 건 너무 내 감정만 앞세워서 쓴 글이라고 해야 할까요. 눈물 나게 좋았어도 '펑펑 운다'고 표현할 수는 없으니까요.

여행지에서 글 메모는 어떻게 하나요?

—

저는 여행지에서 밤에 숙소에 돌아와 글을 쓰거나 하지는 않아요. 여행만으로도 벅차거든요. 순간순간 기억하고 싶은 것들, 기록해야 할 것들을 핸드폰 메모장에 모두 기록해요. 셀 수 없을 만큼 메모 목록이 많은데요. 한국에 돌아와 이 메모를 보면서 제대로 글쓰기를 합니다. 그리고 저에겐 글 말고도 엄청난 사진이 있잖아요. 사진을 함께 보면서 그때 그 시간을 다시 떠올려 보죠. 그래서인지 미화되는 일도 있어요. 돌이켜보면 모든 여행의 순간이 너무 행복했다고 느껴지니까요.

앞서서 여행 에세이를 쓸 땐 현장의 경험을 세세하게 표현하기 위해 노력한다고 했습니다. 글쓰기 실력을 키우기 위해 어떤 노력을 하시나요?

—

저는 국문과나 문예창작과를 나오지 않았잖아요. 그리고 혹평도 많이 받아봤고요. 그래서 첫 책이 나오고 난 후 글을 제대로 배워야겠다는 생각을 한 적이 있어요. 이런 고민을 선배 작가한테 했더니 저를 혼내시더라고요. 작가는 자신의 문체가 가장 중요한 법인데 이미 자신의 문체를 만들어가고 있는데 왜 처음으로 돌아가려고 하냐고요. 그때 아차 싶었죠. 이후론 제 방식대로 감각을 열고 경험한 것을 매일 써보려고 노력합니다. 아마 여행 작가를 꿈꾸거나 자신의 글쓰기를 꿈꾸는 사람이 있다면, 멋진 문장을 쓰는 다른 작가를 좇는 게 아니라 자신의 경험 안에서 자신의 문체를 먼저 찾아가 보라고 말해주고 싶어요.

2021년 출간한 『유럽 예약』은 중간에 여행 관련 질문도 있고 메모하는 칸도 있는데요. 구성이 다른 여행책과 차별화되어 보입니다.

—

『유럽 예약』은 『오늘은 이 바람만 느껴줘』와 출판사는 다르지만, 편집자님이 같아요. 편집자님과 잘 맞아 또 한 번 함께 일하게 된 건데요. 『유럽 예약』의 경우, 처음에는 포토에세이를 내자고 제안을 해주셨어요. 짧은 글과 분위기 있는 여행 사진으로 엮어서요. 그런데 제가 포토에세이가 내키지 않더라고요. 사실 전 사진작가는 아니잖아요. 그리고 글도 쓰고 싶었고요. 그래서 함께 접점을 찾아서 조금 짧은 호흡의 글과 사진으로 여행 에세이를 만들었어요. 중간에 여러 아이디어를 주고받으면서 독자들이 직접 기록하는 것도 좋아하니 메모 칸도 넣었어요. 여행 에세이지만 메모리 북이 된 거죠.

지금 신간도 준비하신다고 들었어요. 어떤 책인가요?

—

이제 막 쓰기 시작한 단계인데요. 먼저 책 제안을 주신 편집자님이 제가 사진으로만 소비되는 게 너무 안타까우셨대요. 그래서 사진은 없지만, 저의 글과 마음을 더욱 담은 책을 준비 중입니다. 제가 어떻게 여행하는 삶을 살게 되었고 여행 작가가 되었고 어떻게 사는지 그냥 저 원유리에 관한 이야기예요. 여행 에세이가 아니라 저의 이야기가 담긴 에세이집이 될 것 같아요.

사진과 영상이 글보다 많이 생산되고 소비되는 시대에요. 그럼에도 불구하고 작가님이 계속 글을 쓰는 이유는 무언가요?

—

사진과 영상 작업은 제 직업이에요. 그리고 사진과 영상으로 표현할 수 없는 걸, 글이 담아낸다고 생각해요. 예를 들면 저는 무뚝뚝한 편이고 누군가에게 마음을 표현하는 걸 힘들어해요. 엄마나 남편이나 친구들에게도요. 하지만 글은 그런 나를 더욱 풍부하고 솔직한 사람으로 만들어 줘요. 그리고 여행에 관한 글쓰기는 내가 잃어버린 혹은 잊은 내 모습을 기억하게 해주고요. 사진과 영상은 단면적인 외면만 기록한다면 글은 나의 내면까지 기억할 수 있게 해주는 거죠. 그래서 제가 글쓰기는 포기를 못 해요. 아무리 힘들어도요. 사실 처음엔 네가 무슨 작가냐,고 하는 말이 너무 상처였어요. 글은 뚝딱뚝딱 공부한다고 단시간에 잘 쓰게 되는 것도 아니지만 잘 쓴 글이라는 기준도 없다고 생각해요. 내 문체로 내 분위기로 쓰면 되는 거죠. 그래서 전 내가 가진 거에서 조금 더 노력을 많이 해야겠다고 생각합니다. 더 많이 경험하고 더 성숙해지면 글도 더 좋아지지 않을까요? 앞으로도 계속 저는 글을 쓰고 싶거든요.

여행 작가 활동 중 혹평을 들었다고 했습니다. 어떻게 극복하셨나요?
—

아직 극복은 못 한 것 같아요. 그런데 저는 성격상 그런 일이 생기면 오기가 생겨서 저를 더 성장시키기 위해 몰아붙여요. 내가 하고 싶은 게 있는데, 그걸 누군가 훼방을 놓거나 넌 안될 거야! 라고 하면 더 보란 듯이 잘 해내고 싶어요. 어렸을 때부터 그랬어요. 제가 어렸을 때 춤을 좋아했는데, 춤 동아리가 공부를 잘하는 학교에 있어서 그 학교에 입학하려고 공부를 열심히 했어요. 춤 이후로 좋아했던 게 여행인데요. 여행도 마찬가지였어요. 맨날 놀러 가냐, 취직은 언제 하냐, 그렇게 살다가는 나중에 후회한다, 는 그런 안 좋은 댓글들을 보면 당연히 상처를 받죠. 상처는 상처에요. 극복은 못

해요. 다만 그 상처를 딛고 더 씩씩해질 수 있어요. 너는 네 인생, 나는 내 인생. 더욱 나다운 인생을 잘 사는 사람이 되기 위해 노력해요. 그리고 분명 제 글을 좋아해 주고 응원해 주시는 든든한 독자님들도 많이 계시잖아요! 그걸 생각하면서 견디고 이겨내요.

자주 교류하는 동료 여행 작가들이 있으신가요?
—

안시내 작가, 이수현 작가, 그리고 김물길 작가와 교류를 많이 해요. 사적인 연락도 많이 하고 힘든 일이 있을 때는 술 먹으면서 너스레를 떨기도 하고요. 그리고 여행 작가 선배 중에는 태원준 작가, 오재철 작가, 전명진 작가님과 친하게 지내고 조언도 많이 여쭙기도 해요. 개인적으로 좋아하는 여행 작가 중에는 최갑수 작가님과 양정훈 작가님이 계세요. 대부분 전업으로 이 일을 하시다 보니까 서로 공감도 많이 하고, 저에게 도움이 되는 말씀과 응원들을 해주시는 감사한 분들이십니다.

작가님은 여행 작가의 삶에서 '작가'보다 '여행'에 훨씬 더 방점을 둔 삶으로 보이는데요. 앞으로도 여행자로 살고 싶은 이유는 무엇인가요?
—

맞아요. 저는 열여덟 살 때부터 지금까지 여행이 정말 삶의 목표이자 삶인 사람이에요. 살면서 스트레스도 받고 신체적으로나 정신적으로 무너지는 순간들이 생기잖아요. 그럴 때마다 여행은 저의 유일한 도피처였어요. 저는 알거든요. 내가 어떻게 하면 괜찮아질 지. 낯선 여행지에 가서 누구의 시선도 신경 쓰지 않으면서 사람들을 만나고 새로운 문화를 경험하는 여행 자체가 너무 좋아요. 실제로 여행 작가 중에 여행을 별로 좋아하지 않는 친구들도 있는 거로 알아요. 좋아하는 일이 직업이 되면 단점도 많아지거든요. 여행지에서도 좋아하는 일과 해야 하는 일 사이에서 갈팡질팡하기도 하고요. 하지만 전 직업으로서 아무리 힘든 일이 생겨도 여행이 싫었던 적은 한 번도 없어요. 생각해보면 본투비born to be 여행 기질인 것 같아요. 태어나기를 그렇게 태어난 사람인 거죠.

마지막 질문입니다. 앞으로 여행 작가 청춘유리로서 여행자 원유리로서 계획이 있다면요?

—

너무 열심히 살지 말자, 입니다. 저는 1등 아니면 안 되는 완벽주의자였어요. 그런데 남편을 만나면서 많이 바뀌었죠. 코로나가 절정일 때 슬럼프도 오고 몸도 아프고 힘들었는데요. 그때 남편이 "유리야, 1등이 아니어도 돼. 괜찮아"라고 얘기해주더라고요. 사실 1등이 아니어도 되잖아요. 그렇다고 내가 열심히 안 살 것도 아니고요. 그러니 항상 현재에 감사하면서 만족하면서 살기로 했어요. 단, 여행하면서요. 여행은 멈출 수 없거든요. 언제까지일지는 모르지만 할 수 있는 한 계속 여행하며 재밌는 것들을 해볼게요.

그러니, 오늘은 이 바람만 느껴줘요.

- 창근 드림 ;
  언제나 사랑하는 혜정이 옆에서는 ♡.

인터뷰를 마치고

　　이 책은 모두 열 명의 작가들과 함께했다. 제일 먼저 인터뷰이로 섭외하고 만난 작가는 고수리 작가였다. 문장수집 노트와 칼럼 스크랩북, 글쓰기 추천도서까지, 자료를 잔뜩 챙겨 와, 자신의 몸보다 큰 가방을 메고 인터뷰 장소에 나타나 주었다. 가장 일정 잡기가 힘들었던 작가는 김동식 작가와 남궁인 작가였다. 인터뷰 일정을 잡으려 연락을 주고받는 그 짧은 사이에도 새로운 일정이 생길 정도였다. 김동식 작가는 인터뷰 후 다음 강연 장소로 바쁘게 떠나야 했고, 밤샘 응급실 근무 후 인터뷰 장소로 곧장 퇴근한 남궁인 작가는 모든 에너지를 쏟았을 법한 응급실 상황이 있었는데도 오랜 시간 이야기를 나눠주었다. 언제나 단정한 모습이 글에도 드러나는 태재 작가와는 작가가 일하는 책방에서 무더운 여름에 만나 긴 시간 대화했다. 글쓰기의 치열함으로 온종일 나를 반성하게 한 천지혜 작가, 인터뷰 도중 내가 눈물 콧물을 흘려 당황했을 텐데도 끝까지 웃음을 주면서 즐겁게 이야기 나눈 김예지 작가, 동료 작가이자 동료 책방 운영자로, 친구 없는 내게 친구가 되어주는 박홀룡 작가, 오랫동안 시집을 읽지 않던 나에게 다시 시를 읽게 한 사랑스러운 문보영 작가, 여성들의 글쓰기에 관해 생각하게 하고 앞으로의 내 글쓰기에 관해 되돌아보게 해준 황효진 작가. 마지막으로 비가 많이 내리던 날 만났지만 명랑한 에너지가 기분 좋았던 청춘유리 작가까지. 바쁜 삶 속에서도 시간의 틈을 만들어 이 책을 위한 만남에 다정하게 응해 준 이 열 명의 작가들에게 무한한 고마움을 전한다. 이들은 이제 겨우 출발선을 조금 벗어났을 뿐이다. 삶도 글쓰기도 절정에 이르지 않았다. 그래서 앞으로 쓸 그들의 글이 더욱 궁금해진다. 그들의 글 쓰는 행로가 즐겁고, 풍성하고, 행복하길 진심으로 바란다.

인터뷰를 모두 마친 지금, 모든 글 쓰는 삶은 연결되어 있을지 모른다는 생각이 든다. 앞으로 수많은 지점에서 우연히 그리고 필연적으로 서로 만날 것을 기대한다. 이 책을 마무리하며 나의 글쓰기도 나의 글 쓰는 삶도 한 계절이 끝난 기분이다. 그리고 다음 계절이 막 시작되었다. 이제야 연결되기 시작했달까. 글 쓰는 삶이 더 재밌어졌달까.

자, 그럼 이제 당신 차례다. 작가의 삶을 원한다고? 글 쓰는 삶을 원한다고? 미지의 누군가와 연결되는 삶을 원한다고?

당장 책상 앞으로 가라. 그리고 써라. 완벽한 글이란 없다. 첫 번째 글을 써야, 두 번째 글을 쓸 수 있다.